HOMEM EM QUEDA

DON DELILLO

Homem em queda

Tradução
Paulo Henriques Britto

Copyright © 2007 by Don DeLillo

Título original
Falling man

Capa
warrakloureiro

Foto de capa
Thomas Hoepker/ Magnum Photos

Preparação
Maria Cecília Caropreso

Revisão
Ana Maria Barbosa
Isabel Jorge Cury

Dados Internacionais de Catalogação na Publicação (CIP)
(Câmara Brasileira do Livro, SP, Brasil)

DeLillo, Don
Homem em queda / Don DeLillo ; tradução Paulo Henriques Britto.
— São Paulo : Companhia das Letras, 2007.

Título original: Falling man
ISBN 978-85-359-1105-3

1. Romance norte-americano I. Título.

07-7761   CDD-813

Índice para catálogo sistemático:
1. Romances : Literatura norte-americana   813

[2007]
Todos os direitos desta edição reservados à
EDITORA SCHWARCZ LTDA.
Rua Bandeira Paulista 702 cj. 32
04532-002 — São Paulo — SP
Telefone (11) 3707-3500
Fax (11) 3707-3501
www.companhiadasletras.com.br

PARTE 1
BILL LAWTON

1.

Não era mais uma rua e sim um mundo, um tempo e um espaço de cinzas caindo e quase noite. Ele caminhava rumo ao norte por entre escombros e lama e havia gente correndo com uma toalha no rosto ou com o paletó cobrindo a cabeça. Levavam lenços apertados contra a boca. Levavam sapatos nas mãos, uma mulher com um sapato em cada mão passou por ele correndo. Corriam e caíam, alguns confusos e desajeitados, escombros despencando ao redor, e havia gente se abrigando embaixo dos carros.

O estrondo continuava no ar, o estrondo devastador da queda. O mundo era assim agora. Fumaça e cinzas se espalhavam pelas ruas e viravam as esquinas, surgiam de repente nas esquinas, marés sísmicas de fumaça, com papel de escritório em vôo rasante, folhas padronizadas de bordas cortantes, deslizando, em disparada, coisas sobrenaturais na escuridão matinal.

Ele estava de terno e levava uma pasta. Tinha vidro no cabelo e no rosto, glóbulos marmorizados de sangue e luz. Passou por uma placa de Breakfast Special, e lá vinham eles correndo, policiais e seguranças correndo, as mãos na culatra para manter as armas firmes.

Lá dentro as coisas estavam distantes e imóveis, lá onde ele devia estar. Era assim por toda parte a seu redor, um carro meio submerso em escombros, janelas despedaçadas e ruídos saindo delas, vozes radiofônicas arranhando os destroços. Ele via pessoas correndo com água escorrendo delas, roupas e corpos encharcados por *sprinklers*. Havia sapatos abandonados na rua, bolsas e laptops, um homem sentado na calçada tossindo sangue. Copos de papel desciam a rua quicando, uma visão estranha.

O mundo era isto também, vultos em janelas a trezentos metros de altura, caindo no espaço vazio, e o fedor de combustível pegando fogo, e o grito constante das sirenes no ar. O barulho estava em todos os lugares para onde eles corriam, sons estratificados a se acumularem a seu redor, e ele ao mesmo tempo se afastava e mergulhava no barulho.

Então apareceu uma outra coisa, fora de tudo isso, sem fazer parte disso, no alto. Ele a viu descendo. Uma camisa descia da fumaça lá em cima, uma camisa subia e planava na luz escassa e depois voltava a cair, em direção ao rio.

Eles corriam e então paravam, alguns, e ficavam a oscilar, tentando respirar o ar escaldante, e aqui e ali exclamações de espanto, xingamentos e gritos perdidos, e a nuvem de papéis no ar, contratos, currículos passando, fragmentos intactos de transações comerciais voando no vento.

Ele continuava a caminhar. Uns tinham parado de correr e outros se enfiavam nas transversais. Alguns andavam para trás, olhando para o centro de tudo, todas aquelas vidas estrebuchando lá, e coisas continuavam a despencar, objetos chamuscados deixando rastros de fogo.

Viu duas mulheres soluçando enquanto seguiam em marcha a ré, olhando para o que estava atrás dele, as duas de short de corrida, os rostos desabando.

Viu membros do grupo de tai chi do parque ali perto, parados com as mãos estendidas mais ou menos na altura do tórax, cotovelos dobrados, como se tudo aquilo, inclusive eles próprios, pudesse ser colocado num estado de suspensão.

Alguém saiu correndo de uma lanchonete e tentou lhe entregar uma garrafa de água. Era uma mulher com uma máscara antipoeira e um boné na cabeça, e ela recolheu a garrafa estendida e retirou a tampa e depois a colocou à sua frente de novo. Ele largou a pasta para pegá-la, vagamente se dando conta de que não estava usando o braço esquerdo, que fora obrigado a largar a pasta para poder pegar a garrafa. Três caminhonetes da polícia entraram na rua e seguiram a toda a velocidade em direção ao centro, sirenes ligadas. Ele fechou os olhos e bebeu, sentindo a água entrar em seu corpo e levar o pó e a fuligem junto com ela. A mulher olhava para ele. Disse algo que ele não ouviu e ele lhe devolveu a garrafa e pegou a pasta. Sentia um ressaibo de sangue após o gole prolongado de água.

Recomeçou a caminhada. Havia um carrinho de supermercado em pé e vazio. Atrás do carrinho vinha uma mulher, voltada para ele, com fita adesiva da polícia enrolada na cabeça e no rosto, a fita amarela de perigo usada para delimitar a cena de um crime. Os olhos dela eram faixas brancas finas na máscara de um amarelo vivo e ela agarrava com força a barra do carrinho e olhava para a fumaça, imóvel.

Depois de algum tempo ele ouviu o ruído da segunda queda. Atravessou a Canal Street e começou a ver as coisas por um ângulo, de algum modo, diferente. As coisas não pareciam ter a densidade normal, a rua de paralelepípedos, os edifícios de ferro fundido. Algo fundamental estava faltando naquelas coisas a seu redor. Elas estavam inacabadas, seja lá o que isso for. Não estavam sendo vistas, seja lá o que isso for, as vitrines, as plataformas de carregamento, as paredes pichadas. Talvez as coisas sejam assim quando não há ninguém para vê-las.

Ouviu o ruído da segunda queda, ou sentiu-o no ar trêmulo, a torre norte desabando, o som suave de vozes abismadas ao longe. Era ele caindo, a torre norte.

O céu ali estava mais claro e ele podia respirar com mais facilidade. Havia outros atrás dele, milhares, mais ao longe, uma massa compacta, gente emergindo da fumaça. Ele continuou andando até ser obrigado a parar. Veio de repente a percepção de que era impossível continuar andando.

Tentou dizer a si próprio que estava vivo, mas a idéia era obscura demais para ser apreendida. Não havia táxis, quase não havia nenhum trânsito, e então apareceu um furgão velho, Serviços de Eletricidade, Long Island City, e o furgão parou ao lado dele e o motorista pôs a cabeça na janela do passageiro e examinou o que viu, um homem emplumado de cinzas, matéria pulverizada, e lhe perguntou aonde ele queria ir. Foi só quando entrou no furgão e fechou a porta que compreendeu para onde estava indo desde o começo.

2.

Não era só aqueles dias e noites na cama. O sexo estava em tudo no início, nas palavras, expressões, gestos semi-esboçados, a mais simples insinuação de um espaço alterado. Ela largava um livro ou revista e uma pequena pausa se instaurava em torno deles. Isso era sexo. Eles caminhavam juntos pela rua e viam a própria imagem numa vitrine empoeirada. Um lanço de escada era sexo, ela subindo bem junto à parede e ele vindo logo atrás, tocando-a ou não, roçando de leve ou apertando com força, ela sentindo que ele a imprensava, sua mão abraçando a coxa dela, detendo-a, o jeito discreto dele de subir e se aproximar, o jeito dela de agarrar-lhe o pulso. O ângulo em que ela inclinava os óculos escuros quando se virava e olhava para ele ou para o filme passando na tevê quando a mulher entra na sala vazia e tanto faz ela pegar o telefone ou tirar a saia desde que ela esteja sozinha e eles estejam olhando. A casa de praia alugada era sexo, chegando a ela à noite depois da longa e tensa viagem de carro, o corpo dela duro nas juntas, e então ela ouvia o rumor suave das ondas do outro lado das dunas, o baque, a água escorrendo, e essa era a linha de separação, o som lá fora no escuro que assinalava um pulso terreno no sangue.

Sentada, ela pensava nessas coisas. Sua consciência entrava e saía do tema, o início, oito anos antes, do que acabou sendo a estirada longa e penosa de um casamento. A correspondência do dia estava em seu colo. Havia coisas a fazer e eventos que empurravam para o lado essas coisas, mas ela estava olhando para a parede atrás da luminária, onde eles pareciam estar projetados, o homem e a mulher, corpos incompletos porém luminosos e reais. Foi o cartão-postal que a fez voltar de supetão, por cima da pilha de contas e outros envelopes. Ela olhou de relance para a mensagem, uma saudação trivial rabiscada, enviada por uma amiga que estava em Roma, e em seguida olhou de novo para o anverso do cartão. Era uma reprodução da capa de um poema de Shelley em doze cantos, a primeira edição, chamado *A revolta do Islã*. Mesmo no formato de cartão-postal, ficava claro que a capa era muito bem desenhada, com um *R* grande iluminado com floreios em forma de animais, a cabeça de um carneiro e o que talvez fosse um peixe fantástico provido de presa e tromba. *A revolta do Islã*. O cartão era da Keats-Shelley House, na Piazza di Spagna, e após os primeiros instantes tensos ela se deu conta de que fora enviado uma ou duas semanas antes. Era apenas uma coincidência simples, ou não tão simples assim, chegar um cartão naquele momento particular com o título daquele livro em particular.

Só isso, um momento perdido na sexta-feira daquela semana interminável, três dias depois dos aviões.

Ela dissera à mãe: "Não era possível ele ressuscitar, e lá estava ele na porta. Ainda bem que o Justin estava aqui com você. Porque seria terrível pra ele ver o pai naquele estado. Assim, coberto de fuligem cinzenta dos pés à cabeça, sei lá, fumaça, ali na porta, com sangue no rosto e nas roupas".

"A gente fez um quebra-cabeça, um de bichos, cavalos num pasto."

O apartamento de sua mãe ficava perto da Fifth Avenue, obras de arte nas paredes, cuidadosamente espaçadas, e pequenas peças de bronze nas mesas e estantes. Naquele dia, havia na sala um estado de bagunça alegre. Os brinquedos e jogos de Justin espalhados pelo chão subvertiam a atemporalidade da sala, e isso era bom, pensou Lianne, porque senão seria difícil falar sem sussurrar naquele ambiente.

"Eu não sabia o que fazer. Quer dizer, os telefones sem funcionar. Acabamos indo a pé até o hospital. A pé, caminhando passo a passo, como quem anda com uma criança."

"Por que é que ele foi pra lá, pra sua casa?"

"Não sei."

"Por que é que ele não foi direto pra algum hospital? Lá mesmo, no centro. Por que é que ele não foi pra casa de uma amiga?"

Amiga queria dizer namorada, uma estocada inevitável, ela não conseguia não fazer aquilo.

"Não sei."

"Vocês não conversaram sobre isso. Onde ele está agora?"

"Ele está bem. Por ora, não precisa de médico."

"Vocês já conversaram sobre o quê?"

"Nenhum problema sério, físico."

"Vocês já conversaram sobre o quê?", ela perguntou.

A mãe dela, Nina Bartos, lecionara em universidades da Califórnia e Nova York, e se aposentara dois anos antes, titular de não-sei-quê da cátedra fulano de tal, como Keith comentara uma vez. Era pálida e magra, sua mãe, desde a implantação da prótese de joelho. Finalmente, e de maneira categórica, ela tinha envelhecido. Era isso que ela queria, era a impressão que se tinha, ser velha e cansada, abraçar a velhice, assumir a velhice, envolver-se nela. As bengalas, os remédios, as sestas à tarde, as restrições alimentares, as consultas a médicos.

"Não dá pra conversar sobre nada agora. Ele precisa se distanciar dessas coisas, inclusive das conversas."

"Reservado."

"Você conhece o Keith."

"É uma coisa que eu sempre admirei nele. Ele passa a impressão de que existe algo mais profundo do que as caminhadas, o esqui, o carteado. Mas o quê?"

"O alpinismo. Não esqueça."

"E você ia com ele. Eu tinha esquecido."

Sua mãe mudou de posição na poltrona, os pés apoiados no escabelo, final da manhã, ainda de roupão, morta de vontade de fumar.

"Eu gosto da reserva dele, se é isso mesmo", disse ela. "Mas tenha cuidado."

"Ele é reservado com você, ou era, nas poucas vezes em que houve comunicação de verdade."

"Cuidado. Ele passou por um perigo mortal, eu sei. Ele tinha amigos lá. Sei disso também", disse sua mãe. "Mas se você se deixar dominar pela piedade e pela solidariedade..."

Havia as conversas com as amigas e ex-colegas sobre próteses de joelho, próteses femorais, as atrocidades da perda de memória de curto prazo e dos planos de saúde. Tudo isso era tão distante da imagem que Lianne tinha de sua mãe que ela chegava a pensar que havia um pouco de teatro naquilo. Nina tentava se adaptar às realidades da velhice dramatizando-as, assumindo em relação a elas um certo grau de distanciamento irônico.

"E o Justin. Ter um pai em casa de novo."

"O menino está bem. Quem é que sabe como o menino está? Ele está bem, ele voltou pra escola", ela disse. "A escola reabriu."

"Mas você está preocupada. Eu sei. Você gosta de alimentar seu medo."
"E depois? Você não fica se perguntando? Não apenas o mês que vem. Os anos."
"Depois não tem nada. Não tem depois. O depois era isso. Oito anos atrás eles puseram uma bomba numa das torres. Ninguém perguntou: e depois? Depois foi isso. A hora de ter medo é quando não tem motivo pra ter medo. Agora é tarde demais."
Lianne estava à janela.
"Mas quando as torres caíram."
"Eu sei."
"Quando a coisa aconteceu."
"Eu sei."
"Pensei que ele tinha morrido."
"Eu também", disse Nina. "Tanta gente olhando."
"Pensando ele morreu, ela morreu."
"Eu sei."
"Vendo aqueles prédios desabando."
"Primeiro um, depois o outro. Eu sei", disse a mãe.

Nina tinha várias bengalas e às vezes, nas horas mais livres e nos dias de chuva, ela escolhia uma delas, subia a rua e ia até o Metropolitan Museum e ficava olhando para as pinturas. Olhava para três ou quatro pinturas em uma hora e meia. Olhava para as infalíveis. Gostava dos salões grandes, dos grandes mestres, das que tinham um efeito infalível sobre o olho e a mente, sobre a memória e a identidade. Depois voltava para casa e lia. Lia e dormia.

"É claro que o menino foi uma felicidade, mas fora isso, você sabe melhor do que eu, casar com ele foi com um grande erro, e foi você que quis, você correu atrás. Você queria viver de uma certa maneira, danem-se as conseqüências. Você queria uma certa coisa e pensou que o Keith."

"O que é que eu queria?"

"Você achou que com o Keith você ia conseguir."
"O que é que eu queria?"
"Sentir-se perigosamente viva. Isso era uma qualidade que você associava ao seu pai. Mas não era verdade. No fundo, seu pai era um homem cuidadoso. E o seu filho é uma criança linda e sensível", disse ela. "Mas fora isso."
Na verdade ela, Lianne, adorava aquela sala quando estava perfeitamente organizada, sem os jogos e brinquedos espalhados. Sua mãe morava ali havia poucos anos e Lianne costumava encarar o apartamento como se fosse uma visitante, um espaço serenamente equilibrado, não faz mal ele ser um pouco intimidador. O que mais lhe agradava eram as duas naturezas-mortas na parede que dava para o norte, de Giorgio Morandi, um pintor que sua mãe estudara, até escrevera sobre ele. Representavam grupos de garrafas, potes, latas de biscoitos, só isso, porém nas pinceladas havia algo que continha um mistério que ela não conseguia identificar, ou nas bordas irregulares dos vasos e jarros, algum reconhecimento interior, humano e obscuro, que se afastava da luz e da cor das pinturas. Natureza-morta. Aquela expressão parecia mais forte do que era necessário ser, até um tanto sinistra, mas ela nunca discutira essas coisas com a mãe. Que os significados latentes se debatam ao vento, livres de comentários definitivos.
"Você gostava de fazer perguntas quando menina. Uma insistência. Mas você tinha curiosidade pelas coisas erradas."
"Eram coisas minhas, não suas."
"O Keith queria uma mulher que se arrependesse do que fizesse com ele. É o estilo dele, levar a mulher a fazer uma coisa da qual depois ela se arrepende. E a coisa que você fez não foi só uma noite ou um fim de semana, não. Ele é um homem pra fim de semana. A coisa que você fez."
"Agora não é hora."
"Você foi e casou com ele."

"E depois mandei ele embora. Eu tinha motivos muito fortes, que foram se acumulando com o tempo. O seu motivo é muito diferente. Ele não é intelectual, não é artista. Ele não pinta, não escreve poesia. Se não fosse isso, você faria vista grossa pra todo o resto. Ele seria o artista atormentado. Ele ia poder se comportar de uma maneira insuportável. Me diz uma coisa."
"Desta vez você tem mais a perder. Amor-próprio. Pensa nisso."
"Me diz uma coisa. Que espécie de pintor pode ser mais insuportável, o figurativo ou o abstracionista?"
Ouviu a campainha e foi até o interfone para atender o porteiro. Já sabia antes mesmo de ouvir. Era Martin que estava subindo, o namorado de sua mãe.

3.

Ele assinou um documento, depois outro. Havia gente em macas, e outras pessoas, umas poucas, em cadeiras de rodas, e ele teve dificuldade em assinar o nome e mais ainda em amarrar a camisola de hospital atrás das costas. Lianne estava ali para ajudá-lo. Depois ela não estava mais e um servente o colocou numa cadeira de rodas, o empurrou por um corredor e o levou a uma série de salas de exames, casos urgentes passando por ele.

Médicos uniformizados com máscaras de papel examinaram suas vias aéreas e mediram sua pressão. Estavam interessados em reações potencialmente fatais aos ferimentos, hemorragia, desidratação. Verificaram se o fluxo de sangue para os tecidos havia diminuído. Observaram as contusões em seu corpo e olharam dentro de seus olhos e ouvidos. Alguém o submeteu a um eletrocardiograma. Pela porta aberta ele via suportes de soro deslizando pelo corredor. Mediram sua preensão manual e bateram chapas de radiografia. Disseram-lhe coisas que ele não conseguiu absorver a respeito de um ligamento ou cartilagem, uma laceração ou entorse.

Alguém retirou o vidro de seu rosto. O homem falava o tempo todo, usando um instrumento que ele chamava de extrator para retirar pequenos fragmentos de vidro que não haviam penetrado muito. Disse que os casos mais graves estavam quase todos em hospitais no centro da cidade ou no centro traumatológico instalado num píer. Disse que não estavam aparecendo tantos sobreviventes quanto se imaginava. Ele estava mobilizado pelos acontecimentos e não conseguia parar de falar. Havia médicos e voluntários sem ter o que fazer, disse, porque as pessoas que eles esperavam estavam em sua maioria lá dentro, no meio das ruínas. Disse que ia usar uma pinça para extrair os fragmentos mais profundos.

"Onde um homem-bomba ataca. De repente é melhor não contar isso a você."

"Não sei."

"Nos lugares onde isso acontece, os sobreviventes, as pessoas que estavam perto e ficam feridas, às vezes, meses depois, aparecem uns calombos nelas, por falta de termo melhor, e aí vão ver e descobrem que a causa é fragmentos, fragmentos mínimos do corpo do terrorista suicida. O corpo dele é reduzido a pedacinhos, pedacinhos minúsculos, e fragmentos de carne e osso são lançados com tanta força e velocidade que se cravam no corpo das pessoas que estão por perto. Dá pra acreditar? Uma estudante está sentada num café. Ela sobrevive ao ataque. Então, meses depois, encontram essas, sabe, pelotinhas de carne, carne humana que entrou na pele dela. Chamam isso de estilhaço orgânico."

Com a pinça ele extraiu mais um caco de vidro do rosto de Keith.

"Isso é uma coisa que acho que você não tem", disse ele.

Os dois melhores amigos de Justin eram um casal de irmãos que morava num prédio alto a dez quarteirões de sua casa. Lianne de início não conseguia se lembrar dos nomes deles e se referia a eles como os Irmãos, e em pouco tempo o nome pegou. Justin disse que o nome era esse mesmo e ela pensou como esse menino é engraçado quando quer ser.

Ela viu Isabel na rua, a mãe dos Irmãos, e ficaram conversando na esquina.

"Criança faz isso mesmo, com certeza, mas eu tenho que reconhecer que estou começando a ficar cismada."

"Eles ficam conspirando."

"É, meio que falam em código, e passam muito tempo olhando pela janela do quarto da Katie, com a porta fechada."

"Você sabe que eles estão olhando pela janela."

"Porque eu ouço eles falando quando passo pelo quarto e sei que é lá que eles estão. Eles ficam na janela falando numa espécie de código. O Justin não conta nada a você?"

"Acho que não."

"Porque a coisa está começando a ficar um pouco estranha, pra ser franca, o tempo que eles passam lá, primeiro ficam os três assim bem juntinhos e depois, não sei, o tempo todo cochichando numa língua meio inventada, o que é coisa de criança, com certeza, mas mesmo assim."

Lianne não estava entendendo aquilo direito. Eram só três crianças fazendo criancices juntas.

"O Justin anda interessado em meteorologia. Acho que na escola eles estão estudando as nuvens", disse, percebendo a falta de convicção em sua voz.

"Eles não ficam cochichando sobre as nuvens."

"Está bem."

"Tem alguma coisa a ver com esse homem."

"Que homem?"

"Esse nome. Você já ouviu."

"Esse nome", disse Lianne.

"Parece que é esse nome que eles ficam cochichando o tempo todo, não é? Os meus filhos se recusam a falar sobre o assunto. É a Katie que não deixa. Ela, sabe, mete medo no irmão. Eu imaginei, sei lá, quem sabe você não está informado de alguma coisa."
"Acho que não."
"Quer dizer, tipo assim, o Justin nunca fala sobre isso?"
"Não. Que homem?"
"Que homem? Pois aí é que está", disse Isabel.

Ele era alto, cabelo raspado, e ela achou que parecia um oficial, um militar de carreira, ainda em forma e começando a ficar acabado, não por causa da guerra mas dos rigores suaves desta vida, talvez pela separação, por morar sozinho, ser pai à distância. Ele estava na cama agora e olhava para ela, distante poucos metros, começando a abotoar a blusa. Eles dormiam na mesma cama porque ela não conseguia lhe dizer para dormir no sofá e porque gostava de tê-lo ali a seu lado. Ele parecia não dormir. Ficava deitado de costas e conversava, mas o que mais fazia era escutar, e isso era bom. Ela não precisava saber quais os sentimentos de um homem a respeito de todas as coisas, não precisava mais, principalmente este homem. Ela gostava dos espaços que ele criava. Gostava de se vestir na frente dele. Sabia que haveria de chegar a hora em que ele a apertaria contra a parede antes que ela terminasse de se vestir. Ele se levantaria da cama e olharia para ela e ela pararia o que estivesse fazendo e esperaria que ele se aproximasse e a apertasse contra a parede.

Ele estava deitado numa mesa longa e estreita dentro da unidade fechada. Havia um travesseiro sob seus joelhos e duas luminárias de trilho no alto e ele tentava se concentrar na música.

Imerso no ruído forte do digitalizador, fixava a atenção nos instrumentos, separando um naipe do outro, cordas, madeiras, metais. O ruído era um staccato violento de pancadas, um estridor metálico que lhe dava a impressão de estar bem no meio de uma cidade de ficção científica prestes a ser aniquilada. Ele tinha no pulso um aparelho que produzia uma imagem detalhada, e a sensação de estar confinado e impotente lhe trouxe à mente uma coisa dita pela radiologista, uma russa cujo sotaque tinha um efeito tranqüilizador sobre ele porque essa gente dá importância a cada palavra e talvez por isso ele tivesse escolhido a música clássica para ficar ouvindo quando ela lhe pediu que escolhesse. Então ouviu a voz dela nos fones dizendo que a próxima seqüência de ruídos duraria três minutos, e quando a música recomeçou ele pensou em Nancy Dinnerstein, que tinha uma clínica de sonoterapia em Boston. As pessoas pagavam para que ela as fizesse dormir. Ou então a outra Nancy, como era mesmo o sobrenome dela, rapidamente, entre dois encontros sexuais sem compromisso, essa foi em Portland, Oregon, sem sobrenome. A cidade tinha sobrenome, a mulher não.

O barulho era insuportável, alternando um som de pancadas estridentes com um pulso eletrônico de tom variável. Ele ouvia a música e pensava no que a radiologista tinha dito, que depois que a coisa terminava, com aquele sotaque russo, a gente esquece na mesma hora toda a experiência, de modo que não pode ser assim uma coisa tão ruim, disse ela, e ele pensou que o comentário se aplicava à experiência de morrer. Mas isso era outra coisa, não era, numa outra espécie de barulho, e o homem preso depois não sai deslizando de dentro do tubo. Ele ouvia a música. Tentava com afinco escutar as flautas e separá-las dos clarinetes, se eram mesmo clarinetes, mas não conseguia fazer isso, e a única força que se contrapunha era Nancy Dinnerstein bêbada em Boston, e a lembrança lhe proporcionou uma ereção idiota e frustrada, pen-

sando nela naquele quarto de hotel cheio de correntes de ar com uma vista limitada do rio.
Ele ouviu a voz do fone dizendo que a próxima seqüência de ruídos duraria sete minutos.

Ela viu o rosto no jornal, o homem do vôo 11. Àquela altura dos acontecimentos, apenas um dos dezenove tinha rosto, um olhar fixo na foto, tenso, olhos duros que pareciam excessivamente cheios de insinuações para uma foto de carteira de motorista.

Ela recebeu um telefonema de Carol Shoup, editora executiva de uma grande editora. Carol de vez em quando arranjava trabalhos para Lianne, que era revisora freelance e normalmente trabalhava em casa ou na biblioteca.

Foi Carol quem mandou o cartão-postal de Roma, da Keats-Shelley House, e era o tipo de pessoa que ao voltar da viagem não deixaria de cantarolar: "Recebeu o meu cartão?".
Sempre com uma voz que pairava entre a insegurança desesperada e o ressentimento incipiente.
Em vez disso ela perguntou, em voz baixa: "A hora é ruim?".
Depois que ele entrou no prédio dela e todos foram sabendo, nos dias que se seguiram as pessoas ligavam para ela perguntando: "A hora é ruim?".
É claro que elas queriam dizer: você está ocupada, você deve estar ocupada, tanta coisa acontecendo, quer que eu ligue depois, se precisar de alguma coisa, como é que ele está, ele vai ficar aí uns tempos e, por fim, a gente podia ir jantar, nós quatro, em algum lugar tranqüilo?
Era estranho como ela ficava seca, e lacônica, criara antipatia por aquela expressão, condenada a replicar-se como que por

23

seu próprio DNA, e passara a encarar com desconfiança aquelas vozes suavemente fúnebres.

"Porque se for", disse Carol, "a gente conversa depois."

Ela não queria pensar que estava sendo egoísta, monopolizando o sobrevivente, decidida a deter o direito de exclusividade. Era aqui que ele queria estar, afastado daquela maré de vozes e rostos, Deus e pátria, quietinho em cômodos silenciosos, perto de pessoas importantes para ele.

"Por falar nisso", disse Carol, "você recebeu o cartão que eu mandei?"

Ela ouvia música vindo de algum lugar no edifício, de um andar mais baixo, e deu dois passos em direção à porta, afastando o telefone do ouvido, e então abriu a porta e ficou parada, escutando.

Agora estava parada ao pé da cama, olhando para ele, deitado, tarde da noite, tendo ela terminado de trabalhar, e perguntou-lhe finalmente, em voz baixa.

"Por que você veio pra cá?"

"Essa é a pergunta, não é?"

"Por causa do Justin, não é?"

Era a resposta que ela queria porque era a que mais fazia sentido.

"Pra ele ver que você estava vivo", disse ela.

Mas era apenas metade da resposta, e ela se deu conta de que precisava ouvir alguma outra coisa além disso, o motivo maior do ato dele, ou da intuição dele, ou lá o que fosse.

Ele pensou por um bom tempo.

"É difícil saber. Não sei como a minha cabeça estava funcionando na hora. Veio um cara num furgão, um encanador, se não me engano, e ele me trouxe até aqui. O rádio dele tinha sido roubado, mas por causa das sirenes ele sabia que alguma coisa estava acontecendo, só que não sabia o que era. Teve uma hora que deu pra ele olhar bem pro centro da cidade, mas ele só viu uma torre. Achou que uma torre estava na frente da outra, ou então que era por causa da fumaça. Ele viu a fumaça. Seguiu pro leste por um tempo e depois olhou de novo e só viu uma torre. Uma torre só não fazia sentido. Então virou pro norte, que era pra onde ele estava indo mesmo, e aí ele me viu e me pegou. A essa altura a segunda torre já tinha caído. Oito rádios em três anos, disse ele. Todos roubados. Eletricista, se não me engano. Ele tinha uma garrafa de água que a toda hora botava na minha frente."

"O seu apartamento, você sabia que não dava pra ir pra lá."

"Eu sabia que o prédio era muito perto das torres e talvez eu entendesse que não dava pra ir lá, mas talvez eu nem estivesse pensando nisso. Seja como for, não foi por isso que eu vim pra cá, não. Foi mais do que isso."

Agora ela se sentia melhor.

"Ele queria me levar pro hospital, o cara do furgão, mas eu disse pra ele me trazer aqui."

Olhou para ela.

"Dei a ele este endereço", disse ele, para enfatizar, e ela se sentiu melhor ainda.

Era uma coisa simples, cirurgia em ambulatório, ligamento ou cartilagem, e na recepção Lianne o esperava para levá-lo de volta para o apartamento. Na mesa ele pensou em seu colega Rumsey, apenas por um instante, logo antes ou depois de ser anestesiado. O médico, o anestesista, injetou nele um sedativo forte, ou outra coisa, uma substância que suprimia a memória, ou então foram duas injeções, mas lá estava Rumsey na cadeira dele junto à janela, o que indicava que a memória não tinha sido suprimida ou então a substância ainda não tinha surtido efeito, um sonho, uma imagem em vigília, fosse o que fosse, Rumsey na fumaça, as coisas despencando.

Ela saiu à rua pensando em coisas cotidianas, o jantar, a lavanderia, o caixa eletrônico, isso, ir para casa. Tinha muita coisa a mexer no livro que estava revisando, para uma editora universitária, sobre alfabetos antigos, o prazo estava em cima. Sim, isso era importante. Não sabia o que o menino ia achar do mango chutney que ela havia comprado, ou talvez ele já tivesse provado e detestado, lá na casa dos Irmãos, porque Katie falara nisso uma vez, ou alguém tinha falado. O autor era um búlgaro que escrevia em inglês.

E mais isto, os táxis em fileira tríplice ou quádrupla, correndo em direção a ela vindo do sinal a um quarteirão dali na avenida quando ela parou no meio da faixa de pedestres para decidir seu destino.

Em Santa Fé ela vira uma vez uma placa numa vitrine anunciando um xampu étnico. Estava viajando no Novo México com um homem com quem ela saía quando estava separada, um executivo de televisão, muito lido e exibido, dentes reluzentes lustrados a laser, um homem que gostava do rosto comprido dela, de seu corpo um tanto preguiçoso e flexível, dizia ele, até as extremidades ossudas, e o jeito como ele a examinava, o dedo correndo pelas reentrâncias e protuberâncias, às quais ele dava nomes de eras geológicas, fazendo-a rir sem parar, por um dia e meio, ou talvez fosse só por conta da altitude em que estavam trepando, os céus do altiplano desértico.

Correndo em direção à calçada oposta, sentindo-se uma saia e blusa sem corpo, como era boa a sensação, escondida por trás do brilho plástico do invólucro comprido da lavanderia, que ela segurava com o braço estendido, entre ela e os táxis, numa atitude de autodefesa. Imaginava os olhos dos motoristas, intensos, entrefechados, cabeça inclinada sobre o volante, e havia ainda a questão de ela estar à altura da situação, como dissera Martin, o namorado de sua mãe.

E mais isso, e Keith no chuveiro naquela manhã, parado apático na água, um vulto vago lá longe por trás do acrílico.

Mas o que a fez pensar naquilo, no xampu étnico, no meio da Third Avenue, era uma questão que talvez não encontrasse resposta num livro sobre alfabetos antigos, decifrados meticulosamente, inscrições em argila cozida, casca de árvore, pedra, osso, junça. O engraçado, que para ela não tinha a menor graça, era que a obra em questão fora datilografada numa máquina velha, manual, com emendas feitas à mão pelo autor, numa letra profundamente emotiva e ilegível.

O primeiro policial lhe disse para ir até a barreira que ficava a um quarteirão para o leste, ele obedeceu e lá encontrou soldados da polícia militar e do exército em Humvees e um comboio de caminhões de entulho e varredores da saúde pública seguindo para o sul, passando por barreiras formadas com cavaletes. Mostrou um comprovante de residência e a carteira de identidade com foto, e o segundo policial lhe disse que fosse para a próxima barreira, mais para o leste, e ele obedeceu e viu uma corrente de ferro que atravessava a Broadway, protegida por soldados com máscaras antigás. Ele disse ao policial da barreira que tinha de dar comida para o gato e que se o gato morresse seu filho ia ficar arrasado, e o homem pareceu compreensivo, mas lhe disse para tentar a próxima barreira. Havia carros do corpo de bombeiros e ambulâncias, havia radiopatrulhas, caminhões-plataformas, veículos munidos de cesto aéreo, todos atravessando as barricadas e entrando na mortalha de areia e cinza.

Mostrou ao policial seguinte o comprovante de residência e a identidade com foto e lhe disse que havia gatos para alimentar, três ao todo, e que se eles morressem seus filhos ficariam arrasados, e mostrou a tala que tinha no braço esquerdo. Teve de sair do caminho quando uma manada de buldôzeres e escavadeiras atravessou a barreira, fazendo um barulho de máquinas infernais eternamente aceleradas. Falou mais uma vez com o policial e mostrou a tala no pulso e disse que precisava apenas de quinze minutos num apartamento para dar comida aos gatos e que depois voltaria para o hotel, que não permitia animais, para tranqüilizar as crianças. O policial disse que tudo bem, mas se alguém parar você lá você diz que entrou pela barreira da Broadway, não por esta.

Ele atravessou a zona interditada, para o sul e para o oeste, passando por barreiras menores e contornando outras. Havia uma tropa da guarda nacional com túnicas militares e armas, e de vez em quando ele via um vulto com máscara antipoeira, homem ou mulher, obscuro e furtivo, os únicos outros civis. As ruas e os carros estavam cobertos de cinza e havia montanhas de sacos de lixo nos meios-fios e junto aos prédios. Ele caminhava devagar, protegendo-se de algo que não conseguia identificar. Tudo estava cinzento, tudo mole e morto, fachadas de lojas por trás de corrediças de ferro corrugado, uma cidade em outro lugar, em estado de sítio permanente, e um fedor no ar que penetrava a pele.

Parou diante da barreira formada por uma cerca alugada da National Rent-A-Fence e olhou para dentro da névoa, vendo a filigrana distorcida formada pelas últimas coisas que permaneciam em pé, um vestígio esquelético da torre na qual ele havia trabalhado por dez anos. Os mortos estavam por toda parte, no ar, nos escombros, nos telhados, nas brisas que vinham do rio. Eles desciam com as cinzas e choviam nas janelas de toda a rua, sobre seu cabelo e suas roupas.

Percebeu alguém a seu lado junto à cerca, um homem com uma máscara antipoeira que se mantinha num silêncio calculado, pronto para ser rompido.

"Olha só", disse ele finalmente. "Eu fico dizendo a mim mesmo que estou aqui. É difícil acreditar, estou aqui vendo isto."

Suas palavras eram abafadas pela máscara.

"Eu fui a pé até o Brooklyn quando aconteceu", disse. "Eu não moro lá. Eu moro bem pro norte de Manhattan, no lado oeste, mas trabalho por aqui, e quando aconteceu todo mundo estava atravessando a ponte em direção ao Brooklyn e eu fui junto. Eu atravessei a ponte porque todo mundo estava atravessando a ponte."

Parecia um defeito de dicção, as palavras sufocadas e emboladas. Ele sacou o celular e digitou um número.

"Eu estou aqui", disse, mas teve que repetir, porque a pessoa com quem ele falava não conseguia ouvi-lo direito.

"Eu estou aqui", disse.

Keith caminhou em direção a seu prédio. Viu três homens de capacete e blusão da polícia de Nova York, com cães de busca conduzidos em guias curtas. Vinham em sua direção, e um dos homens inclinou a cabeça de modo interrogativo. Keith lhe disse aonde estava indo, mencionou os gatos e as crianças. O homem parou para lhe dizer que a porra da torre do One Liberty Plaza, cinqüenta e tantos andares, perto do lugar para o qual Keith se dirigia, podia se estabacar a qualquer momento. Os outros homens ficaram esperando impacientes enquanto o primeiro lhe dizia que o prédio estava mesmo se mexendo, dava até para medir. Keith fez que sim com a cabeça, esperou que os homens se afastassem e continuou em direção ao sul, depois virou para o oeste, atravessando ruas quase inteiramente vazias.

Dois homens hassídicos estavam parados diante de uma loja com a vitrine quebrada. Pareciam ter mil anos de idade. Quando

Keith se aproximou de seu prédio, viu trabalhadores com filtros respiratórios e roupas protetoras vasculhando a calçada com uma enorme bomba a vácuo. As portas da frente tinham sido derrubadas por uma explosão ou a pontapés. Não fora obra de saqueadores, ele pensou. Imaginou que as pessoas em desespero haviam se abrigado em qualquer lugar quando as torres desabaram. O saguão fedia por causa do lixo acumulado no porão. Ele sabia que a eletricidade tinha sido religada e que não havia motivo para não pegar o elevador, mas subiu os nove lanços de escada até seu apartamento, detendo-se no terceiro e no sétimo andar, onde ficou parado na extremidade dos longos corredores. Parado, escutando. O edifício parecia vazio, não se via nem se ouvia nada. Quando entrou em seu apartamento ficou imóvel por um instante, só olhando em volta. As janelas estavam cobertas de crostas de areia e cinza, e havia fragmentos de papel e uma folha inteira presa no meio da sujeira. No mais, tudo estava tal como antes, quando ele saiu de casa para ir ao trabalho naquela manhã de terça-feira. Se bem que ele não tinha prestado atenção. Morava ali havia um ano e meio, desde a separação, tinha encontrado um lugar perto do trabalho, concentrando ali sua vida, satisfeito com o mais estreito dos horizontes, o da desatenção.

Mas agora ele estava olhando. Entrava um pouco de luz pelos trechos limpos da vidraça. Agora ele via o lugar de modo diferente. Lá estava ele, visto com clareza, num quarto-e-sala com quitinete em que não havia nada de importante para ele, escuro e silencioso, com um leve cheiro de vazio. Havia uma mesa de jogo, era tudo, com sua superfície forrada pelo pano verde, baeta ou feltro, local do pôquer semanal. Um dos jogadores disse que era baeta, imitação de feltro, ele disse, e Keith havia mais ou menos concordado. Era o único momento sem complicações de sua semana, de seu mês, o momento do pôquer — o único que ele aguardava que não estava associado à culpa sangüínea de relações desfeitas. Pagar para ver ou pular fora. Feltro ou baeta. Era a última vez que ele estaria ali. Não havia gatos, só roupas. Pôs algumas coisas numa mala, camisas e calças, suas botas de caminhada compradas na Suíça, e o resto que se dane. Isso e aquilo e as botas suíças, porque as botas eram importantes e a mesa de pôquer era importante, mas ele não precisaria da mesa, dois jogadores estavam mortos, um muito ferido. Uma única mala, só isso, e seu passaporte, talões de cheques, certidão de nascimento e alguns outros documentos, os documentos oficiais de identidade. Ficou parado olhando e sentiu algo tão solitário que podia pegá-lo com a mão. Na janela a página intacta tremulava na brisa, e ele foi até ela para ver se dava para ler o que estava escrito. Em vez disso, ficou olhando para a lasca visível do One Liberty Plaza e começou a contar os andares, perdendo o interesse mais ou menos na metade, pensando em outra coisa.

Olhou dentro da geladeira. Talvez estivesse pensando no homem que morava ali antes, e examinou as garrafas e caixas para encontrar uma pista. O papel farfalhava na janela, ele pegou a mala e saiu porta afora, trancando-a. Deu cerca de quinze passos no corredor, afastando-se da escada, e falou, quase cochichando.

Disse: "Eu estou aqui", e depois, mais alto, "eu estou aqui".

Na versão filmada, haveria alguém no prédio, uma mulher emocionalmente perturbada ou um velho sem-teto, e haveria diálogos e closes.

A verdade é que ele tinha medo do elevador. Não queria se dar conta do fato, mas o fez, era inevitável. Desceu a escada até o saguão, sentindo que o cheiro de lixo ficava mais próximo a cada degrau. Os homens com a bomba a vácuo não estavam mais lá. Ouviu o ronco das máquinas pesadas no local das torres, equipamento de terraplenagem, escavadeiras que transformavam concreto em pó, e depois o som de uma sirene que indicava perigo, talvez o desabamento de uma estrutura próxima. Ele esperou, todos esperaram, e depois o ronco recomeçou. Foi até o correio local para pegar a correspondência que não havia sido distribuída e depois caminhou para o norte, em direção às barreiras, pensando que talvez fosse difícil encontrar um táxi numa época em que todos os taxistas de Nova York se chamavam Muhammad.

4.

A separação do casal foi marcada por uma certa simetria, a dedicação fiel de cada um dos dois a um grupo equivalente. Ele tinha um jogo de pôquer, uma mesa de seis, no centro da cidade, uma noite por semana. Ela tinha as sessões de relatos de histórias, no East Harlem, também todas as semanas, à tarde, uma reunião de cinco ou seis ou sete homens e mulheres nos primeiros estágios do mal de Alzheimer.

As rodas de pôquer terminaram depois que as torres caíram, mas as sessões de relatos ficaram ainda mais intensas. Os participantes instalavam-se em cadeiras dobráveis numa sala com uma porta improvisada de compensado num grande centro comunitário. Ruídos constantes ecoavam nas paredes do corredor. Havia crianças correndo de um lado para o outro, adultos em turmas especiais. Havia gente jogando dominó e pingue-pongue, voluntários preparando refeições para serem entregues a idosos do bairro.

O grupo fora criado por um psicólogo clínico que deixava Lianne sozinha na hora das sessões, as quais tinham o único objetivo de levantar o moral dos pacientes. Ela passava algum tempo conversando com os participantes sobre os acontecimentos no mundo e na vida deles, e depois distribuía blocos pautados e esferográficas e propunha-lhes um tema para que escrevessem, ou então pedia que eles próprios escolhessem o assunto. Lembranças de meu pai, esse tipo de coisa, ou O que eu sempre quis fazer mas nunca fiz, ou Será que meus filhos me conhecem. Escreviam por cerca de vinte minutos e depois liam, um por um, em voz alta, o que haviam escrito. Às vezes ela se assustava com os primeiros sinais de incapacidade de reação, as perdas e deficiências, os melancólicos indícios ocasionais de que aquelas mentes começavam a perder o atrito adesivo que torna possível a individualidade. Os sinais estavam na linguagem, nas letras invertidas, na palavra perdida ao final de uma frase formada com dificuldade. Estavam na caligrafia, que por vezes se dissolvia em rabiscos. Mas havia milhares de momentos animados vividos pelos participantes, que tinham uma oportunidade de encontrar as interseções entre compreensão e lembrança que o ato de escrever permite. Riam bem alto muitas vezes. Mergulhavam em si mesmos, encontrando narrativas que fluíam e saltavam, e como era natural fazer isso, contar histórias sobre si próprios.

Rosellen S. viu o pai entrar em casa após quatro anos desaparecido. Agora usava barba, a cabeça estava raspada e perdera um dos braços. Rosellen tinha dez anos quando isso aconteceu e narrou o evento numa convergência caótica, uma intimidade de detalhes físicos nítidos e reminiscências oníricas que não pareciam ter ligação uma com a outra — programas radiofônicos, primos chamados Luther, dois, e um vestido que sua mãe usou para ir ao casamento de alguém, e todos a ouviam fazer sua leitura quase num sussurro, *sem um dos braços*, e Benny na cadeira ao lado fechou os olhos e ficou se balançando durante toda a narrativa. Para eles, ali era a sala de oração, dizia Omar H. Eles vivenciavam o poder da autoridade final. Ninguém sabia o que eles sabiam, ali no último minuto de clareza antes que tudo se extinguisse. Assinavam as páginas com o primeiro nome e a inicial do sobrenome. A idéia foi de Lianne, talvez um pouco afetada, pensava ela, como se fossem personagens de romances europeus. Eram personagens e autores ao mesmo tempo, podendo contar o que quisessem contar, deixando o resto imerso no silêncio. Quando lia seus textos, Carmen G. gostava de enfeitá-los com expressões em espanhol para captar o âmago auditivo de um incidente ou uma emoção. Benny T. odiava escrever, adorava falar. Trazia guloseimas para as sessões, grandes bexigas gelatinosas que ninguém mais provava.

O barulho ecoava no corredor, crianças tocando piano e bateria, outras andando de patins, e as vozes e sotaques dos adultos, aquele inglês poliglota se espalhando pelo prédio.

Os participantes escreviam sobre tempos difíceis, lembranças alegres, filhas que se tornavam mães. Anna escreveu sobre a revelação do próprio ato de escrever, ela não sabia que era capaz de juntar dez palavras, e agora olha só como está jorrando. Esta era Anna C., uma mulher corpulenta do bairro. Quase todos eram do bairro, o mais velho era Curtis B., oitenta e um anos, um homem alto e taciturno que já estivera preso e tinha uma voz, em suas leituras, que ressoava como verbetes da *Enciclopédia Britânica*, uma coleção que ele lera de cabo a rabo na biblioteca da penitenciária.

Havia um assunto sobre o qual os participantes queriam escrever, com insistência, todos menos Omar H. O assunto deixava Omar nervoso, mas ele acabou concordando. Queriam escrever sobre os aviões.

Quando ele voltou do centro, o apartamento estava vazio. Examinou sua correspondência. Seu nome estava grafado erradamente, o que era comum, e ele pegou uma esferográfica no caneco ao lado do telefone para fazer as correções nos envelopes. Não sabia quando começara a fazer isso e não sabia por que o fazia. Não havia motivo. Porque não era ele, com o nome escrito errado, era por isso. Fez uma vez e então continuou a fazer, e talvez compreendesse em algum nível réptil de percepção que tinha de fazê-lo e continuaria a fazer por anos e décadas afora. Não evocava esse futuro de modo claro, mas ele provavelmente existia, zumbindo dentro de seu crânio. Ele jamais corrigia a ortografia quando a correspondência era claramente do tipo comercial, indiscriminada, feita para jogar fora. Quase o fez, da primeira vez, mas mudou de idéia. Esse tipo de correspondência fora criado exatamente para isso, para fundir as identidades do mundo numa só, com o nome da pessoa grafado de forma errada. Na maioria dos outros casos ele fazia a correção, que envolvia uma letra da primeira sílaba de seu sobrenome, Neudecker, e depois abria o envelope. Jamais fazia a correção na presença de outra pessoa. Era um ato que tinha o cuidado de ocultar.

Ela atravessava o Washington Square Park atrás de um aluno que dizia *demorô* no telefone celular. Era um dia de sol, gente jogando xadrez nas mesas do parque, um desfile de modas sendo filmado debaixo do arco. Eles diziam *demorô*. Diziam *caraca* para exprimir espanto ou admiração. Viu uma jovem lendo num banco de praça, sentada na posição de lótus. Lianne costumava ficar lendo haicais, sentada no chão de pernas cruzadas, nas semanas e meses após a morte de seu pai. Pensou num poema de Bashō, ou no primeiro e no terceiro versos. Não se lembrava do segundo. *Até mesmo em Kioto — anseio por Kioto.* Faltava o segundo verso, mas não sentia que precisava dele.

Meia hora depois estava na Grand Central Station para aguardar o trem de sua mãe. Ela não ia à estação havia algum tempo e não estava acostumada com a presença de policiais e soldados da guarda estadual em grupos organizados e seguranças com cães. Outros lugares, ela pensou, e outros mundos, terminais poeirentos, cruzamentos importantes, procedimentos rotineiros que sempre existirão. Era menos uma reflexão calculada do que um lampejo, um pipocar de lembranças, cidades que ela conhecera, multidões e calor. Mas a ordem normal também estava em evidência aqui, turistas tirando fotos, gente correndo para pegar o trem. Ela seguia em direção ao guichê de informações para saber qual o número do portão, quando uma coisa atraiu sua vista perto da saída da 42 Street.

Gente se aglomerava perto da entrada, nos dois lados, algumas pessoas empurravam as portas para entrar, mas aparentemente ainda interessadas em alguma coisa que acontecia do lado de fora. Lianne saiu para a calçada apinhada de gente. O trânsito estava se acumulando, umas poucas buzinas soavam. Ela se esgueirou pela fachada de uma loja e levantou a vista para a estrutura de aço verde que passa por cima da Pershing Square, o viaduto que contorna o terminal nos dois sentidos.

Havia um homem pendurado no viaduto, de cabeça para baixo. Estava de terno, uma perna dobrada, os braços paralelos ao corpo. Um cinto de segurança quase invisível emergia da calça da perna esticada e se prendia à grade ornamental do viaduto.

Ela já ouvira falar nele, um artista performático conhecido como Homem em Queda. Ele fizera várias aparições na semana anterior, sem ser anunciado, em diversas partes da cidade, pendurado de uma ou outra estrutura, sempre de cabeça para baixo, de terno e gravata e sapatos finos. Ele evocava, é claro, aqueles momentos cruéis nas torres em chamas em que pessoas caíram ou foram obrigadas a pular. Fora visto pendurado de uma sacada no átrio de um hotel, e a polícia o havia retirado de uma sala de concertos e de dois ou três prédios residenciais com terraços acessíveis.

37

Agora o trânsito estava quase parado. Havia pessoas gritando para o homem, indignadas com o espetáculo, a paródia do desespero humano, o último e efêmero suspiro do corpo e do que ele continha. Ele continha o olhar do mundo, ela pensou. Havia algo de terrivelmente aberto naquilo, algo que não tínhamos visto antes, a figura única de um homem que cai arrastando em sua esteira um terror coletivo, corpo caído entre todos nós. E agora, pensou ela, aquele pequeno espetáculo teatral, perturbador o bastante a ponto de parar o trânsito e fazê-la voltar para dentro da estação.

Sua mãe estava esperando no portão, no nível inferior, apoiada na bengala.

Disse ela: "Eu tive que vir embora de lá".

"Pensei que você ia ficar mais uma semana, no mínimo. Melhor lá do que aqui."

"Eu quero ficar no meu apartamento."

"Mas e o Martin?"

"O Martin continua lá. A gente segue discutindo. Quero ficar sentada na minha poltrona lendo os meus europeus."

Lianne pegou a mala e elas subiram pela escada rolante até o salão principal, imerso na luz poeirenta que entrava em ângulo pelas lunetas elevadas. Havia umas dez pessoas em torno de um guia turístico perto da escada que dava para o balcão leste, olhando para o teto pintado, as constelações folheadas a ouro, um guarda com seu cão parado ao lado, e sua mãe não conseguiu conter um comentário a respeito do uniforme do homem, a idéia de usar camuflagem de selva em plena Manhattan.

"As pessoas estão indo embora e você está voltando."

"Ninguém está indo embora", disse sua mãe. "As que vão embora são as que nunca estiveram aqui."

"Pois eu tenho que admitir que volta e meia penso nisso. Pegar o menino e cair fora."

"Não me irrite", disse a mãe.

Até mesmo em Nova York, ela pensou. É claro que havia se enganado sobre o segundo verso do haicai. Ela sabia. Fosse o que fosse o segundo verso, sem dúvida ele seria crucial para o poema. *Até mesmo em Nova York — anseio por Nova York.* Lianne atravessou o saguão com a mãe e entrou com ela numa passagem que as deixaria três quarteirões ao norte da entrada principal. Lá o trânsito estaria fluindo e haveria táxis, e nenhum sinal do homem que estava de cabeça para baixo, numa queda estacionária, dez dias depois dos aviões.

Interessante, não é? Dormir com o marido, uma mulher de trinta e oito anos e um homem de trinta e nove anos, sem jamais haver nenhum ruído arfante de sexo. Ele é o seu ex-marido que oficialmente não chegou a ser ex, o estranho com quem você se casou numa vida anterior. Ela se vestia e se despia, ele olhava e não olhava. Era estranho mas interessante. Uma tensão não se formava. Isso era extremamente estranho. Ela o queria ali, perto dela, porém não sentia nenhum sinal de autocontradição ou renúncia. Apenas esperando, só isso, uma longa pausa em reconhecimento de mil dias e noites amargas, não muito fáceis de esquecer. Aquilo exigia tempo. Não podia acontecer da maneira como as coisas aconteciam nas situações normais. E é interessante, não é, a forma como você se desloca no quarto, cotidianamente seminua, e o respeito que você demonstra para com o passado, com seus fervores inadequados, suas paixões que feriam e queimavam.

Ela queria contato e ele também queria.

A pasta era menor do que o normal e de um castanho avermelhado com fecho de latão, largada no fundo do closet. Ele a vira ali antes, mas só agora compreendia que não era dele. Não era da sua mulher, não era dele. Ele já a vira, chegara quase a localizá-la numa distância perdida havia muito como um objeto em sua mão, a mão direita, um objeto coberto de cinza, mas foi só agora que compreendeu por que a pasta estava ali.

Ele a pegou e levou-a até a escrivaninha do escritório. A pasta estava ali porque ele a trouxera. A pasta não lhe pertencia, mas ele a retirara da torre e estava com ela na mão quando chegou ao apartamento. Claramente, Lianne a havia limpado, e ele ficou olhando para a pasta, de couro legítimo com uma textura áspera, alisada pelo uso, com uma marca numa das fivelas. Passou o polegar pela alça acolchoada, tentando entender por que ele retirara a pasta do prédio. Não tinha pressa em abri-la. Começou a pensar que não queria abri-la, mas não sabia por quê. Passou os nós dos dedos pela aba da frente e abriu uma das fivelas. A luz do sol atingia o mapa astronômico na parede. Ele abriu a segunda fivela.

Encontrou um par de fones de ouvido e um aparelho de CD. Havia uma pequena garrafa de água mineral. Havia um telefone celular no bolso destinado a esse fim e metade de uma barra de chocolate no compartimento para cartões de visitas. Viu três porta-canetas e uma esferográfica. Havia um maço de cigarros Kent e um isqueiro. Num dos bolsos laterais, encontrou uma escova de dentes sônica num estojo de viagem e um gravador digital também, mais fino do que o seu.

Examinou os objetos com distanciamento. De algum modo, era morbidamente condenável fazer aquilo, mas ele estava tão distanciado das coisas que havia dentro da pasta, da ocasião da pasta, que isso provavelmente não tinha importância.

Havia uma pasta de papéis de couro artificial com um caderno em branco numa das divisórias. Ele encontrou um envelope selado, pré-endereçado à AT&T, sem endereço de remetente, e um livro na divisória com zíper, uma brochura, um guia para compradores de carros usados. O CD que estava dentro do aparelho era uma coletânea de música brasileira.

A carteira com dinheiro, cartões de crédito e carteira de motorista estava no outro bolso lateral.

Desta vez a mulher apareceu na padaria, a mãe dos Irmãos. Entrou na padaria logo depois de Lianne e ficou atrás dela na fila, após pegar uma senha no balcão.

"Estou curiosa a respeito do binóculo. Ele não é, sabe, uma criança muito extrovertida."

A mulher sorriu para Lianne, um sorriso cálido e falso, em meio a uma fragrância de bolos confeitados, um olhar de mãe para mãe, tipo assim nós duas sabemos que essas crianças têm mundos fantásticos reluzentes que elas não compartilham com os pais.

"Porque agora ele não larga o binóculo. E eu fico achando, sabe, que ele pode ter contado alguma coisa a você."

Lianne não sabia do que ela estava falando. Olhou para o rosto largo e vermelho do homem atrás do balcão. A resposta não estava lá.

"Ele deixa os meus filhos olharem também, quer dizer, não é por aí, porque o pai deles prometeu que vai dar um pra eles, só que a gente ainda não comprou, você sabe, binóculo não é prioridade, e a Katie é cheia de segredos e o irmão dela é irmão dela, leal até debaixo d'água."

"Você quer saber o que é que eles ficam olhando, com a porta do quarto fechada?"

"Eu fico achando, quem sabe o Justin."

"Não deve ser nada, não é? Quem sabe gaviões. Esses de cauda vermelha, sabe."

"Não, é certo que tem alguma coisa a ver com o Bill Lawton. Disso tenho certeza absoluta, porque o binóculo tem a ver com toda essa síndrome de mistério que essas crianças inventaram."

"Bill Lawton."
"O homem. O nome que eu falei."
"Acho que não falou, não", disse Lianne.
"É o segredo deles. O nome eu sei, mas só isso. Fico achando, quem sabe o Justin. Porque os meus filhos, quando eu toco no assunto, são boca-de-siri."
Ela não sabia que Justin levava o binóculo quando ia para a casa dos Irmãos. O binóculo não era exatamente dele, se bem que ela achava que não havia problema nenhum de o menino usá-lo sem pedir permissão. Mas talvez houvesse, pensou ela, esperando que o homem chamasse seu número.
"Eles não estão estudando as aves na escola?"
"Da última vez era nuvens."
"Eu me enganei, não era nuvens, não. Mas as aves, isso eu garanto, o canto dos pássaros e os hábitats", disse ela à mulher.
"Eles fazem caminhadas no Central Park."
Ela se deu conta de que odiava ficar parada numa fila com um número na mão. Odiava aquele sistema de senhas, levado às últimas conseqüências, num espaço confinado, tendo como única recompensa no final do processo uma caixinha branca de confeitos adornada com um laço.

Ele não sabia direito o que o havia despertado. Continuava deitado na escuridão, de olhos abertos, pensando. Então começou a ouvir, na escada e no corredor, vindo de algum andar mais baixo, música, e começou a prestar atenção, bongôs e instrumentos de cordas e um coral de vozes nas paredes, mas baixinho, vozes aparentemente distantes, do outro lado de um vale, era o que parecia, homens rezando, vozes em coro em louvor a Deus.

Allah-uu   Allah-uu   Allah-uu

Havia um apontador de lápis antiquado preso à extremidade da mesa no quarto de Justin. Ela estava parada à porta vendo o menino enfiar um lápis de cada vez no furo e rodar a manivela. Ele tinha lápis de duas cores, vermelho e azul, lápis Cedar Pointe, lápis Dixon Trimline, tradicionais lápis Eberhard Faber. Tinha lápis de hotéis de Zurique e Hong Kong. Tinha lápis feitos com casca de árvore, ásperos e cheios de nós, tinha lápis da loja de suvenires do Museum of Modern Art. Tinha lápis Mirado Black Warrior. Tinha lápis comprados numa loja do SoHo que eram enfeitados com frases misteriosas do Tibete.

Era terrível, de certo modo, todos esses fragmentos de status indo parar no quarto de um garotinho.

Mas o que ela adorava era vê-lo soprar as aparas microscópicas da ponta do lápis depois que terminava de apontá-lo. Se ele passasse o dia inteiro fazendo isso, ela ficaria vendo o dia inteiro, lápis após lápis. Ele rodava a manivela e soprava, rodava e soprava, um ritual mais exato e santificado do que a assinatura formal de um documento de Estado realizada por onze homens cheios de medalhas.

Quando ele viu que ela estava olhando, perguntou: "Que foi?".

"Eu conversei com a mãe da Katie hoje. Da Katie e do sei-lá-o-nome-dele. Ela me falou do binóculo."

Parado, ele olhava para ela, lápis na mão.

"A Katie e o sei-lá-o-nome-dele."

"Robert", disse ele.

"O irmãozinho dela, o Robert. E a irmã mais velha, a Katie. E esse homem de quem vocês três vivem falando? É alguma coisa que eu posso ficar sabendo?"

"Que homem?", ele perguntou.

"Que homem. E que binóculo", disse ela. "Você pode sair de casa com esse binóculo sem pedir permissão?"

Parado, ele olhava. Tinha cabelo claro, cabelo do pai, e certa

gravidade corporal, um recolhimento, todo dele, que lhe dava uma disciplina insólita nos jogos, nas brincadeiras físicas.
"O seu pai te deu permissão?"
Parado, ele olhava.
"O que é que tem de tão interessante que vocês ficam vendo daquele quarto? Isso você pode me dizer, não pode?"
Ela se encostou na porta, preparada para ficar ali por três, quatro, cinco dias, no contexto da linguagem corporal de uma mãe, ou então até que ele respondesse.
Ele afastou do corpo uma das mãos, só um pouco, a mão que não era a do lápis, a palma virada para cima, e executou uma levíssima mudança de expressão facial, criando uma covinha arqueada entre o queixo e o lábio inferior, como se fosse um velho apresentando uma versão sem palavras do comentário inicial do menino, que foi "O quê?".

Estava sentado ao lado da mesa, antebraço esquerdo pousado ao longo da borda, a mão pendendo da beira, o punho levemente cerrado. Levantou a mão sem levantar o braço e a manteve suspensa por cinco segundos. Fez isso dez vezes.
Era a expressão deles, *punho levemente cerrado*, a expressão usada no centro de reabilitação, que aparecia na folha de instruções.
Ele achava aquelas sessões restauradoras, quatro vezes por dia, as extensões do pulso, os desvios ulnares. Eram essas as verdadeiras contramedidas aos danos que ele sofrera na torre, no caos do desabamento. Não foram a ressonância magnética nem a cirurgia o que o fizera se aproximar mais do bem-estar. Era esse modesto programa realizado em casa, contando segundos, contando repetições, as horas do dia que ele reservava para os exercícios, as aplicações de gelo após cada série.

Havia mortos e mutilados. Ele sofrera um dano pequeno, mas o verdadeiro objeto desse esforço não era a cartilagem lacerada. Era o caos, a levitação de tetos e soalhos, as vozes sufocando na fumaça. Intensamente concentrado, ele trabalhava as formas da mão, dobrando o punho em direção ao chão, dobrando o punho em direção ao teto, o antebraço pousado na mesa, o polegar voltado para cima em certas configurações, usando a mão boa para aplicar pressão à mão comprometida. Ele lavava a tala com sabão, em água morna. Só ajustava a tala depois de consultar o fisioterapeuta. Lia a folha de instruções. Fechava a mão, formando um punho levemente cerrado.

Jack Glenn, o pai dela, não quis se submeter ao longo processo da demência senil. Deu dois telefonemas de sua cabana no norte de New Hampshire e depois usou um velho rifle de caça para se matar. Ela não sabia dos detalhes. Tinha vinte e dois anos quando isso aconteceu e não pediu à polícia local que lhe fornecesse detalhes. Que detalhe poderia haver que não fosse insuportável? Mas impossível não se perguntar se o rifle não era aquele que ela conhecia, que ele a deixara pegar e fazer pontaria, mas não atirar, naquela vez em que ela foi com ele para o mato, com catorze anos, para caçar animais daninhos sem muita empolgação. Ela era uma garota da cidade e não sabia bem o que era um animal daninho, porém se lembrava muito bem de uma coisa que ele lhe dissera naquele dia. Ele gostava de falar sobre a anatomia dos carros de corrida, motocicletas, rifles de caça, como as coisas funcionavam, e ela gostava de ouvi-lo. Era um sinal da distância que havia entre eles o fato de ela ouvi-lo com tanta animação, quilômetros intermináveis, semanas e meses.

 Ele sopesou a arma e disse: "Quanto mais curto o cano, maior o impacto do projétil".

A força daquele termo, *o impacto do projétil*, repercutiu anos afora. A notícia da morte dele parecia vir transportada por aquela expressão. Eram palavras terríveis, mas ela tentou dizer a si própria que ele fora corajoso. Foi cedo demais. Levaria algum tempo até que a doença fizesse estragos mais profundos, mas Jack sempre teve respeito pelas pequenas cagadas da natureza e achava que eram favas contadas. Ela preferia acreditar que o rifle que o matou naquele dia era o mesmo que ele apoiou no ombro dela em meio a pés de lariço e espruce no entardecer escuro daquele dia boreal.

Martin abraçou-a à porta, muito sério. Ele estava em algum lugar da Europa no dia dos ataques e viera num dos primeiros vôos transatlânticos assim que eles foram restabelecidos, ainda em caráter irregular.

"Agora nada me parece exagerado. Nada me espanta mais", disse.

A mãe dela estava no quarto se vestindo, preparando-se finalmente para o dia, ao meio-dia, e Martin andava pela sala olhando as coisas, pisando com cuidado entre os brinquedos de Justin, observando as mudanças na colocação dos objetos.

"Em algum lugar da Europa. É assim que eu penso em você."

"Menos quando eu estou aqui", disse ele.

A estátua da mão, um pequeno bronze que costumava ficar na mesa lateral de bambu, agora estava na mesa de ferro, cheia de livros, junto à janela, e na parede o Nevelson fora substituído pela foto de Rimbaud.

"Mas mesmo quando você está aqui, tenho a impressão de que você está vindo de uma cidade distante e indo pra outra cidade distante, e nenhuma das duas tem forma."

"Sou eu, eu é que não tenho forma", disse ele.

Eles conversaram sobre os acontecimentos. Conversaram sobre as coisas que todos estavam conversando. Ele foi atrás dela até a cozinha, onde ela lhe serviu uma cerveja. Ela servia e falava.

"As pessoas lêem poemas. Pessoas que eu conheço lêem poemas para atenuar o choque e a dor, elas precisam de espaço, de alguma coisa bela nas palavras", disse ela, "pra trazer conforto ou equilíbrio. Eu não leio poemas. Leio os jornais. Mergulho nos jornais e fico uma fera, fico enlouquecida."

"Tem outra abordagem, que é estudar o problema. Se distanciar e pensar nos elementos", ele disse. "Friamente, com clareza, se você conseguir. Sem deixar a coisa te derrubar. Olhar pra coisa, medir."

"Medir", ela repetiu.

"Existe o evento, existe o indivíduo. Tem que medir. Pra aprender alguma coisa com ele. Pra ficar à altura dele."

Martin Ridnour era marchand, colecionador, talvez um investidor. Ela não sabia o que ele fazia ao certo, nem como ele fazia o que fazia, mas desconfiava que comprava objetos de arte e depois os revendia rapidamente, lucrando muito. Ela gostava de Martin. Ele falava com sotaque e tinha um apartamento em Nova York e um escritório em Basiléia. Passava parte do tempo em Berlim. Ele tinha, ou não tinha, uma esposa em Paris.

Haviam voltado para a sala, ele com o copo numa das mãos e a garrafa na outra.

"Provavelmente não sei do que estou falando", disse ele. "Você fala, e eu bebo."

Martin estava gordo mas não parecia amadurecido pela boa vida. Normalmente estava sob o efeito do *jet lag*, mais ou menos necessitado de um banho, com um terno bem gasto, tentando bancar o velho poeta exilado, segundo a mãe dela. Não era totalmente calvo, tinha a cabeça sombreada por pêlos grisalhos curtos e usava uma barba de cerca de duas semanas, mais para grisalha e jamais aparada.

"Liguei pra Nina quando cheguei hoje de manhã. Vamos viajar por uma ou duas semanas."

"Boa idéia."

"Uma casa velha, bonita, em Connecticut, à beira-mar."

"Você organiza as coisas."

"Está aí algo que eu faço, sim."

"Tenho uma coisa pra te perguntar, nada a ver com isso. Se não quiser, não responde", disse ela. "Uma pergunta sem mais nem menos."

Ela olhou para ele, parado atrás da poltrona do outro lado da sala, esvaziando o copo.

"Vocês dois transam? Não é da minha conta. Mas vocês podem transar? Quer dizer, depois da prótese de joelho dela. Ela não tem feito os exercícios."

Ele levou a garrafa e o copo para a cozinha e respondeu, virando-se para trás, achando graça.

"Ela não transa com o joelho. A gente deixa o joelho de lado. O joelho é muito sensível. Mas a gente contorna."

Ela esperou que ele voltasse.

"Não é da minha conta. Mas ela parece estar ficando meio recolhida. E eu estava curiosa."

"E você", perguntou ele, "com o Keith. Ele voltou com você. É verdade?"

"Pode ir embora amanhã. Ninguém sabe."

"Mas ele está na sua casa."

"Ainda é cedo. Não sei o que vai acontecer. Nós dormimos juntos, sim, se é isso que você está perguntando. Mas só dormimos."

Ele parecia curioso e intrigado.

"Na mesma cama. Sem fazer nada", disse ele.

"É."

"Gostei. Quantas noites?"

"A primeira ele passou no hospital, em observação. Depois, direto, sei lá quantas. Hoje é segunda. Seis dias, cinco noites."

Ele conversara com Keith apenas umas duas vezes. Tratava-se de um americano não nova-iorquino, não um dos eleitos de Manhattan, um grupo mantido por propagação controlada. Martin tentou entender o que o homem mais novo pensava a respeito de política e religião, a voz e o espírito interior. Só conseguiu descobrir que Keith tivera um pit bull no passado. Isso, pelo menos, parecia ter um significado, um cachorro que era só crânio e dentes, uma raça americana, criada para lutar e matar.

"Um dia desses, quem sabe, você e o Keith vão ter oportunidade de conversar de novo."

"Sobre mulheres, imagino."

"Mãe e filha. Todos os detalhes sórdidos", disse ela.

"Eu gosto do Keith. Uma vez contei a ele uma história que ele gostou. Sobre jogadores de pôquer. Ele joga pôquer, é claro. Sobre uns jogadores que eu conheci que se sentavam sempre no mesmo lugar toda semana, por quase meio século. Aliás, mais de meio século. Ele gostou da história."

Sua mãe entrou, Nina, com uma saia escura e uma blusa branca, apoiada na bengala. Martin segurou-a por um instante e depois ficou a vê-la sentando-se na poltrona, pouco a pouco, segmento por segmento.

"A gente vive lutando umas guerras velhas e mortas. Acho que nos últimos dias perdemos uns mil anos", disse ela.

Martin tinha passado um mês fora. Estava vendo a última etapa da transformação, Nina abraçando a velhice, a atitude calculada que encobre com facilidade o fato em si. Lianne sentia tristeza por ele. Será que o cabelo de sua mãe ficou mais branco? Será que ela está tomando analgésicos demais? Será que teve um pequeno derrame naquela conferência em Chicago? E, por fim, estaria ele mentindo a respeito da vida sexual deles? A cabeça de sua mãe está ótima. Ela não aceita com tranqüilidade as erosões normais, os nomes que esquece de vez em quando, a localização de um objeto que ela acabou de pôr em algum lugar, segundos atrás. Mas está ligada no que é importante, no contexto maior, nos outros estados de ser.

"Conta pra gente o que estão fazendo lá na Europa."

"Estão sendo bonzinhos com os americanos", ele respondeu.

"Conta pra gente o que você anda comprando e vendendo."

"O que eu posso lhe dizer é que o mercado de arte vai estagnar. Alguma atividade na área de pintura moderna. No mais, a coisa está feia."

"Pintura moderna. Estou aliviada", disse Nina.

"A arte como troféu."

"As pessoas precisam de troféus."

O sarcasmo dela parecia animá-lo.

"Eu acabei de entrar aqui. Aliás, de chegar ao país. E o que é que ela faz? Ela me causa sofrimento."

"É a função dela", disse Lianne.

Eles se conheciam havia vinte anos, Martin e Nina, namorados boa parte desse tempo, Nova York, Berkeley, algum lugar na Europa. Lianne sabia que a atitude defensiva que ele às vezes adotava era um aspecto do modo como eles se relacionavam na vida privada, não a nódoa de algo mais profundo. Ele não era o homem sem forma que dizia ser e que fingia ser fisicamente. Na verdade era de uma constância inabalável, e inteligente em seu trabalho, e cortês com ela, e generoso com a mãe dela. As duas lindas naturezas-mortas de Morandi eram presentes de Martin. As fotos de passaporte na parede em frente, também presentes de Martin, de sua coleção, documentos antigos, carimbados e desbotados, a história medida em centímetros, e também coisas belas.

Lianne perguntou: "Quem quer comer?".

Nina queria fumar. A mesa lateral de bambu estava agora junto à poltrona e nela havia um cinzeiro, um isqueiro e um maço de cigarros.

Sua mãe acendeu um cigarro. Ela ficou olhando, Lianne, sentindo algo de familiar e um pouco doloroso, o fato de que a certa altura Nina começou a considerá-la invisível. A lembrança estava localizada ali, no modo como ela fechava o isqueiro de repente e o largava na mesa, num gesto e na fumaça no ar.

"Guerras mortas, guerras santas. Deus poderia aparecer no céu amanhã."

"E seria o Deus de quem?", perguntou Martin.

"Antes Deus era um judeu urbano. Agora ele voltou pro deserto."

Os estudos de Lianne deveriam levá-la a se aprofundar cada vez mais na erudição, na área de línguas ou de história da arte. Ela viajara pela Europa e boa parte do Oriente Médio, mas no fim aquilo acabou sendo turismo, com amizades superficiais, e não uma investigação séria das crenças, instituições, idiomas, manifestações artísticas, pelo menos segundo Nina Bartos.

"É puro pânico. Eles atacam movidos pelo pânico."

"Até aí, pode ser, sim. Porque eles acham que o mundo é uma doença. Este mundo, esta sociedade, a nossa. Uma doença que está se alastrando", ele disse.

"Eles não têm metas realizáveis. Eles não estão libertando um povo nem expulsando um ditador. Matando inocentes, só isso."

"Eles desferiram um golpe contra o domínio deste país. Eles fazem isso pra mostrar como uma grande potência pode ser vulnerável. Uma potência que interfere, que faz ocupações."

Ele falava baixo, olhando para o tapete.

"Um lado tem o capital, a mão-de-obra, a tecnologia, os exércitos, os órgãos governamentais, as cidades, as leis, a polícia e as prisões. O outro lado tem um punhado de homens dispostos a morrer."

"Deus é grande", ela disse.
"Deus não é a questão. São questões de história. É política e economia. Todas as coisas que moldam as vidas, milhões de pessoas, miseráveis, a vida delas, a consciência delas." "Não é a história da interferência ocidental que derruba essas sociedades. É a própria história delas, a mentalidade delas. Elas vivem num mundo fechado, de escolha, de necessidade. Elas não avançaram porque não quiseram, nem tentaram."
"Elas usam a linguagem da religião, sim, mas não é esse o motor delas."
"Pânico, esse é que é o motor delas."
A raiva de sua mãe encobria a de Lianne. Ela cedia seu lugar à outra, por uma questão de deferência. Ela via a fúria tensa e dura no rosto de Nina e sentia em si própria apenas tristeza, vendo essas duas pessoas, espiritualmente unidas, assumindo posições diametralmente opostas.
Então Martin cedeu, sua voz voltando a ser suave.
"Está bem, pode ser, sim."
"Ponha a culpa em nós. Ponha a culpa em nós pelos fracassos deles."
"Está bem, pode ser. Mas não se trata de um ataque a um país, a uma ou duas cidades. Todos nós, nós agora somos alvos."
Ainda estavam conversando dez minutos depois, quando Lianne saiu da sala. Ela ficou se olhando no espelho do banheiro. Aquele momento lhe parecia falso, uma cena num filme em que uma personagem tenta entender o que está acontecendo na vida dela se olhando no espelho.
Ela pensava: O Keith está vivo.
Keith estava vivo já fazia seis dias, desde que aparecera à porta, e o que isso significaria para ela, que efeito teria sobre ela e sobre seu filho?
Lianne lavou as mãos e o rosto. Então foi até o armário, pegou

uma toalha limpa e enxugou-se. Depois de jogar a toalha no cesto de roupa suja, deu a descarga. Não deu a descarga para que os outros pensassem que ela havia saído da sala por um motivo inadiável. A descarga era para si própria, sem motivo nenhum. Talvez fosse para assinalar o final daquele intervalo, para ela poder sair dali.

O que ela fazia ali? Estava agindo como uma criança, pensou. A conversa já estava morrendo quando ela voltou. Ele tinha mais a dizer, Martin, mas talvez julgasse que aquele não era o momento, agora não, cedo demais, e se afastou em direção aos Morandi na parede.

Alguns segundos depois, Nina caiu num cochilo. Estava tomando uma série de remédios, um círculo místico, um ritual de horas e dias em comprimidos e cápsulas, de cores e formas e números. Lianne olhava para ela. Era difícil vê-la tão firmemente encaixada numa poltrona, resignada e imobilizada, a árbitra enérgica da vida da filha, sempre exercendo seu discernimento, a mulher que gerara a palavra *belo*, para designar o que desperta admiração na arte, nas idéias, nos objetos, no rosto dos homens e mulheres, na mente de uma criança. Tudo isso se reduzindo a um sopro humano.

Sua mãe não estava morrendo, estava? Ânimo, ela pensou.

Ela finalmente abriu os olhos e as duas mulheres se entreolharam. Foi um momento prolongado, e Lianne não sabia, não seria capaz de pôr em palavras o que as duas estavam compartilhando. Ou então sabia mas não conhecia o nome daquelas emoções que se sobrepunham. Era o que havia entre elas, o significado de todos os minutos que passaram juntas ou separadas, o que elas haviam percebido e sentido e o que estava por vir, nos minutos, dias e anos.

Martin estava parado diante das pinturas.

"Estou olhando pra esses objetos, objetos de cozinha, mas afastados da cozinha, libertados da cozinha, da casa, de tudo que é prático e funcional. E devo estar perdido num outro fuso horário. Eu devo estar ainda mais desorientado do que costumo ficar depois de muitas horas de vôo", ele disse, fazendo uma pausa. "Porque eu a toda hora vejo as torres nesta natureza-morta."

Lianne aproximou-se dele. A pintura em questão mostrava sete ou oito objetos, os mais altos contra um fundo ardósia cheio de pinceladas visíveis. Os outros itens eram caixas e latas de biscoitos aglomeradas contra um fundo mais escuro. O conjunto, numa perspectiva variável e em cores quase todas atenuadas, tinha uma força discreta e singular.

Ficaram olhando juntos.

Dois dos objetos mais altos eram escuros e severos, com marcas e manchas fumacentas, e um deles estava parcialmente encoberto por uma garrafa de gargalo comprido. A garrafa era uma garrafa, branca. Os dois objetos escuros, obscuros demais para ter nome, eram as coisas a que Martin se referia.

"O que é que você vê?", ele perguntou.

Ela via o que ele via. Via as torres.

5.

Ele entrou no parque pelo Portão dos Engenheiros, onde as pessoas que iam correr faziam alongamento antes de pegar a pista. O dia estava quente e silencioso, e ele seguia pela estrada paralela à pista de hipismo. Estava indo para um lugar, mas não tinha nenhuma pressa de chegar lá. Viu uma senhora de idade sentada num banco com o pensamento perdido em algo distante, com uma maçã verde-clara encostada na bochecha. A estrada era fechada para carros e ele pensou: a gente vem ao parque para ver pessoas, as pessoas que na rua são sombras. Havia pessoas correndo à esquerda, na pista que contorna o reservatório, e outras na pista de hipismo a seu lado e ainda mais corredores na estrada, homens com pesos nas mãos, correndo, e mulheres correndo atrás de carrinhos de bebês, empurrando os bebês, e corredores puxando cães na coleira. A gente vem ao parque para ver cachorro, ele pensou.

A estrada curvava-se para o oeste e passaram três garotas de patins *in-line* com fones nos ouvidos. A sensação de normalidade, quase sempre imperceptível, o atingiu de modo estranho, com um efeito quase onírico. Ele estava levando a pasta e teve vontade de dar meia-volta. Subiu a ladeira e passou pelas quadras de tênis. Havia três cavalos amarrados na cerca, com capacetes da polícia presos nos alforjes. Uma mulher passou correndo, falando com alguém, arrasada, ao celular, e ele teve vontade de jogar a pasta dentro do reservatório e voltar para casa.

Ela morava num prédio quase na esquina com a Amsterdam Avenue, e ele subiu pela escada os seis andares até o apartamento. Ela parecia hesitante ao abrir a porta para ele, até mesmo, coisa estranha, um pouco desconfiada, e ele começou a explicar, tal como fizera pelo telefone na véspera, que não fora sua intenção demorar tanto para devolver a pasta. Ela estava dizendo algo a respeito dos cartões de crédito que havia na carteira, que ela não os havia cancelado porque, bom, tudo tinha sido destruído, ela achava que estava tudo enterrado, tudo perdido e desaparecido, e eles pararam de falar e depois recomeçaram, ao mesmo tempo, até que ela fez um pequeno gesto de impotência. Ele pôs a pasta numa cadeira junto à porta e foi até o sofá, dizendo que não podia ficar muito tempo.

A mulher era negra de pele clara, da idade dele ou quase, e parecia uma pessoa delicada, mais para gorda.

Ele disse: "Quando encontrei o seu nome na pasta, depois que encontrei o seu nome e consultei a lista telefônica e vi seu nome lá e comecei a discar o número, foi só aí que a idéia me ocorreu".

"Eu sei o que você vai dizer."

"Eu pensei: por que é que eu estou fazendo isso sem ver antes se a pessoa está mesmo viva, porque nem sei se ela está?"

Houve uma pausa e ele se deu conta de que ela havia feito seu comentário em voz muito baixa no meio da falação espasmódica dele.

"Eu tenho chá natural", disse ela. "Tem água mineral com gás se você preferir."

"Água com gás. Água mineral. Tem uma garrafinha na pasta. Deixa eu pensar. Poland Spring."

"Poland Spring", ela repetiu.

"Mas, é claro, se você quiser ver o que tem lá dentro."

"Claro que não. Não", disse ela em voz baixa.

Ela estava parada à porta da cozinha. O ruído discreto do trânsito vinha das janelas.

Ele disse: "Sabe, o que aconteceu é que eu não sabia que estava com ela. Não que eu tivesse esquecido. Acho que eu nem sabia".

"Acho que não sei o seu nome."

Ele disse: "Keith?".

"Você já tinha me dito?"

"Acho que já, sim."

"O telefonema foi tão inesperado."

"É Keith", disse ele.

"Você trabalhava na Preston Webb?"

"Não, um andar acima. Uma firma pequena, a Royer Properties."

Ele já estava em pé, pronto para ir embora.

"A Preston é tão grande. Fiquei pensando, de repente foi só por acaso que a gente nunca se esbarrou."

"Não, era a Royer. A firma foi totalmente dizimada", ele disse.

"A gente está esperando pra ver o que é que vai acontecer, pra onde a firma vai se mudar. Eu não penso muito nisso."

Fez-se uma pausa.

Ele disse: "Antes era Royer and Stans. Aí o Stans foi indiciado".

Por fim ele se aproximou da porta e então pegou a pasta. Fez uma pausa, já indo com a mão em direção à maçaneta, e olhou para ela, do outro lado da sala, e ela estava sorrindo.

"Por que é que eu fiz isso?"

"Força do hábito", ela respondeu.

"Eu ia sair daqui com uma coisa que é sua. Outra vez. Sua herança sem preço. O seu celular."

"Celular. Parei de precisar dele quando fiquei sem ele."

"Sua escova de dentes", disse ele. "Seu maço de cigarros."

"Ah, meu Deus, meu segredo vergonhoso. Mas eu já reduzi pra quatro por dia."

Ela fez um gesto para que ele voltasse ao sofá, um arco largo descrito com o braço, um guarda de trânsito a ordenar que as coisas andassem.

Ela serviu chá e um prato de biscoitos doces. Seu nome era Florence Givens. Ela pôs uma cadeira da cozinha do outro lado da mesa de centro e sentou-se na diagonal.

Ele disse: "Eu sei tudo sobre você. Escova de dentes sônica. Você escova os dentes com ondas sonoras".

"Eu sou tecnomaníaca. Adoro essas coisas."

"Por que é que o seu gravador digital é melhor que o meu?"

"Acho que usei umas duas vezes."

"Eu usava o meu, mas depois nunca ouvia. Eu gostava de me gravar."

"O que é que você dizia quando ligava o gravador?"

"Sei lá. Cidadãos e cidadãs", disse ele.

"Eu pensava que estava tudo destruído. Não declarei a perda da carteira de motorista. Aliás não fiz praticamente nada, só ficar sentada nesta sala."

Uma hora depois eles continuavam falando. Os biscoitos eram pequenos e horríveis, mas ele não parava de mordiscá-los, sem pensar no que fazia, dando apenas uma dentada de bebê e largando os restos mutilados no prato.

"Eu estava no computador e ouvi o avião se aproximando, mas só quando já estava caída no chão. Foi muito rápido", disse ela.

"Você ouviu mesmo o avião?"

"O impacto me derrubou no chão e depois eu ouvi o avião.

Acho que os *sprinklers*, eu estou tentando me lembrar dos *sprinklers*. O que eu sei é que teve uma hora que eu estava molhada, totalmente encharcada." Ele se deu conta de que ela não pretendera dizer aquilo. Uma coisa muito íntima, totalmente encharcada, e ela teve de fazer uma pausa por um momento. Ele esperou.

"Meu telefone estava tocando. Agora eu estava na minha mesa, não sei, só pra me sentar, pra me acalmar, e aí eu pego o telefone. E aí a gente começa a conversar, tipo alô, é a Donna. É a minha amiga, a Donna. Eu perguntei: você ouviu isso? Ela me ligando da casa dela, na Filadélfia, pra combinar uma visita, e eu: você ouviu isso?"

Ela foi narrando aos poucos, lembrando-se à medida que falava, parando muito para ficar de olhar perdido no espaço, para ver as coisas de novo, os tetos desabando e as escadas bloqueadas, a fumaça, sempre, e a parede caída, a divisória, e ela fez uma pausa para procurar a palavra e ele esperava, olhando.

Ela estava aparvalhada e sem noção de tempo, disse.

Havia água em algum lugar, escorrendo ou caindo, escorrendo de algum lugar.

Os homens rasgavam as camisas e amarravam os trapos no rosto, como máscaras, por causa da fumaça.

Ela viu uma mulher de cabelo queimado, o cabelo queimado e saindo fumaça, mas agora não tinha certeza se tinha visto mesmo ou se fora alguém que lhe dissera.

Uma hora tiveram que andar às cegas, a fumaça era tanta, mão no ombro da pessoa da frente.

Ela perdera os sapatos ou os retirara, e havia água como um riacho em algum lugar, ali perto, descendo uma montanha.

Agora a escada estava cheia, lenta, gente vindo dos outros andares.

"Alguém disse: asma. Agora que estou falando, a coisa está

voltando um pouco. Asma, asma. Uma mulher meio desesperada. Caras de pânico. Acho que foi aí que eu caí, simplesmente desabei. Desci cinco ou seis degraus e cheguei ao patamar, tipo rolando e caindo, e bati com força."
Ela queria lhe contar tudo. Isso estava claro para ele. Talvez tivesse esquecido que ele também estava lá, na torre, ou talvez fosse justamente por isso que era preciso lhe contar tudo. Ele sabia que ela ainda não havia falado sobre essas coisas, de um modo tão intenso, com mais ninguém.
"Foi o pânico de ser pisoteada, se bem que as pessoas foram cuidadosas, me ajudaram, mas foi a sensação de estar caída no meio da multidão e aí você vai ser pisoteada, mas elas me ajudaram e tem um homem que eu me lembro, ele me ajudou a ficar em pé, um homem mais velho, ofegante, me ajudando, falando comigo até que eu conseguisse seguir em frente."
Havia chamas nos poços dos elevadores.
Havia um homem falando num terremoto gigantesco. Ela se esqueceu completamente do avião e estava pronta para acreditar que fora um terremoto, apesar de ter ouvido o avião. E outra pessoa disse: eu já estive em mais de um terremoto, um homem de terno e gravata, que terremoto que nada, sô, um senhor distinto, instruído, um executivo, que terremoto que nada, sô.
Havia fios pendurados e ela sentiu um deles esbarrar em seu braço. O fio esbarrou no homem atrás dela e ele deu um salto e xingou e depois riu.
A multidão na escada, a força daquela massa, mancando, chorando, queimados, alguns, mas em sua maioria calmos, uma mulher numa cadeira de rodas e as pessoas a carregavam e abriam alas, formando uma fila única na escada.
No rosto dela havia um apelo sério, uma espécie de súplica.
"Eu sei que não posso estar aqui sentada e viva e sã e salva e falar num tombo na escada quando todo aquele terror, tantas mortes."

Ele não a interrompeu. Ele a deixou falar e não tentou tranqüilizá-la. Tranqüilizar como? Ela estava recurvada agora, na cadeira, falando virada para o tampo da mesa. "Os bombeiros correndo. E asma, asma. E pessoas falando em bomba. Elas estavam tentando falar nos celulares. Desciam a escada discando."

Foi então que as garrafas d'água foram passadas de mão em mão, vindo de algum lugar lá embaixo, e refrigerantes, e alguns até faziam um pouco de graça, os corretores de ações.

Foi então que os bombeiros passaram correndo, subindo a escada, em direção ao fogo, e as pessoas saíram da frente.

Foi também então que ela viu alguém que reconheceu, subindo, o funcionário da manutenção, um sujeito com quem ela costumava brincar sempre que o encontrava, subindo, passando bem junto a ela, carregando um objeto de ferro comprido, talvez para abrir à força a porta de um elevador, e ela tentou lembrar o nome daquele objeto.

Ele esperou. Ela olhava sem vê-lo, pensando, e parecia-lhe importante, como se estivesse tentando se lembrar do nome do homem e não do nome da ferramenta que ele levava.

Por fim ele disse: "Pé-de-cabra".

"Pé-de-cabra", ela repetiu, pensando no objeto, vendo-o outra vez.

Keith também julgava ter visto o homem, passando por ele, subindo, um sujeito de capacete com um cinto cheio de ferramentas e lanternas e com um pé-de-cabra na mão, a ponta curva virada para a frente.

Jamais se lembraria disso se ela não o tivesse mencionado. Não tem importância, ele pensou. Mas de repente tinha. O que quer que tivesse acontecido com o homem era externo ao fato de que os dois o haviam visto, em diferentes momentos da descida, mas era importante, de algum modo, de alguma maneira indeter-

minada, o fato de ele ter surgido nessas duas lembranças que se cruzavam, trazido da torre para aquela sala.
Ele apoiou o cotovelo na mesa de centro, apertando a boca contra a mão, e olhou para ela. "A gente só descia. Escuro, claro, escuro de novo. Tenho a sensação de que ainda estou naquela escada. Eu queria a minha mãe. Se eu chegar a completar cem anos de idade vou continuar naquela escada. Demorou tanto que de certa forma aquilo já era quase normal. Não dava pra correr, de modo que não foi assim tipo uma correria frenética, não. Nós estávamos presos juntos. Eu queria a minha mãe. Que terremoto que nada, sô, e ele ganha dez milhões de dólares por ano."

Agora haviam deixado para trás o grosso da fumaça, e foi então que viram o cachorro, um cego e um cão-guia, um pouco mais adiante, e parecia uma coisa saída da Bíblia, ela pensou. Eles pareciam tão tranqüilos. Pareciam espalhar tranqüilidade, ela pensou. O cachorro era uma coisa totalmente tranqüilizadora. Eles acreditavam no cachorro.

"Aí, finalmente, não sei quanto tempo a gente teve que esperar, já estava escuro onde a gente estava, sei lá onde, mas aí a gente saiu e passou por umas janelas e viu a praça que parecia uma cidade bombardeada, coisas pegando fogo, vimos cadáveres, vimos roupas, pedaços de metal que pareciam peças soltas, coisas espalhadas. Isso foi assim coisa de dois segundos. Eu olhei por dois segundos e desviei a vista e aí entramos naquela passagem subterrânea e saímos na rua."

Ela não disse mais nada por algum tempo. Ele foi até a cadeira perto da porta e encontrou os cigarros dela na pasta, tirou um do maço e o pôs na boca e depois encontrou o isqueiro.

"Na fumaça eu só via aquelas listras nas túnicas dos bombeiros, as listras fosforescentes, e também umas pessoas no meio dos escombros, aquela massa de aço e vidro, só gente machucada, sentada, sonhando, todo mundo parecia estar sonhando, sangrando."

A mulher virou-se e olhou para ele. Ele acendeu o cigarro e andou até ela e o entregou a ela. A mulher tragou, fechando os olhos e soltando fumaça. Quando abriu os olhos, ele estava de novo sentado no sofá, do outro lado da mesa, olhando-a.

"Acende um pra você também", ela disse.

"Pra mim, não."

"Você parou."

"Há muito tempo. No tempo em que eu achava que era atleta", ele disse. "Mas sopra um pouco pro meu lado. Eu vou gostar."

Depois de algum tempo ela voltou a falar. Porém ele não sabia onde ela estava, talvez quase no início outra vez, ele pensou. Ele pensou: totalmente encharcada. Ela estava totalmente encharcada.

Havia gente para todos os lados se enfiando na escada. Ela tentava relembrar de coisas e rostos, momentos que talvez explicassem ou revelassem alguma coisa. Ela acreditava no cão-guia. Aquele cão os levaria todos até um lugar seguro.

Ela estava relatando tudo outra vez e ele se dispunha a ouvir outra vez. Ele a ouvia com atenção, reparando em cada detalhe, tentando localizar-se na multidão.

A mãe dela dissera com clareza anos antes.

"Tem um certo tipo de homem, um arquétipo, o tipo mais confiável pros amigos homens, tudo que um amigo deve ser, um aliado, um confidente, empresta dinheiro, dá conselho, é leal, *et cetera* e tal, mas com as mulheres ele é um demônio. Um verdadeiro demônio. Quanto mais perto dele a mulher chega, mais ele percebe que ela não é um dos amigos dele. E aí é pior pra ela. O Keith é assim. É com esse homem que você vai se casar."

É com esse homem que ela se casa.

Agora ele era uma presença vaga. Pairava pelos cômodos a sensação de alguém que fez por merecer uma atenção respeitosa. Ele ainda não havia voltado de todo para seu próprio corpo. Até mesmo o programa de exercícios para o punho que ele fazia depois da operação era como uma atividade um pouco distanciada, quatro vezes por dia, uma série estranha de extensões e flexões que parecia uma reza em alguma província remota no extremo norte, em meio a um povo reprimido, com aplicações periódicas de gelo. Ele dava atenção a Justin, levava-o à escola e depois ia pegá-lo, ajudava-o a fazer o dever de casa. Usou uma tala por um tempo, depois parou. Levava o garoto até o parque para jogar bola com ele. O garoto era capaz de passar o dia inteiro lançando uma bola de beisebol e sentir uma alegria pura e inesgotável, sem nenhuma marca deixada pelo pecado, pelo pecado de ninguém, ao longo dos séculos. Lançando e pegando. Ela foi vê-los jogar num campo perto do museu, ao cair da tarde. Quando Keith fez uma brincadeira, usando a mão direita, a mão boa, jogando a bola e pegando-a com o dorso da mão e depois jogando o braço para a frente de repente e fazendo a bola descer pelo antebraço e acertando-a com o cotovelo e depois pegando-a com a mão, ela viu um homem que nunca vira antes.

Ela passou no consultório de Harold Apter no East Side, rua Oitenta e tantos, a caminho da 116th Street. Fazia isso periodicamente, para entregar fotocópias dos textos escritos pelos participantes de seu grupo e conversar sobre a situação geral deles. Era ali que o dr. Apter recebia seus pacientes, os de Alzheimer e os outros.

Apter era um homenzinho de cabelo crespo que parecia ter sido formulado para dizer coisas engraçadas, mas nunca dizia nada engraçado. Conversaram sobre Rosellen S., que estava muito caída, e Curtis B., que parecia desligado de tudo. Ela lhe disse que gostaria de aumentar a freqüência das sessões, passar para duas por semana. Ele retrucou que seria um equívoco.

"Daqui pra frente, você entende, é só perda. É inevitável que o retorno seja cada vez menor. A situação deles vai ficando mais e mais delicada. É bom ter um espaço entre as sessões. A gente não quer que eles fiquem achando que é urgente escrever tudo, dizer tudo antes que seja tarde demais. A gente quer que eles fiquem aguardando com prazer a hora da sessão, e não que se sintam pressionados ou ameaçados. Escrever é gostoso até certo ponto. A partir daí, a coisa muda."
Ele olhou para ela fixamente.
"O que eu estou dizendo é simples. Isso é pra eles", disse ele.
"Como assim?"
"É pra eles", ele disse. "Não é pra ser pra você, não."

Eles escreveram sobre os aviões. Escreveram contando onde estavam quando aconteceu. Escreveram sobre as pessoas que conheciam que estavam nas torres, ou perto delas, e escreveram sobre Deus.
Como foi que Deus deixou isso acontecer? Onde estava Deus quando a coisa aconteceu?
Benny T. deu graças por não ter fé, porque se tivesse perderia depois disso.
Eu estou mais próxima de Deus do que nunca, escreveu Rosellen.
Isso é o demônio. Isso é o inferno. Todo aquele fogo e sofrimento. Deus coisa nenhuma. Isso é o inferno.
Omar H. ficou com medo de sair na rua nos dias que se seguiram. As pessoas estavam olhando para ele, pensava.
Eu não vi ninguém de mãos dadas. Eu queria ver isso, escreveu Rosellen.
Carmen G. queria saber se tudo que acontece conosco tem que fazer parte dos planos de Deus.

Eu estou mais próxima de Deus do que nunca, estou e vou estar sempre cada vez mais próxima.

Eugene A., que raramente aparecia, escreveu que Deus sabe de coisas que nós não sabemos.

Cinzas e ossos. É o que resta dos planos de Deus.

Mas quando as torres caíram, escreveu Omar.

Todo mundo diz que uns pularam de mãos dadas.

Se Deus deixa isso acontecer, isso dos aviões, então foi Deus que me fez cortar o dedo quando eu estava cortando o pão hoje de manhã?

Eles escreveram e depois leram o que haviam escrito, um de cada vez, e então trocaram comentários, conversaram e depois monologaram.

"Mostra pra nós o dedo", disse Benny. "A gente quer beijar."

Lianne os estimulava a falar e discutir. Queria ouvir tudo, as coisas que todos diziam, coisas comuns, e profissões de fé explícitas, e a profundeza dos sentimentos, a paixão que saturava a sala. Ela precisava daqueles homens e mulheres. O comentário do dr. Apter a perturbara porque havia verdade nele. Ela precisava daquelas pessoas. Era possível que o grupo fosse mais importante para ela do que era para os participantes. Havia algo de precioso ali, algo que escorre e sangra. Aquelas pessoas eram o hálito vivo da coisa que matara seu pai.

"Deus diz que uma coisa acontece, e aí ela acontece."

"Eu não respeito mais Deus, não, depois dessa."

"A gente fica sentado escutando e Deus nos diz ou então não diz."

"Eu estava andando na rua, indo pro barbeiro. Veio uma pessoa correndo."

"Eu estava na privada. Depois fiquei com o maior ódio. As pessoas diziam onde estavam quando a coisa aconteceu. Eu não dizia onde estava."

"Mas você se lembrou de dizer a nós. Isso é muito bonito, Benny."

Eles interrompiam, gesticulavam, mudavam de assunto, falavam um sem ouvir o que o outro dizia, fechavam os olhos para pensar ou por perplexidade ou pelo horror de reviver o evento em si.

"E as pessoas que Deus salvou? Elas são melhores que as que morreram?"

"Não cabe a nós perguntar. A gente não pergunta."

"Morre um milhão de bebês na África e a gente não pode perguntar."

"Eu achei que fosse a guerra. Eu achei que fosse a guerra", disse Anna. "Fiquei dentro de casa e acendi uma vela. São os chineses, disse a minha irmã, que sempre achou que eles iam aprontar com a bomba atômica."

Lianne se debatia com a idéia de Deus. Haviam lhe ensinado que a religião torna as pessoas obedientes. Era esse o objetivo da religião, fazer com que as pessoas voltassem a um estado infantil. Medo e submissão, dizia sua mãe. É por isso que a religião tem uma voz tão poderosa nas leis, rituais e castigos. E além disso ela se exprime com beleza, inspirando música e arte, elevando a consciência em alguns, reduzindo-a em outros. As pessoas entram em transe, literalmente caem no chão, rastejam por grandes distâncias ou caminham em multidões se apunhalando ou se autoflagelando. E outras pessoas, nós, somos talvez balançadas de modo mais suave, unidas a algo no fundo da alma. Poderosa e bela, dizia sua mãe. Queremos transcender, queremos ultrapassar os limites da compreensão segura, e não há meio melhor para isso do que o faz-de-conta.

Eugene A. tinha setenta e sete anos, cabelo armado com gel, formando pontas, brinco na orelha.

"Eu estava esfregando a pia pela primeira vez na vida quando o telefone tocou. É a minha ex-mulher", disse ele, "eu não falo com ela há, sei lá, dezessete anos, sei lá se ela está viva ou morta, ligando duma cidade que eu nem sei pronunciar o nome, lá na Flórida. Eu pergunto o que foi. Aí ela diz que foi, que nada. Aquela mesma voz de falta de respeito. Ela diz liga a tevê."

"Eu tive que ir na casa do vizinho pra ver", disse Omar.

"Dezessete anos sem dar sinal de vida. Pra você ver o que precisa acontecer pra ela resolver me telefonar. Liga a tevê, diz ela."

As conversas paralelas prosseguiam.

"Eu não perdôo Deus pelo que Ele fez."

"Como é que você explica isso pra uma criança que a mãe ou o pai?"

"Com criança a gente mente."

"Eu queria ver era aquilo, eles pulando de mãos dadas."

"Quando você vê uma coisa acontecendo, você acha que é de verdade."

"Mas Deus. Foi ou não foi Deus que fez isso?"

"Você está vendo a coisa. Mas não está acontecendo de verdade."

"Essas coisas grandes, é Ele que faz. Ele agita o mundo", disse Curtis B.

"Eu diria que pelo menos ele não morreu com um tubo enfiado no estômago e evacuando num saco plástico."

"Cinzas e ossos."

"Eu estou mais próxima de Deus, sei que estou, a gente sabe, eles sabem."

"Aqui é a nossa sala de oração", disse Omar.

Ninguém escreveu uma palavra sequer a respeito dos terroristas. E nas conversas que se seguiram às leituras, ninguém falava sobre os terroristas. Ela puxou o assunto. Deve ter alguma coisa que vocês querem dizer, algum sentimento para botar para fora, dezenove homens que vêm até aqui para matar a gente.

Ela esperou, sem saber direito o que queria ouvir. Então

Anna C. falou sobre um homem que ela conhecia, um bombeiro, desaparecido em uma das torres.

O tempo todo Anna estivera um pouco distanciada, contribuindo apenas com uma ou duas interjeições corriqueiras. Agora ela gesticulava para acompanhar sua narrativa, muito tesa na frágil cadeira dobrável, e ninguém a interrompeu.

"Quem tem infarto, a gente põe a culpa na pessoa. Come, come demais, não faz exercícios, não tem juízo. Foi o que eu disse à mulher dele. Ou então ele morre de câncer. Fumava e não conseguia parar. O Mike era assim. Se é câncer, então é câncer no pulmão e a gente põe a culpa nele. Mas isso que aconteceu é uma coisa muito grande, é lá de fora, do outro lado do mundo. Não dá pra chegar até essas pessoas, nem ver as fotos delas no jornal. A gente até vê as caras, mas o que é que isso quer dizer? Xingar eles não adianta nada. Sempre fui de xingar, eu já era assim até antes de nascer. Eu vou xingar essa gente de quê?"

Lianne achava que entendia aquilo. Era uma reação definida em termos de vingança, e gostou daquilo, daquele pequeno desejo íntimo, por mais inútil que fosse naquela catástrofe.

"Quem morre num desastre de carro ou atravessando a rua, atropelado por um carro, você pode matar a pessoa na sua cabeça mil vezes, o motorista. Você não ia conseguir fazer a coisa de verdade, falando sério, porque você não tem como, mas pensar pode, dá pra imaginar e isso ajuda um pouco. Mas agora, com essas pessoas, não dá nem pra pensar. Você não sabe o que fazer. Porque eles estão a um milhão de quilômetros da sua vida. E aliás, ainda por cima, eles já morreram."

A religião, Deus. Lianne queria não acreditar. A descrença era o caminho que levava à clareza de pensamentos e propósitos. Ou seria isso apenas mais uma forma de superstição? Ela queria confiar nas forças e processos do mundo natural, só nisso, a realidade perceptível e o empreendimento científico, homens e mulheres sozinhos na Terra. Ela sabia que não havia conflito entre a ciência e Deus. Pode-se ter os dois ao mesmo tempo. Mas não queria isso. Os estudiosos e filósofos que ela lera na escola, os livros que lera como notícias no calor da hora, pessoais, por vezes a fazendo tremer, e a arte sacra que ela sempre amara. Essas obras haviam sido criadas por pessoas que não tinham fé, e por pessoas que tinham uma fé ardente, e por pessoas que antes não tinham fé e depois passaram a ter, e ela tinha a liberdade de pensar e duvidar e acreditar simultaneamente. Mas não queria isso. Deus haveria de intimidá-la, enfraquecê-la. Deus seria uma presença que permaneceria inimaginável. Ela só queria isto, extinguir o pulso da fé frágil que conservara durante boa parte de sua vida.

    Ele começou a pensar em cada dia, cada minuto. Era por estar ali, sozinho no tempo, que isso acontecia, por estar longe dos estímulos rotineiros, todas as formas fluentes de discurso profissional. As coisas pareciam imóveis, pareciam nítidas para a vista, estranhamente, de modos que ele não compreendia. Ele começou a ver o que estava fazendo. Reparava nas coisas, todos os pequenos golpes perdidos de um dia ou minuto, seu jeito de usar o polegar e usá-lo para pegar uma migalha de pão no prato e levá-la à boca, um gesto sem sentido. Só que não era mais tão sem sentido quanto antes. Nada parecia familiar, ali, numa família outra vez, e ele se sentia um estranho para si próprio, ou então sempre se sentira assim, mas agora era diferente porque ele estava observando.
    As caminhadas até a escola com Justin e as caminhadas de volta para casa, sozinho, ou então para outro lugar, andar por andar, e depois ele pegava o menino na escola e mais uma vez voltava para casa. Havia um júbilo contido nessas ocasiões, uma sensação que era quase oculta, algo que ele conhecia mas apenas mal-e-mal, um sussurro de auto-revelação.

O menino estava tentando falar só com palavras de no máximo duas sílabas por intervalos prolongados. Era uma ocupação a que sua turma estava se dedicando, um jogo sério cujo objetivo era ensinar às crianças alguma coisa a respeito da estrutura das palavras e da disciplina necessária para formular pensamentos claros. Lianne disse, meio a sério, que aquilo parecia uma coisa totalitária.

"Assim eu penso mais lento", disse Justin ao pai, medindo cada palavra, contando as sílabas.

Keith também estava indo mais lento, para dentro. Antes ele queria sempre sair correndo da autoconsciência, dia e noite, um corpo em movimento bruto. Agora ele dá por si mergulhando em períodos de reflexão, pensando não em unidades claras, nítidas e interligadas, porém apenas absorvendo o que aparece, retirando coisas do tempo e da memória e colocando-as em algum espaço na penumbra onde ele guarda sua experiência acumulada. Ou então fica parado, olhando. Vai até a janela e vê o que está acontecendo na rua. Alguma coisa está sempre acontecendo, mesmo nos dias mais tranquilos e no fundo da noite, se você pára e fica olhando um tempo.

Ele pensou uma coisa brotada do nada, uma expressão, *estilhaço orgânico*. Parecia-lhe familiar, mas não queria dizer nada para ele. Então viu um carro parado em fila dupla do outro lado da rua e pensou em outra coisa e depois em mais outra.

As idas e vindas da escola, as refeições que ele preparava, ele que raramente cozinhara no último ano e meio, porque cozinhar lhe dava a impressão de que ele era o último homem vivo quebrando ovos para o jantar. As idas ao parque, sol ou chuva, e a mulher que morava do outro lado do parque. Mas aquilo era uma outra história, a caminhada até o outro lado do parque.

"Vamos pra casa", disse Justin.

Ela estava acordada, meio da noite, olhos fechados, pensamentos em disparada, e sentia que o tempo estava pressionando, e ameaçando, um outro tipo de ritmo em sua cabeça.

Ela lia tudo que escreviam sobre os ataques. Pensava no pai. Via-o descendo uma escada rolante, num aeroporto talvez.

Keith parou de fazer a barba por um tempo, sabe-se lá o que isso significa. Tudo parecia ter um significado. A vida dele estava em transição e ela buscava sinais. Mesmo quando ela mal tomava conhecimento de um incidente, ele lhe voltava à lembrança depois, devidamente acompanhado por um significado, em episódios de insônia que duravam minutos ou horas, ela não sabia direito.

Eles moravam no último andar de um prédio de tijolos vermelhos, quatro andares, e agora, ultimamente, ela descia a escada e ouvia um certo tipo de música, uma espécie de lamento, alaúde e pandeiros e vozes em melopéia às vezes, vindo do apartamento do segundo andar, o mesmo CD, ela pensou, repetido vez após vez, e aquilo estava começando a irritá-la.

Ela lia as reportagens nos jornais, até que teve de se obrigar a parar.

Mas as coisas também estavam normais. As coisas estavam normais sob todos os aspectos em que elas sempre eram normais.

Uma mulher chamada Elena morava naquele apartamento. Talvez Elena fosse grega, ela pensou. Mas a música não era grega. O que ela estava ouvindo pertencia a uma tradição diferente, do Oriente Médio, Norte da África, canções beduínas, talvez, ou danças sufistas, e ela pensou em bater à porta e dizer alguma coisa.

Ela dizia às pessoas que tinha vontade de ir embora da cidade. As pessoas sabiam que ela não falava sério e diziam-lhe isso e ela sentia um pouco de ódio dessas pessoas, e de sua própria transparência, e dos pequenos pânicos que faziam com que certos momentos do dia se assemelhassem às elucubrações frenéticas desta exata hora da noite, os pensamentos sempre em disparada. Ela pensava no pai. Ela usava o nome do pai. Seu nome era Lianne Glenn. O pai dela era um católico não praticante tradicionalista, a favor da missa em latim desde que não o obrigassem a ir à missa. Não fazia distinção entre católicos e católicos não praticantes. A única coisa que importava era a tradição, mas não no seu trabalho, jamais no seu trabalho, seus projetos de prédios e outras estruturas, em sua maioria localizados em paisagens distantes.

Ela pensou em adotar uma postura de civilidade falsa, como tática, uma maneira de reagir a uma agressão com outra. Eles ouviam a música principalmente na escada, disse Keith, ao subir ou descer, e é só música, disse ele, melhor deixar para lá.

Não eram proprietários, eram inquilinos, como pessoas na Idade Média.

Ela sentia vontade de bater à porta e dizer alguma coisa a Elena. Perguntar-lhe aonde ela queria chegar. Assumir uma postura. Isso por si só é retaliação. Perguntar por que ela está ouvindo exatamente esse tipo de música num momento tão delicado. Usar a linguagem do vizinho preocupado.

Ela lia perfis dos mortos no jornal.

Quando era menina ela queria ser a mãe, o pai, algumas de suas colegas na escola, uma ou duas, que pareciam saber se movimentar com uma facilidade maior, dizer coisas que só se tornavam interessantes da maneira como eram ditas, fluindo numa brisa fácil, como pássaros voando. Ela dormiu com uma dessas meninas, elas se tocaram um pouco e se beijaram uma vez, e ela encarava isso como um sonho do qual acordaria na mente e no corpo da outra garota.

Bater à porta. Falar no barulho. Não chamar de música, e sim de barulho.

São eles que pensam igual, falam igual, comem a mesma comida na mesma hora. Ela sabia que isso não era verdade. Rezam as mesmas orações, palavra por palavra, na mesma posição de oração, dia e noite, seguindo o arco do Sol e da Lua.

Ela precisava dormir agora. Precisava parar o barulho em sua cabeça e virar para o lado direito, o lado do marido, e respirar o ar dele e dormir o sono dele.

Elena era gerente de um escritório ou de um restaurante, divorciada, e morava com um cachorro grande e sabe-se lá o que mais.

Gostava da barba dele, ele ficava bem de barba, mas ela não dizia nada. Ela fez um comentário, nada interessante, e o observou correr o polegar pela barba curta, constatando a presença dela.

As pessoas diziam: ir embora da cidade? Por quê? Ir para onde? Era o idioma cosmocêntrico local de Nova York, esporrento e direto, mas ela o sentia em seu coração tanto quanto elas.

Faça isso. Bata à porta. Adote uma postura. Fale no barulho e chame de barulho. Bata à porta, fale no barulho, assuma uma postura expressa de civilidade e tranqüilidade, a paródia da cortesia de vizinho que todo vizinho entende como paródia, e mencione delicadamente o barulho. Mas fale no barulho apenas como barulho. Bata à porta, fale do barulho, adote uma postura de tranqüilidade urbana, visivelmente falsa, e não faça nenhuma alusão ao tema subjacente de um certo gênero de música como determinado tipo de afirmação política e religiosa, justamente num momento como este. Aos poucos, vá assumindo a linguagem do vizinho sofredor. Pergunte a ela se é inquilina ou proprietária.

Virou-se para o lado direito, o lado do marido, e abriu os olhos.

Pensamentos vindos do nada, de outra parte, de outra pessoa.

Abriu os olhos e espantou-se, mesmo agora, ao vê-lo ali na cama, a seu lado, uma surpresa já desgastada a esta altura, quinze dias depois dos aviões. Eles haviam feito amor durante a noite, horas antes, ela não saberia dizer quando, duas ou três horas antes.

Estava lá em algum lugar, o momento em que os corpos se abriram, não só os corpos como também o tempo, o único intervalo que ela conhecera nesses dias e noites que não era forçado nem distorcido, constrangido pela pressão dos eventos. Foi o ato de amor mais carinhoso que já fizera com ele. Ela sentia um pouco de saliva no canto da boca, do lado que estava enfiado no travesseiro, e ficou olhando para o marido, o rosto virado para cima, num perfil nítido contra a luz fraca que vinha da rua.

Ela nunca se sentira à vontade com aquela expressão. Meu marido. Ele não era marido. A palavra esposo parecia cômica aplicada a ele, e marido simplesmente não se encaixava. Ele era uma outra coisa em algum outro lugar. Mas agora ela usa o termo. Acredita que ele está amadurecendo e se tornando isso, um marido, ou esposo, ou cônjuge, a palavra mais cômica de todas.

O que já está no ar, no corpo dos jovens, e o que está por vir.

Havia na música momentos que pareciam respiração forçada. Ela ouviu esse som na escada um dia, um interlúdio que consistia em homens respirando num padrão rítmico urgente, uma liturgia de inspirar-expirar, e outras vozes em outros momentos, vozes em transe, vozes recitando, mulheres fazendo lamentos piedosos, vozes de aldeães misturadas por trás de bongôs e palmas ritmadas.

Ela olhava para o marido, o rosto desprovido de expressão, neutro, não muito diferente de seu rosto quando acordado.

Está bem, a música é bonita, mas por que agora, que sentido há nisso, e como é que se chama essa coisa que parece um alaúde que é tocado com uma rêmige de águia.

Pôs a mão sobre o peito dele, que pulsava.

Hora, finalmente, de adormecer, seguindo o arco do Sol e da Lua.

Ela havia acabado de chegar em casa depois de sair para correr de manhã bem cedo e estava parada à janela da cozinha, suando, bebendo água de uma garrafa de um litro e vendo Keith tomar o café-da-manhã.

"Você é uma dessas loucas que correm na rua. Correndo em volta do reservatório."

"Você acha que a gente parece mais maluca do que os homens."

"Só na rua."

"Eu gosto da rua. De manhã bem cedo, tem uma coisa na cidade, perto do rio, as ruas quase vazias, os carros passando em disparada lá na Riverside Drive."

"Respira fundo."

"Eu gosto de correr junto dos carros na Riverside Drive."

"Respira fundo", disse ele. "Pra fumaça entrar também nos seus pulmões."

"Eu gosto da fumaça. Gosto da brisa do rio."

"Corre nua", disse ele.

"Se você correr nu, eu também corro."

"Eu corro nu se o menino correr também", disse ele.

Justin estava em seu quarto, era sábado, dando os últimos retoques, os últimos toques de cor num retrato que estava pintando, com creions, de sua avó. Ou isso ou então desenhando a figura de um pássaro, para a escola, o que fez Lianne se lembrar de uma coisa.

"Ele leva o binóculo pra casa dos Irmãos. Você faz idéia de por quê?"

"Eles estão vasculhando o céu."

"Procurando o quê?"

"Aviões. Um deles, acho que foi a menina."

"A Katie."

"A Katie diz que viu o avião que bateu na primeira torre. Diz ela que estava em casa, não foi à aula porque estava doente, estava parada na janela quando passou o avião."

O edifício onde moravam os Irmãos era chamado por alguns de Edifício Godzilla ou simplesmente o Godzilla. Tinha quarenta andares, mais ou menos, numa área de casas e outras estruturas de altura modesta, e criava condições meteorológicas próprias, com correntes de ar forte que às vezes desciam da fachada do prédio e derrubavam velhos na calçada.

"Ela estava doente em casa. Será que eu acredito nisso?"

"Acho que eles moram no vigésimo sétimo andar", disse ele.

"Virado pro oeste, pro parque. Até aí é verdade."

"O avião sobrevoou o parque?"

"Talvez o parque, talvez o rio", ela disse. "E talvez ela estivesse em casa e talvez ela tenha inventado essa história."

"Seja como for."

"Seja como for, é o que você está dizendo, eles estão procurando mais aviões."

"Esperando que a coisa aconteça de novo."

"Isso me assusta", disse ela.

"Agora com um binóculo, pra eles verem bem."

"Isso me deixa muito assustada. Meu Deus, é uma coisa terrível. Que diabo, essas crianças com essa imaginação pervertida."

Ela andou até a mesa e pegou uma metade de morango na tigela de cereal dele. Então sentou-se em frente a ele, pensando e mastigando.

Por fim disse: "A única coisa que eu arranquei do Justin. As torres não desabaram".

"Eu disse pra ele que desabaram, sim."

"Eu também", ela disse.

"Elas foram atingidas só que não desabaram. É o que ele diz."

"Ele não viu na televisão. Eu não queria que ele visse. Mas eu disse pra ele que elas desabaram, sim. E ele pareceu entender. Mas também, sei lá."

"Ele sabe que elas desabaram, mesmo dizendo o contrário."
"Ele tem que saber, você não acha? E ele sabe que você estava lá."
"Nós falamos sobre isso", disse Keith. "Mas só uma vez."
"O que foi que ele disse?"
"Quase nada. Eu também."
"Eles estão vasculhando o céu."
"Isso mesmo", ele disse.
Ela sabia que havia uma coisa que ela queria dizer desde o começo e finalmente essa coisa aflorou na consciência verbalizável.
"Ele comentou sobre esse tal de Bill Lawton?"
"Só uma vez. Não era pra ele contar a ninguém."
"A mãe deles falou nesse nome. Eu vivo querendo dizer a você e esqueço. Primeiro eu esqueço o nome. Esqueço os nomes fáceis. Depois, quando lembro, você não está perto de mim."
"O garoto esqueceu. Esqueceu que não era pra dizer. Ele me disse que a história dos aviões era segredo. Eu não podia contar pra ninguém que os três ficam ali no vigésimo sétimo andar vasculhando o céu. Mas principalmente, ele disse, eu não podia falar no Bill Lawton. Então ele percebeu o que havia feito. Tinha dito o nome sem querer. E quis que eu prometesse duas, três vezes. Ninguém podia saber."
"Nem mesmo a mãe dele, que deu à luz a ele depois de quatro horas e meia de sangue e dor. É por isso que as mulheres saem correndo na rua."
"Amém. Mas o que aconteceu", disse ele, "é que o outro menino, o irmão menor."
"O Robert."
"A origem do nome se deve ao Robert. Até aí eu sei. O resto é mais dedução minha. O Robert achou que estava ouvindo um certo nome, na televisão ou na escola ou sei lá onde. Ou então ele ouviu o nome uma vez, ou ouviu errado, e aí impôs essa versão nas

ocasiões seguintes. Em outras palavras, ele nunca corrigiu a percepção original do que ele estava ouvindo."

"O que é que ele estava ouvindo?"

"Ele estava ouvindo Bill Lawton. Estavam dizendo Bin Laden."

Lianne pensou nisso. Parecia-lhe, de início, que algum significado importante poderia ser localizado através da análise do pequeno equívoco do menino. Olhou para Keith, buscando sua concordância, buscando algo que ela pudesse usar para estabilizar sua apreensão flutuante. Mastigando, ele deu de ombros.

"Assim, juntos", ele disse, "eles criaram o mito de Bill Lawton."

"A Katie deve saber o nome verdadeiro. Ela é muito inteligente. É bem provável que ela mantenha o outro nome justamente porque é o nome errado."

"Eu acho que é por aí. O mito é esse."

"Bill Lawton."

"Vasculhando o céu à procura do Bill Lawton. Ele me disse umas coisas antes de se fechar em copas."

"Gostei de uma coisa. De saber a solução do mistério antes da Isabel."

"Quem é?"

"A mãe dos Irmãos."

"E o sangue e a dor *dela*?"

Lianne riu. Mas a imagem das crianças à janela, a porta do quarto fechada, vasculhando o céu, continuava a perturbá-la.

"O Bill Lawton tem uma barba comprida. Usa uma túnica comprida", disse ele. "Ele pilota avião a jato e fala treze línguas, mas não o inglês, menos com as esposas dele. O que mais? Ele tem o poder de envenenar o que a gente come, mas só certas comidas. Eles estão elaborando a lista."

"Isso é que dá, a gente criar uma distância protetora entre as crianças e o noticiário."

"Só que a gente não criou distância, não", disse ele.
"Entre as crianças e os assassinos."
"Outra coisa é que ele, o Bill Lawton, só anda descalço."
"Eles mataram o seu melhor amigo. São uns assassinos filhos-da-puta. Dois amigos, dois amigos."
"Conversei com o Demetrius outro dia. Acho que você não conheceu o Demetrius. Trabalhava na outra torre. Mandaram ele pra um hospital de queimaduras em Baltimore. Ele tem família lá."
Ela olhou para ele.
"Por que é que você continua aqui?"
Disse isso num tom delicadíssimo de curiosidade.
"Você pretende ficar? Porque eu acho que a gente tem que conversar sobre isso", ela disse. "Não sei mais conversar com você. Esta é a conversa mais longa que a gente já teve."
"Você fazia isso melhor do que qualquer pessoa. Falar comigo. Vai ver que o problema foi esse."
"Acho que desaprendi. Porque eu fico aqui pensando que a gente tem tanta coisa a dizer."
"A gente não tem tanta coisa a dizer, não. A gente dizia tudo, o tempo todo, antes. A gente examinava tudo, todas as questões, todos os problemas."
"Está bem."
"Isso quase matou a gente."
"Está bem. Mas será possível? A minha pergunta é esta", disse ela. "Será possível que nós dois acabamos com o conflito? Você sabe o que eu quero dizer. O atrito cotidiano. Aquela coisa de cada palavra, cada sílaba, em que a gente estava quando se separou. Será possível que isso acabou? A gente não precisa mais disso. A gente pode viver sem isso. Está certo o que eu estou dizendo?"
"Nós estamos prontos pra afundar nas nossas vidinhas", disse ele.

Na Marienstrasse

Estavam parados na entrada vendo a chuva fria cair, um homem mais jovem e outro mais velho, depois das preces vespertinas. O vento espalhava lixo pela calçada e Hammad levou as mãos em concha à boca e expirou seis ou sete vezes, lenta e calculadamente, sentindo um sussurro de hálito quente na palma das mãos. Uma mulher passou de bicicleta, pedalando com força. Ele cruzou os braços sobre o peito, mãos enfiadas nas axilas, escutando a narrativa do homem mais velho.

Ele era fuzileiro no Chatt al-Arab, quinze anos antes, e via, atravessando um pântano, milhares de garotos a gritar. Uns levavam fuzis, muitos não, e as armas eram quase grandes demais para os menores deles, Kalashnikovs, pesadas demais para serem carregadas por muito tempo. Ele era soldado do exército de Saddam e eles eram mártires do aiatolá, estavam ali para tombar e morrer. Pareciam brotar da terra úmida, onda após onda, ele fazia pontaria e disparava e os via tombando. A seu lado havia ninhos de metralhadoras, e o fogo se tornou tão intenso que ele começou a pensar que estava respirando aço derretido.

Hammad mal conhecia esse homem, um padeiro, que estava ali em Hamburgo havia cerca de dez anos. Rezavam na mesma mesquita, era o que ele sabia, no segundo andar desse prédio decrépito coberto de grafites nas paredes externas, base das prostitutas do bairro que andavam pelas ruas. Agora ele sabia mais isso, a face do combate na longa guerra.

Vinham mais e mais garotos e as metralhadoras os derrubavam. Depois de algum tempo o homem se deu conta de que não fazia sentido continuar atirando, não para ele. Mesmo sendo o inimigo, iranianos, xiitas, hereges, isso não era para ele, vê-los saltando sobre os cadáveres fumegantes de seus irmãos, levando nas mãos a alma deles. A outra coisa de que ele se deu conta foi que aquilo era uma tática militar, dezenas de milhares de garotos encenando a glória do auto-sacrifício para desviar soldados e armamentos iraquianos do verdadeiro exército que se concentrava atrás das linhas de frente.

Os líderes da maioria dos países são loucos, ele disse.

Então disse que lamentava duas coisas, primeiro ver os garotos morrendo, enviados para explodir minas terrestres e se enfiar embaixo dos tanques e enfrentar muralhas de artilharia, e depois pensar que eles estavam vencendo, aqueles meninos, que nos derrotavam morrendo daquele jeito.

Hammad escutava sem fazer comentários, mas sentia gratidão por aquele homem. Era o tipo de homem que ainda não é velho de idade, porém carrega algo mais pesado do que anos difíceis.

Mas os gritos dos garotos, os gritos agudos. O homem dizia que era o que ele ouvia acima do ruído da batalha. Os meninos gritavam o grito da história, a história da antiga derrota dos xiitas e o compromisso dos vivos com os mortos e derrotados. Aquele grito ainda vive junto de mim, disse ele. Não como algo que aconteceu ontem, e sim como uma coisa que está sempre acontecendo, mais de mil anos acontecendo, sempre no ar.

Hammad escutava concordando com a cabeça. Sentia o frio nos ossos, o desconforto dos ventos úmidos e das noites do norte. Permaneceram calados por um tempo, esperando que a chuva parasse, e ele pensava o tempo todo que uma outra mulher passaria de bicicleta, alguém para ele olhar, cabelo molhado, pernas pedalando.

Todos estavam deixando crescer a barba. Um até mesmo disse ao pai que ele devia deixar crescer a barba. Vinham homens ao apartamento da Marienstrasse, uns para visitar, outros para morar, eram homens entrando e saindo o tempo todo, deixando crescer a barba. Hammad, de cócoras, comia e escutava. A conversa era fogo e luz, a emoção era contagiante. Estavam naquele país para fazer cursos técnicos, mas naqueles cômodos falavam sobre o conflito. Tudo ali era deformado, hipócrita, o Ocidente corrompido na mente e no corpo, decidido a reduzir o islã a migalhas para pássaros.

Estudavam arquitetura e engenharia. Estudavam planejamento urbano, e um deles dizia que os defeitos de construção eram culpa dos judeus. Os judeus construíam paredes finas demais, corredores estreitos demais. Os judeus tinham instalado as privadas desse apartamento próximas demais ao chão para que o líquido que sai do corpo do homem descreva um percurso longo demais e faça barulho ao cair n'água, de modo que as pessoas no cômodo ao lado possam escutá-lo. Graças às paredes finas dos judeus.

Hammad não sabia se isso era engraçado, verdadeiro ou idiota. Ouvia tudo o que eles diziam com atenção. Era um homem grande, desajeitado, que passara a vida pensando que alguma energia sem nome existia presa dentro de seu corpo, apertada demais para ser solta.

Não sabia qual deles tinha dito ao pai para deixar crescer a barba. Dizer ao pai para deixar crescer a barba. Isso não é uma coisa normalmente recomendada.

83

O homem que liderava as discussões, Amir, era um homem empolgado, pequeno, magro, musculoso, que falava com Hammad diretamente na cara dele. Um gênio, diziam os outros, e ele afirmava que um homem pode passar o tempo todo numa sala, fazendo projetos, comendo e dormindo, até mesmo rezando, até mesmo tramando, mas chega uma hora em que ele tem que sair. Ainda que a sala seja uma sala de oração, ele não pode ficar ali dentro a vida toda. O islã é o mundo fora da sala de oração tanto quanto as suras do Corão. O islã é a luta contra o inimigo, o inimigo próximo e o distante, os judeus acima de tudo, por todas as coisas injustas e odiosas, e em seguida os americanos.

Eles precisavam de um espaço que fosse deles, na mesquita, na sala de oração portátil da universidade, ali no apartamento da Marienstrasse.
Havia sete pares de sapatos do lado de fora da porta do apartamento. Hammad entrou e eles estavam conversando e discutindo. Um dos homens havia lutado na Bósnia, o outro evitava o contato com cães e mulheres.
Assistiam a vídeos do *jihad* em outros países e Hammad lhes falou sobre os soldados-meninos correndo na lama, saltando minas, com as chaves do paraíso penduradas no pescoço. Os outros o silenciaram com olhares e argumentos. Aquilo fora muito tempo antes e eram só meninos, disseram eles, não valia a pena perder tempo sentindo piedade por um só deles.
Tarde da noite, ele teve que passar por cima do vulto deitado de um irmão que rezava para poder ir ao banheiro tocar punheta.

O mundo muda primeiro na mente do homem que quer mudá-lo. Está chegando a hora, nossa verdade, nossa vergonha, e

cada homem se transforma no outro, e o outro em um outro, e então não há mais separação.
Amir falava bem na cara dele. Seu nome completo era Mohamed Mohamed el-Amir el-Sayed Atta. Havia a sensação de uma história perdida. Haviam passado tempo demais em isolamento. Era sobre isso que falavam, que tinham sido expulsos por outras culturas, outros futuros, a vontade totalizante dos mercados de capital e políticas externas.

Era Amir que falava, sua cabeça estava nos céus mais elevados, dando sentido às coisas, estabelecendo ligações.

Hammad conhecia uma mulher que era alemã, síria, ou o que fosse, um pouco turca. Tinha olhos negros e um corpo macio que gostava de contato. Eles atravessavam o quarto em direção à cama desmontável dela, bem apertados, enquanto a companheira de quarto dela estudava inglês do outro lado da porta. Tudo acontecia em segmentos amontoados de espaço e tempo. Os sonhos dele pareciam espremidos, quartos pequenos, quase vazios, sonhados às pressas. Às vezes ele e as duas mulheres jogavam jogos verbais grosseiros, inventando rimas sem sentido em quatro *pidgins* diferentes.

Ele não sabia o nome do órgão de segurança alemão em nenhuma língua. Alguns dos homens que passavam pelo apartamento eram perigosos para o Estado. Leia os textos, dispare as armas. Provavelmente estavam sendo observados, telefonemas gravados, sinais interceptados. De qualquer modo, preferiam conversar pessoalmente. Sabiam que todos os sinais transmitidos pelo ar podiam ser interceptados. O Estado tem estações de microondas. O Estado tem estações terrestres e satélites em órbita, pontos de troca na internet. Reconhecimento fotográfico que tira uma foto de um escaravelho a uma altitude de cem quilômetros.

Mas nós nos encontramos pessoalmente. Vem um homem de Kandahar, outro de Riyad. Nós nos encontramos pessoalmente, no apartamento ou na mesquita. O Estado tem fibras ópticas, mas o poder é impotente contra nós. Quanto maior o poder, maior a impotência. Nós nos encontramos através de olhares, palavras e expressões faciais.

Hammad e outros dois foram procurar um homem na Reeperbahn. Era tarde e fazia muito frio, e finalmente eles o viram saindo de uma casa a meio quarteirão dali. Um dos homens o chamou pelo nome, depois o outro. Ele os olhou e esperou, e Hammad avançou e o golpeou três ou quatro vezes e ele caiu. Os outros homens avançaram e o chutaram. Hammad só ficou sabendo o nome do homem quando os outros o chamaram, e ele não entendia qual o motivo daquilo, se era porque o sujeito dera dinheiro a uma prostituta albanesa para fazer sexo com ela ou porque ele não usava barba. Ele não usava barba, Hammad percebeu, logo antes de socá-lo.

Estavam comendo espetos de carne num restaurante turco. Ele mostrava a ela as especificações de dimensões que fazia em sala de aula, onde estudava desenho mecânico sem muito entusiasmo. Sentia-se mais inteligente quando estava com ela porque ela estimulava exatamente isso, fazendo perguntas ou apenas sendo quem era, manifestando curiosidade sobre as coisas, inclusive sobre os amigos dele da mesquita. Seus amigos lhe davam um motivo para ser misterioso, uma circunstância que ela achava interessante. A companheira de quarto dela ouvia vozes tranqüilas falando em inglês nos fones. Hammad a incomodava pedindo aulas, perguntando palavras e expressões, mas nada de gramática. Havia uma correria, um ímpeto que tornava difícil ver além do minuto presente. Ele atravessava voando os minutos e sentia a atração de alguma imensa paisagem futura se abrindo, só montanha e céu.

Passava algum tempo diante do espelho olhando para a barba, sabendo que não devia apará-la.

Sentia um pouco de desejo pela companheira de quarto quando a via andando de bicicleta, mas tentava não levar aquele desejo para dentro da casa. Sua namorada se agarrava a ele e eles danificaram a cama desmontável. Ela queria que ele conhecesse a presença dela por inteiro, dentro e fora. Comiam faláfel embrulhado em pão árabe e às vezes ele queria se casar com ela e ter filhos, mas isso era só alguns minutos depois de sair do apartamento dela, quando se sentia como um jogador de futebol atravessando o campo, correndo depois de fazer um gol, mundo inteiro, braços bem abertos.

Está chegando a hora.

Os homens iam a cibercafés e ficavam sabendo a respeito de escolas de aviação nos Estados Unidos. Ninguém arrombava suas portas no meio da noite e ninguém os detinha na rua para revirar seus bolsos e lhes apalpar o corpo para ver se estavam armados. Mas eles sabiam que o islã estava sendo atacado.

Amir olhava para ele, vendo toda a baixeza que havia dentro dele. Hammad sabia o que ele ia dizer. Come o tempo todo, se entope de comida, demora para fazer as orações. Havia mais. Anda com uma mulher desavergonhada, esfrega o corpo no corpo dela. Qual a diferença entre você e todos os outros, fora do nosso espaço?

Quando Amir pronunciou aquelas palavras, falando bem na sua cara, sua entonação estava cheia de sarcasmo.

Será que estou falando chinês? Será que estou gaguejando? Meus lábios estão se mexendo mas não sai som nenhum?

Hammad de certo modo achava aquilo uma injustiça. Mas quanto mais se auto-examinava, mais verdadeiras lhe pareciam aquelas palavras. Ele precisava lutar contra o desejo de ser normal. Precisava lutar contra si próprio, em primeiro lugar, e depois contra a injustiça que marcava a vida deles.

Liam os versículos da espada do Corão. Tinham força de vontade, estavam decididos a fundir-se numa única mente. Livrem-se de tudo que não sejam os homens que estão com vocês. Que um se torne o sangue que corre nas veias do outro.

Às vezes havia dez pares de sapatos à entrada do apartamento, onze pares. Essa era a casa dos seguidores, assim a chamavam, *dar al-ansar*, e era isso que eles eram, seguidores do Profeta. A barba ficaria mais bonita se ele a aparasse. Mas havia regras agora e ele estava decidido a segui-las. Sua vida tinha estrutura. As coisas estavam bem definidas. Ele estava se tornando um deles, aprendendo a se parecer com eles, a pensar como eles. Isso era inseparável do *jihad*. Hammad rezava com eles para estar com eles. Estavam se tornando totalmente irmãos.

O nome da mulher era Leyla. Olhos bonitos e um toque atrevido. Ele disse a ela que ia se afastar por um tempo, mas que voltaria com toda a certeza. Logo ela passaria a existir como uma lembrança incerta, e por fim deixaria de existir.

PARTE 2

ERNST HECHINGER

6.

Quando ele apareceu à porta não era possível, um homem saído de uma tempestade de cinzas, todo sangue e escombros, fedendo a matéria queimada, com brilhos minúsculos de estilhaços de vidro no rosto. Ele parecia imenso, parado à porta, com um olhar que não tinha foco. Levava uma pasta e balançava a cabeça lentamente. Ela pensou que talvez ele estivesse em estado de choque, mas não sabia o que isso significava num sentido preciso, no sentido médico. Ele passou por ela e foi em direção à cozinha e ela tentou ligar para seu médico, depois para o número de emergência, depois para o hospital mais próximo, mas esbarrava sempre no ruído de linhas sobrecarregadas. Desligou a televisão, sem saber o motivo, protegendo-o da notícia de que ele acabava de participar, foi esse o motivo, e depois entrou na cozinha. Ele estava sentado à mesa e ela lhe serviu um copo d'água e lhe disse que Justin estava com a avó, as aulas haviam acabado mais cedo, e ele também estava sendo protegido do noticiário, pelo menos no que dizia respeito ao pai.

Ele disse: "Todo mundo está me dando água".

Ela pensou que ele não poderia ter percorrido aquela distância toda, nem mesmo subido a escada, se tivesse sofrido um ferimento mais sério, se tivesse perdido muito sangue. Então ele disse outra coisa. A pasta estava ao lado da mesa e parecia ter sido salva de uma avalanche. Ele disse que havia uma camisa descendo do céu.

Ela molhou um pano de prato e limpou o pó e as cinzas das mãos, do rosto e da cabeça dele, tomando o cuidado de não mexer nos fragmentos de vidro. Havia mais sangue do que ela imaginara de início, e então ela começou a perceber uma outra coisa, que os cortes e abrasões por ele sofridos não eram sérios nem numerosos o bastante para dar conta de todo aquele sangue. O sangue não era dele. A maior parte do sangue era de outra pessoa.

As janelas estavam abertas para que Florence pudesse fumar. Estavam sentados como na outra vez, um em cada lado da mesa de centro, na diagonal.

"Eu me dei um ano", disse ele.

"Ator. Imagino você como ator."

"Estudante de teatro. Nunca passei de estudante."

"Porque você tem uma coisa, seu jeito de ocupar um espaço. Não sei muito bem o que isso quer dizer."

"Parece coisa boa."

"Acho que ouvi isso em algum lugar. O que é que quer dizer?", ela perguntou.

"Me dei um ano. Achei que seria interessante. Reduzi pra seis meses. Pensei: o que mais que eu posso fazer? Na faculdade eu pratiquei dois esportes. Isso era coisa do passado. Seis meses, que diabo. Reduzi pra quatro, terminou em dois."

Ela o examinava, sentada em sua cadeira olhava para ele, e havia algo nisso, uma franqueza e inocência tamanhas que ele deixou de se sentir constrangido depois de algum tempo. Ela olhava, eles conversavam, ali numa sala que ele não seria capaz de descrever um minuto depois de sair dela.

"Não deu certo. As coisas não dão certo", ela disse. "O que foi que você fez?"

"Fiz direito."

Ela sussurrou: "Por quê?".

"Fazer o quê? Onde?"

Ela se recostou na cadeira e levou aos lábios o cigarro, pensando em alguma coisa. Havia pequenas manchas pardas no rosto dela, descendo da testa e chegando à base do nariz.

"Você é casado, imagino. Se bem que eu não estou nem aí."

"Sou, sim."

"Não estou nem aí", disse ela, e foi a primeira vez que ele percebeu ressentimento em sua voz.

"A gente estava separado, agora a gente voltou, ou está começando a voltar."

"É claro", disse ela.

Era a segunda vez que ele atravessava o parque. Ele sabia por que estava ali, mas não seria capaz de explicar o motivo a outra pessoa e não precisava explicar a ela. Não fazia diferença se eles conversavam ou não. Seria bom ficar sem falar, respirando o mesmo ar, ou então ela falando, ele escutando, ou então o dia é noite.

Ela disse: "Fui à Capela de São Paulo ontem. Eu queria ver gente, lá em particular. Sabia que lá ia ter gente. Olhei pras flores e pros objetos pessoais que as pessoas deixaram lá, os memoriais improvisados. Não olhei pras fotos dos desaparecidos, não. Isso eu não consegui fazer. Fiquei uma hora sentada na capela, e as pessoas entravam e rezavam ou então ficavam só olhando, lendo as placas de mármore. Em memória de fulano, em memória de sicrano. Entraram homens da defesa civil, três, eu tentei não ficar olhando, e depois mais dois."

Fora casada por pouco tempo, dez anos antes, um equívoco tão efêmero que não deixara muitas marcas. Foi o que ela disse. O homem morreu alguns meses depois que o casamento terminou, num desastre de carro, e a mãe dele pôs a culpa em Florence. Essa a marca que o casamento deixou.

"Eu digo a mim mesma que morrer é uma coisa comum."

"Não quando é você. Não quando é uma pessoa que você conhece."

"Não estou dizendo que a gente não deve sofrer. Mas por que é que a gente não deixa tudo na mão de Deus?", ela perguntou. "Por que é que nós ainda não aprendemos isso, depois de tantas mortes? A gente diz que acredita em Deus, mas então por que é que a gente não obedece às leis do universo de Deus, que nos ensinam que somos pequenos e vamos todos terminar assim?"

"Não pode ser tão simples."

"Os homens que fizeram isso. Eles são contra tudo que a gente acredita. Mas eles acreditam em Deus", disse ela.

"O Deus de quem? Qual Deus? Eu nem sei o que isso quer dizer, acreditar em Deus. Eu nunca penso nisso."

"Nunca pensa nisso."

"Isso incomoda você?"

"Me assusta", disse ela. "Eu sempre senti a presença de Deus. Eu falo com Deus às vezes. Não preciso estar na igreja pra falar com Deus. Eu vou à igreja, mas não, quer dizer, toda semana, assim — qual é a palavra que estou tentando lembrar?"

"Religiosamente", disse ele.

Ele conseguia fazê-la rir. Ela parecia olhar para dentro dele quando ria, os olhos vivos, vendo algo que ele não podia sequer imaginar o que fosse. Havia em Florence algo que estava sempre à beira de algum sofrimento emocional, a lembrança de uma agressão ou perda, talvez para toda a vida, e o riso era uma espécie de libertação, o ato de jogar fora uma dor antiga, pele morta, ainda que por apenas um momento.

Vinha música de um dos quartos, uma música clássica conhecida, mas ele não sabia o nome da peça nem do compositor. Ele nunca sabia essas coisas. Tomavam chá e conversavam. Ela falava sobre a torre, recapitulando tudo, de modo claustrofóbico, a fumaça, o amontoado de corpos, e ele compreendia que podiam falar sobre essas coisas apenas um com o outro, com os detalhes mais minuciosos e tediosos, mas nunca seria tedioso nem excessivamente minucioso, porque estava dentro deles agora e porque ele precisava ouvir o que havia perdido nos meandros da memória. Esse era o tom do delírio deles, a realidade atônita que haviam vivenciado juntos na escada, na espiral profunda de homens e mulheres a descer.

A conversa prosseguia, tangenciando o casamento, a amizade, o futuro. Ele era amador nessas coisas, mas falava com bastante disposição. Ouvia mais que falava.

"O que levamos dentro de nós. Essa é a história no final das contas", disse ela, distante.

O carro dele bateu num muro. A mãe dele culpou Florence porque se eles ainda estivessem casados ele não estaria naquele carro naquela estrada, e como fora ela quem dera fim ao casamento a culpa era dela, a marca era dela.

"Ele era dezessete anos mais velho. Parece uma coisa trágica. Um homem mais velho. Formado em engenharia, mas trabalhava nos correios."

"Ele bebia."

"Bebia."

"Estava bebendo na noite da batida."

"Estava. Foi de tarde. À luz do dia. Nenhum outro carro se envolveu."

Ele disse a ela que era hora de ir embora.

"É claro. Você tem que ir. É assim que as coisas acontecem. Todo mundo sabe."

Ela parecia culpá-lo por isso, pelo fato de ir embora, pelo casamento, pelo gesto impensado de retomar o casamento, e ao mesmo tempo não parecia estar falando com ele. Falava com a sala, consigo própria, pensou ele, falava com outra versão de si mesma no passado, uma pessoa que pudesse confirmar a triste familiaridade daquele momento. Ela queria que seus sentimentos fossem registrados, em caráter oficial, e precisava dizer as palavras exatas, ainda que não necessariamente para ele.

Porém ele permanecia sentado.

Ele perguntou: "Que música é essa?".

"Acho melhor desligar. É que nem música de cinema naqueles filmes antigos, quando o homem e a mulher correm pelo campo."

"Fala sério. Você adora esses filmes."

"Adoro a música também. Mas só quando ela está tocando no filme."

Ela olhou para ele e se levantou. Passou pela porta da frente e entrou no corredor. Era feiosa, a não ser quando ria. Era qualquer pessoa no metrô. Usava saias largas e sapatos simples, cheia de corpo e talvez um pouco desajeitada, mas quando ria acendia-se uma chama na natureza, o desdobrar de algo semi-oculto e deslumbrante.

Negra de pele clara. Uma dessas curiosidades de linguagem ambígua e raça implacável, mas as únicas palavras que significavam alguma coisa para ele eram as que ela pronunciara e as que viria a pronunciar.

Ela conversava com Deus. Talvez Lianne também tivesse essas conversas. Ele não tinha certeza. Ou então monólogos longos e penosos. Ou pensamentos tímidos. Quando ela puxava o assunto ou pronunciava o nome, ele ficava mudo. O tema era abstrato demais. Ali, com uma mulher que ele mal conhecia, o assunto parecia inevitável, como outros assuntos, outras questões.

Ele ouviu a música mudar para algo que continha um zumbido e um ímpeto, vozes num rap em português, cantando, sorrindo, com guitarras e bateria por trás, saxofones enlouquecidos.

Primeiro ela olhara para ele e depois ele a vira passar pela porta e entrar no corredor e agora compreendeu que devia ir atrás dela.

Ela estava parada à janela, batendo palmas no ritmo da música. Era um quarto pequeno, sem cadeira, e ele sentou-se no chão e ficou olhando para ela.

"Nunca estive no Brasil", disse ela. "Um lugar em que às vezes eu fico pensando."

"Tenho conversado com uma pessoa. A coisa ainda está bem no começo. Sobre um trabalho que envolve uns investidores brasileiros. Talvez eu tenha que aprender um pouco de português."

"Todos precisamos aprender um pouco de português. Todos precisamos ir ao Brasil. Esse é o disco que estava no aparelho de CD que você tirou da torre."

Ele disse: "Vai fundo".

"O quê?"

"Pode dançar."

"O quê?"

"Dança", disse ele. "Você quer dançar. Eu quero ver."

Ela tirou os sapatos e começou a dançar, batendo as mãos de leve no ritmo da música e começando a se aproximar dele. Ela estendeu a mão e ele fez que não com a cabeça, sorrindo, e encostou-se na parede. Ela não tinha prática nessas coisas. Não era algo que se permitia fazer sozinha, pensou ele, nem com outra pessoa, nem para outra pessoa, até aquele momento. Ela voltou para o outro lado do quarto, parecendo perder-se na música, os olhos fechados. Ficou algum tempo dançando em câmara lenta, agora sem bater palmas, os braços levantados e afastados do corpo, quase em transe, e começou a rodopiar sem sair do lugar, cada vez mais devagar, agora virada para ele, a boca aberta, os olhos se abrindo. Sentado no chão, olhando, ele começou a escapulir das roupas.

Aconteceu com Rosellen S., um medo clementar brotado das profundezas da infância. Ela não conseguia lembrar onde morava. Ficou parada numa esquina perto do viaduto do metrô, entrando em desespero, separada de tudo. Procurava uma fachada de loja, uma placa de rua que lhe desse uma pista. O mundo estava se afastando, os reconhecimentos mais simples. Ela começou a perder a sensação de clareza, de nitidez. Não estava exatamente perdida, e sim caindo, apagando-se. A sua volta só havia silêncio e distância. Foi voltando pelo caminho por onde tinha vindo, ou julgava ter vindo, entrou num prédio e ficou parada na entrada, escutando. Seguiu o som das vozes e chegou a uma sala onde havia doze pessoas lendo livros, ou o mesmo livro, a Bíblia. Quando a viram, pararam de recitar e esperaram. Ela tentou lhes dizer qual era o problema e um deles mexeu na bolsa dela e encontrou números de telefone e finalmente alguém, uma irmã dela, no Brooklyn, o nome que aparecia na lista era Billie, se dispôs a vir até o East Harlem para levar Rosellen para casa.

Lianne ficou sabendo disso quando o dr. Apter lhe contou no dia seguinte. Nos últimos meses ela vinha acompanhando aquele fenecer lento. Rosellen ainda ria às vezes, a ironia estava intacta, uma mulher pequena de traços delicados e pele castanha. Eles se aproximavam do inevitável, cada um deles, com um pouco de espaço ainda, àquela altura, para se distanciar e ver a coisa acontecer.

Benny T. contou que às vezes, de manhã, tinha dificuldade de vestir as calças. Disse Carmen: "Antes isso que não conseguir tirar". Disse ela: "Enquanto você conseguir tirar a calça, meu bem, vai continuar sendo o Benny sexy de sempre". Ele riu e bateu os pés no chão um pouco, dando uns tapinhas teatrais na cabeça, e disse que na verdade não era bem esse o problema. Ele não conseguia se convencer de que tinha vestido as calças direito. Ele as vestia e tirava. Verificava se o zíper estava mesmo na frente. Olhava no espelho para ver se o comprimento estava correto, se as bainhas viradas estavam mais ou menos encostando nos sapatos, só que não havia bainhas viradas. Ele lembrava das bainhas. Aquela calça tinha bainhas viradas ontem, então como é que hoje não têm.

Ele disse que sabia que isso parecia curioso. Para ele também parecia curioso. Usava essa palavra *curioso*, evitando um termo mais expressivo. Mas quando a coisa estava acontecendo, ele disse, não havia como sair dela. Ele estava numa mente e num corpo que não eram seus, tentando ver se tudo encaixava. Parecia que as calças não lhe assentavam direito. Ele as tirava e vestia outra vez. Ele sacudia as calças. Olhava dentro delas. Começava a achar que eram de outra pessoa, na sua casa, jogadas em cima de sua cadeira.

Ficaram esperando Carmen dizer algo. Lianne esperava que ela dissesse que Benny não era casado. Ainda bem que você não é casado, Benny, com a calça de algum outro homem na sua cadeira. Sua mulher ia ter que se explicar.

Mas Carmen não disse nada desta vez.

Omar H. falou sobre sua viagem até o norte de Manhattan. Era o único membro do grupo que não morava na vizinhança, e sim no Lower East Side, e pegava o metrô, passava o cartão plástico pela fenda, seis vezes, mudava de catraca, FAVOR PASSAR O CARTÃO OUTRA VEZ, e a longa viagem para o norte, e a vez que foi parar numa esquina inóspita do Bronx, sem entender que fim tinham levado as estações intermediárias.

Curtis B. não conseguia encontrar o relógio. Quando o encontrou, por fim, no armário de remédios, não conseguia prendê-lo ao pulso. Lá estava ele, o relógio. Disse isso muito sério. Lá estava ele, na minha mão direita. Mas a mão direita não conseguia achar o caminho até o pulso esquerdo. Havia um vazio espacial, ou uma falha visual, uma divisão em seu campo de visão, e ele levou algum tempo para conseguir fazer a conexão, da mão ao pulso, da ponta da pulseira à fivela. Para Curtis isso era uma falha moral, um pecado, uma traição a si próprio. Uma vez, numa sessão anterior, ele lera um texto que havia escrito sobre uma coisa que acontecera cinqüenta anos antes, quando ele matou um homem com uma garrafa quebrada numa briga de bar, rasgando o rosto e os olhos e depois seccionando a jugular do homem. Ele levantou os olhos da página quando pronunciou estas palavras: *seccionando a jugular*.

Foi com o mesmo tom calculado, soturno e fatalista que ele relatou o episódio do relógio perdido.

Ao descer a escada ela disse algo e foi só segundos depois que Keith fez o que fez que ela compreendeu a ligação. Ele chutou a porta pela qual estavam passando. Ele parou, virou-se para trás e chutou a porta com força, atingindo-a com a sola do sapato.

Depois que ela compreendeu a ligação entre o que ela dissera e o que ele fez, a primeira coisa de que se deu conta foi que a raiva dele não se dirigia contra a música nem contra a mulher que tocava a música. Dirigia-se contra ela, o seu comentário, a queixa que ela fizera, a persistência, a repetição irritante.

A segunda coisa de que ela se deu conta foi o fato de não haver raiva. Ele estava completamente calmo. Estava encenando uma emoção, a dela, para ela, contra ela. Era quase, pensou, um pouco zen, um gesto para chocar e estimular a meditação do outro ou fazê-lo inverter sua direção.

Ninguém veio abrir a porta. A música não parou, um tema de sopros e percussão que descrevia um círculo lentamente. Eles se entreolharam e riram, riram muito, bem alto, marido e mulher, descendo a escada e saindo pela porta da frente.

As rodas de pôquer eram na casa de Keith, onde ficava a mesa de jogo. Eram seis jogadores, os de sempre, nas noites de quarta, o redator comercial, o publicitário, o corretor de hipotecas, e por aí vai, homens a soltar os ombros e ajeitar os colhões, dispostos a ficar sentados jogando, com cara de jogador, testando as forças que regem os acontecimentos.

De início jogavam pôquer de diversas maneiras e variações, mas com o tempo começaram a reduzir as opções do carteador. A proibição de certos tipos de jogo começou como uma brincadeira em nome da tradição e da autodisciplina, porém com o tempo acabou virando uma norma, com argumentos sendo levantados contra as aberrações mais gritantes. Por fim o jogador mais velho, Dockery, beirando os cinquenta, propôs que só jogassem o pôquer tradicional, com formato retrô clássico, pôquer fechado de cinco cartas, pôquer aberto de cinco e de sete cartas, e com a redução das opções aumentaram as apostas, o que intensificava a cerimônia em que os perdedores preenchiam os cheques no final da noitada.

Jogavam cada rodada num frenesi vidrado. Toda a atividade ocorria em algum lugar atrás dos olhos, em expectativa ingênua e logro calculado. Cada um tentava enrolar o outro e fixar limites para seus próprios sonhos falsos, o corretor de títulos, o advogado, o outro advogado, e essas rodas de pôquer eram a essência afunilada, o extrato límpido e íntimo de suas iniciativas diurnas. As cartas deslizavam pela superfície de baeta verde da mesa redonda. Eles usavam intuição e técnicas de análise de riscos da guerra fria.

Recorriam à astúcia e à sorte cega. Esperavam pelo momento presciente, a hora de fazer a aposta com base na carta que eles sabiam que ia sair. *Senti que ia dar dama e deu.* Jogavam as fichas e observavam os olhos do outro lado da mesa. Regrediam a recursos atávicos, pré-letrados, imploravam aos mortos. Havia elementos de desafio saudável e zombaria escancarada. Havia elementos da intenção de destroçar a virilidade frágil do outro.

Hovanis, que agora estava morto, decidiu a certa altura que não precisavam jogar pôquer aberto de sete cartas. O número de cartas e as possibilidades de opções pareciam excessivos, e os outros riram e ele instituiu a regra, reduzindo as opções do banqueiro a pôquer fechado de cinco cartas e pôquer aberto de cinco cartas.

Em conseqüência, as apostas subiram.

Então alguém levantou a questão da comida. Aquilo era uma brincadeira. A comida ficava em pratos improvisados, largados numa bancada da cozinha. Como é que se pode ser disciplinado, disse Demetrius, se a gente interrompe a toda hora para encher a pança com comidas cheias de química, pão, carne e queijo. A brincadeira foi levada a sério, porque só se devia permitir que o jogador se levantasse da mesa em caso de urgência urinária urgentíssima ou então daquele tipo de azar acumulado que obriga o jogador a ficar parado à janela contemplando a maré profunda da noite.

Assim, proibiram a comida. Nada de comida. Davam as cartas, pagavam para ver ou corriam. Então conversaram sobre a bebida. Sabiam que era bobagem, mas perguntaram, dois ou três deles, se não seria aconselhável restringir o consumo de álcool a bebidas escuras, uísque, bourbon, conhaque, os tons mais profundos e viris das destilações mais intensas. Nada de gim, vodca, licores lívidos.

Gostavam de fazer isso, a maioria deles. Gostavam de criar uma estrutura com base em trivialidades aleatórias. Mas não Terry Cheng, que jogava um pôquer mais que perfeito, que jogava *on-line* às vezes por vinte horas seguidas. Terry Cheng dizia que eles eram pessoas superficiais que levavam vidas insensatas.

Então alguém fez a observação de que pôquer fechado de cinco cartas era ainda mais permissivo do que pôquer aberto de sete e se perguntaram por que não haviam pensado nisso antes, pois o jogador tinha capacidade de trocar até três cartas, ou então não trocar nada, ou fugir se preferir, e decidiram limitar-se a um único tipo de jogo, o pôquer aberto de cinco cartas, e as quantias polpudas que apostavam, as fichas coloridas empilhadas, os blefes e contrablefes, os xingamentos complexos e olhares assassinos, a bebida escura nos copos baixos, a fumaça de charuto acumulando-se em desenhos estratificados, as pesadas auto-acusações silenciosas — esses gestos e energias a fluir livremente enfrentavam a única força em sentido contrário, as restrições impostas por eles mesmos, inflexíveis justamente por terem origem interna.

Assim, a comida foi proibida. Nada de comida. Nada de gim nem vodca. Cerveja, só da escura. Resolveram coibir toda cerveja que não fosse escura e toda cerveja escura que não fosse Beck's Dark. Fizeram isso porque Keith lhes contou uma história que tinha ouvido a respeito de um cemitério na Alemanha, em Colônia, onde quatro amigos, jogadores de cartas que jogaram juntos por quatro ou cinco décadas, foram enterrados na configuração em que costumavam se sentar, invariavelmente, em torno da mesa de jogo, ficando as lápides em frente uma da outra, duas a duas, cada jogador em seu lugar tradicional.

Eles adoraram essa história. Era uma bela história sobre a amizade e os efeitos transcendentes dos hábitos triviais. Ela os deixou sérios e pensativos e uma das coisas que lhes ocorreram foi decidir que a Beck's Dark seria a única cerveja escura permitida porque era alemã, tal como os jogadores da história.

Alguém quis proibir conversas sobre esportes. Proibiram conversas sobre esportes, sobre televisão, nome de filmes. Keith achou que a coisa estava virando bobagem. As regras são boas, responderam os outros, e quanto mais bobas, melhor. Rumsey, o peidador-mor, que agora estava morto, queria revogar todas as proibições. Os cigarros não eram proibidos. Havia um único fumante de cigarros e os outros permitiam que ele fumasse quantos cigarros quisesse se ele não se incomodava de parecer indefeso e defeituoso. Os outros, na maioria, fumavam charutos e sentiam-se expansivos, grandiosos, bebendo uísque ou bourbon, encontrando sinônimos para palavras proibidas como *molhado* e *seco*.

Vocês não são pessoas sérias, disse Terry Cheng. Ele disse: quem não é sério morre.

O carteador fazia deslizar as cartas na baeta verde, jamais se esquecendo de anunciar a modalidade de jogo, aberto de cinco cartas, embora fosse o único que jogavam agora. A ironia pequena e seca desses pronunciamentos foi morrendo com o tempo e as palavras se transformaram num ritual orgulhoso, formal e indispensável, cada carteador na sua vez, *aberto de cinco cartas*, e eles adoravam dizer isso, com a cara mais séria, porque em nenhum outro lugar encontrariam aquela espécie de tradição suave exemplificada pela enunciação desnecessária de umas poucas palavras arcaicas.

Jogavam com cautela e se arrependiam, corriam riscos e perdiam, sucumbiam a estados de melancolia lunar. Mas sempre havia coisas a proibir e regras a criar.

Então uma noite tudo desabou. Alguém sentiu fome e exigiu comida. Um outro jogador começou a bater na mesa, dizendo: *comida, comida*. O grito se transformou num coral que encheu toda a sala. Revogaram a proibição de comida e exigiram vodca polonesa, alguns deles. Queriam bebidas claras guardadas no congelador e servidas puras em copos pequenos e orvalhados. Outras proibições caíram, palavras proibidas voltaram a ser pronunciadas. Faziam apostas e subiam as apostas, comiam e bebiam, e a partir daí voltaram a jogar modalidades como *high-*

low, *acey-deucy*, Chicago, Omaha, *Texas hold'em*, anaconda e mais umas duas formas desviantes da ancestralidade do pôquer. Porém sentiam falta, cada vez que estavam na banca, de chamar o nome do único jogo, aberto de cinco cartas, em detrimento de todas as outras modalidades, e tentavam não ficar imaginando no que quatro outros jogadores pensariam deles, dessa mixórdia caótica de jogos, dois a dois, lápide frente a lápide, em Colônia.

No jantar, conversaram sobre a viagem que pensavam em fazer a Utah nas férias escolares, vales elevados e ventos limpos, ar respirável, encostas esquiáveis, e o garoto permanecia parado com um biscoito no punho cerrado, olhando para a comida no prato.

"O que é que você acha? Utah. Diz o nome. Utah. Um grande progresso para quem anda de trenó no parque."

Ele olhava para o jantar que seu pai havia preparado, salmão selvagem, arroz integral grudento.

"Ele não tem nada a dizer. Ele já passou da fase das palavras de duas sílabas", disse Keith. "Lembra quando ele só falava com palavras de no máximo duas sílabas? Durou um bom tempo."

"Mais do que eu esperava", disse ela.

"Ele já passou dessa fase. Passou pra próxima fase do desenvolvimento dele."

"Desenvolvimento espiritual", disse ela.

"Silêncio total."

"Silêncio completo e inquebrável."

"O Utah é um lugar de homens silenciosos. Ele vai viver nas montanhas."

"Vai morar numa caverna cheia de insetos e morcegos."

O garoto levantou a cabeça lentamente, olhando para o pai ou para a clavícula do pai, vendo com vista de raios X os ossos finos por trás da camisa do pai.

"Como é que você sabe que a história das duas sílabas era mesmo coisa do colégio? De repente não era", disse ele. "De repente foi o Bill Lawton. Porque de repente o Bill Lawton só fala com palavras de duas sílabas."

Lianne recostou-se na cadeira, chocada, por ouvir o nome, por ouvir o nome sendo dito por ele.

"Eu pensava que o Bill Lawton era segredo", disse Keith. "Que era só entre os Irmãos e você. E eu e você."

"Você já deve ter contado pra ela. Ela já deve estar sabendo."

Keith olhou para Lianne e ela tentou lhe fazer sinal de que *não*, ela não dissera nada a respeito de Bill Lawton. Lianne olhava para ele com um olhar cerrado, olhos apertados, lábios tensos, tentando penetrar a testa de Keith com aquele olhar, aquele *não*.

"Ninguém contou nada a ninguém", disse Keith. "Come o seu peixe."

O garoto voltou a olhar para o prato.

"Porque ele só fala com palavras de duas sílabas no máximo."

"Está bem. O que é que ele diz?"

Não houve resposta. Ela tentou imaginar o que ele estava pensando. Seu pai havia voltado para casa, estava morando aqui, dormindo aqui, mais ou menos como antes, ele estava pensando que não dá para confiar nesse homem, não é? Ele via o homem como uma figura que paira acima da casa, o homem que foi embora uma vez e voltou e contou para a mulher, que dorme na mesma cama que o homem, tudo a respeito de Bill Lawton, e por isso ninguém pode garantir que ele vai estar aqui amanhã.

Se o seu filho acha você culpado de uma coisa, com ou sem razão, então você é culpado. E por acaso ele tinha razão.

"Ele diz coisas que ninguém sabe, só eu e os Irmãos."

"Conta pra nós uma dessas coisas. Palavras de duas sílabas no máximo", disse Keith com uma voz pesada.

"Não, não quero, não."

"Isso é o que ele diz ou o que você diz?"

"O importante", disse ele, destacando as palavras com clareza e em tom de desafio, "é que ele fala coisas sobre os aviões. A gente sabe que eles estão vindo porque ele diz que estão vindo. Mas é só isso que eu posso dizer. Ele diz que desta vez as torres vão cair."

"As torres já caíram. Você sabe", ela disse em voz baixa.

"Desta vez, ele diz, elas vão cair de verdade."

Eles conversaram com o garoto. Tentaram com jeito ser racionais. Ela não conseguia localizar a ameaça que sentia ao ouvi-lo. Aquela reconfiguração dos eventos a assustava de um modo inexplicável. Ele estava tornando as coisas melhores do que eram, as torres ainda em pé, mas a inversão de tempo, o negrume do golpe final, o modo como o melhor se tornava pior eram elementos de um conto de fadas fracassado, assustador mas desprovido de coerência. Era o conto de fadas que as crianças contam, não o que elas ouvem, inventado por adultos, e ela mudou de assunto, falou sobre Utah. Pistas de esqui e céus de verdade.

Ele olhou para o prato. Qual a diferença entre um peixe e um pássaro? Um voa, o outro nada. Talvez ele estivesse pensando nisso. Ele não comeria um pássaro, não é, um pintassilgo ou um gaio. Então por que comer um peixe que estava nadando livre no oceano, aprisionado com dez mil outros peixes numa rede gigantesca no canal 27?

Um voa, o outro nada.

É isso que ela sentia nele, esses pensamentos teimosos, o biscoito no punho cerrado.

Keith atravessou um parque e saiu na West 90th Street, e era estranho o que ele via no jardim comunitário vindo em sua direção, uma mulher no meio da rua, montada num cavalo, com um capacete amarelo e um rebenque na mão, a cabeça balançando acima dos automóveis, e ele levou um longo momento para compreender que cavalo e amazona haviam saído de um estábulo em algum lugar ali por perto e estavam indo para a pista de equitação do parque.

Era algo que pertencia a outra paisagem, uma coisa inserida, uma mágica que por um instante efêmero lembrava uma imagem que quase se chega a ver e na qual só se acredita até certo ponto, quando a testemunha fica a se perguntar o que aconteceu com o significado das coisas, árvore, rua, pedra, vento, palavras simples perdidas na chuva de cinzas.

Ele costumava chegar tarde em casa, com uma cara lustrosa e meio amalucada. Nessa época, não muito tempo antes da separação, encarava a pergunta mais simples como um interrogatório hostil. Dava a impressão de que já entrava em casa esperando as perguntas dela, preparado para ficar de olhar parado enquanto ela interrogava, mas ela não tinha interesse em dizer nada. Imaginava, a essa altura, que já sabia de tudo. Compreendia, a essa altura, que não se tratava de bebida, ou que não só disso, e provavelmente não era nenhum caso com outra mulher. Se fosse, ele disfarçaria melhor, ela pensava. Era quem ele era, seu rosto nativo, sem o elemento nivelador, as exigências do código social.

Naquelas noites, às vezes, ele parecia prestes a dizer alguma coisa, um fragmento de frase, só isso, e aí seria o fim de tudo entre eles, de todo o discurso, toda forma de combinação explícita, de quaisquer rastros de amor que ainda restassem. Ele vinha com aquele olhar vitrificado e um sorriso úmido atravessado na boca, desafiando a si próprio, uma coisa infantil e horrível. Mas ele não exprimia em palavras o que quer que houvesse ali, algo de uma crueldade tão óbvia e irresponsável que a assustava, mesmo não sendo explicitado. O olhar a assustava, o ângulo de inclinação do corpo. Ele atravessava o apartamento, ligeiramente inclinado para um lado, uma culpa distorcida no sorriso, disposto a quebrar uma mesa e tocar fogo nela para poder depois pôr o pau para fora e mijar nas chamas.

Estavam dentro de um táxi indo para o centro e começaram a se agarrar, beijando-se e apalpando-se. Ela disse, em murmúrios urgentes, *É um filme, é um filme*. Quando o táxi parava no sinal fechado, as pessoas ficavam olhando, duas ou três, como se flutuassem por instantes do lado de fora da janela, às vezes apenas uma. As outras simplesmente atravessavam a rua, não estavam nem aí.

No restaurante indiano o homem na plataforma disse: não servimos mesas incompletas.

Ela lhe perguntou uma noite sobre os amigos que ele havia perdido. Ele falou sobre esses amigos, Rumsey e Hovanis, e o que estava muito queimado, cujo nome esquecera. Ela conhecera um deles, Rumsey, ao que parecia, de passagem, em algum lugar. Ele falou sobre as qualidades desses amigos, suas personalidades, casados ou solteiros, filhos ou não, e isso bastava. Ela não queria ouvir mais.

Continuava tocando, na maioria das vezes, a música na escada.

Havia uma proposta que ele talvez iria aceitar, preparar contratos de venda para investidores brasileiros envolvidos em transações imobiliárias em Nova York. Do jeito que ele falava era como se fosse um passeio de asa-delta, totalmente dependente do vento.

No início ela lavava as roupas dele separadamente. Ela não sabia por que o fazia. Era como se ele estivesse morto.

Ela ouvia o que ele dizia e deixava claro que estava prestando atenção, mente e corpo, porque a atenção seria a salvação deles desta vez, o que os impediria de afundar na distorção e no rancor.

Os nomes fáceis eram os que ela esquecia. Mas esse não era fácil e parecia o nome orgulhoso de um jogador de futebol americano do Alabama, e foi assim que ela guardou o nome, Demetrius, muito queimado na outra torre, a torre sul.

Quando ela lhe perguntou sobre a pasta dentro do armário, por que um dia ela estava lá e no dia seguinte havia desaparecido, ele disse que havia realmente devolvido a pasta à pessoa a quem ela pertencia, porque não era dele e ele não sabia a razão de tê-la retirado do prédio.

O que era normal não era mais normal do que costumava ser, nem menos.

Foi a palavra *realmente* que a fez pensar no que ele estava dizendo sobre a pasta, se bem que na verdade não havia motivo para ela ficar pensando nisso, mesmo sendo essa a palavra que ele tanto usava, de modo mais ou menos excessivo, naquela época, quando mentia para ela, ou a atormentava, ou até mesmo enveredava por algum estratagema menor.

Esse era o homem que se recusava a se submeter à necessidade dela de uma intimidade indiscreta, excesso de intimidade, impulso de perguntar, examinar, investigar, trazer coisas à tona, trocar segredos, contar tudo. Era uma necessidade do corpo, mãos, pés, genitália, cheiros rançosos, sujeira coagulada, mesmo se fosse só conversa, murmúrios sonolentos. Ela queria absorver tudo, como uma criança, a poeira das sensações dispersas, tudo aquilo que ela podia aspirar dos poros das outras pessoas. Antes ela pensava que era as outras pessoas. As outras pessoas têm vida mais verdadeira.

É um filme, ela insistia em dizer, a mão dele enfiada dentro das calças dela, dizendo, um gemido em forma de palavras, que nos sinais fechados as pessoas olhavam, umas poucas, e o motorista observava, com ou sem luzes, olhos refletidos no retrovisor.

Mas talvez ela estivesse enganada a respeito do que era normal. Talvez nada fosse normal. Talvez houvesse uma dobra profunda na textura das coisas, na maneira como as coisas atravessam a mente, na maneira como o tempo se balança na mente, que é o único lugar onde o tempo existe de fato.

Ele ficava ouvindo fitas de áudio com etiquetas que diziam Português Sul-Americano e praticava as frases com o garoto. Ele dizia: eu só falo um pouco de português, dizendo isso em inglês, com um sotaque latino, e Justin tentava não sorrir.

Ela lia no jornal os perfis dos mortos, todos os perfis que foram publicados. Não os ler, todos eles, era uma transgressão, uma violação da responsabilidade e da confiança. Mas também os lia porque era obrigada a fazê-lo, movida por uma necessidade que ela não tentava interpretar.

Depois da primeira vez que fizeram amor, ele estava no banheiro, assim que o dia clareou, e ela se levantou para se vestir e preparar sua corrida matinal, mas então apertou o corpo nu contra o espelho grande, o rosto virado para o lado, as mãos levantadas mais ou menos à altura da cabeça. Apertou o corpo contra o espelho, os olhos fechados, e ficou assim um bom tempo, quase desabando sobre a superfície fria, entregando-se a ela. Então vestiu o short e a camiseta e estava dando laço nos tênis quando ele saiu do banheiro, barbeado, e viu as marcas nubladas de seu rosto, mãos, seios e coxas gravadas no espelho.

Ele estava sentado ao lado da mesa, antebraço esquerdo pousado ao longo da borda, a mão pendendo da beira. Ele trabalhava as formas da mão, dobrando o punho em direção ao chão, dobrando o punho em direção ao teto. Usava a mão boa para aplicar pressão à mão comprometida.

O pulso estava bem, o pulso estava normal. Ele havia jogado fora a tala e havia parado de aplicar gelo. Porém ficava sentado ao lado da mesa, duas ou três vezes por dia agora, formando um punho levemente cerrado com a mão esquerda, o antebraço pousado na mesa, o polegar voltado para cima em certas configurações. Não precisava da folha de instruções. Era automático, as extensões do pulso, os desvios ulnares, a mão levantada, o antebraço pousado. Ele contava os segundos, contava as repetições.

Havia mistérios de palavra e olhar, mas também isto, o fato de que em todas as vezes que se encontravam havia algo de hesitante no início, um pouco forçado.

"Eu vejo isso na rua de vez em quando."

"Fiquei bestificado por um momento. Um cavalo", ele disse.

"Um homem a cavalo. Uma mulher a cavalo. Eu que nunca ia fazer isso", disse Florence. "Nem por todo o dinheiro do mundo. De jeito nenhum. Eu é que não subo num cavalo."

Havia timidez por um certo tempo e depois alguma coisa distensionava a atmosfera, um olhar ou uma brincadeira, ou então ela começa a cantarolar, numa paródia de constrangimento em situação social, correndo os olhos pela sala. Mas o vago desconforto desses primeiros momentos, a sensação de duas pessoas que não combinavam, não se dissipava por completo.

"Às vezes seis ou sete cavalos em fila indiana, subindo a rua. Os cavaleiros olham bem pra frente", disse ela, "tipo assim pra não ofender os nativos."

"Eu vou lhe dizer o que é que me surpreende."

"Meus olhos? Meus lábios?"

"É o seu gato", disse ele.

"Eu não tenho gato."

"É isso que me surpreende."

"Pra você eu devia ter um gato."

"Vejo você com um gato, sem dúvida. Tinha que ter um gato se esgueirando pelos cantos."

Ele estava na poltrona desta vez e ela havia colocado uma cadeira da cozinha em frente a ele e estava sentada nela, a mão pousada no antebraço dele.

"Me diz que você não vai aceitar o emprego."

"Tenho que aceitar."

"E os nossos encontros, como é que vai ser?"

"A gente dá um jeito."

"Eu quero que você se sinta culpado. Mas a minha vez vai chegar. Parece que toda a companhia vai se mudar pro outro lado do rio. Em caráter permanente. Vamos ter uma bela vista do sul de Manhattan. O que resta do sul de Manhattan."

"E você vai procurar um lugar pra morar lá perto."

Ela olhou para ele.

"Você está falando sério? Não acredito que você disse isso. Você acha que eu ia me afastar tanto assim de você?"

"Ponte ou túnel, não faz diferença. É um inferno esse vai-e-vem."

"Eu não estou nem aí. Você não acredita. O metrô vai voltar a funcionar. Se não voltar, eu venho de carro."

"Está bem."

"Nova Jersey é logo ali."

"Está bem", ele disse.

Ele pensou que ela era capaz de chorar. Pensou que esse tipo de conversa era para as outras pessoas. As pessoas têm esse tipo de conversa o tempo todo, pensou ele, em salas como esta, sentadas, olhando.

Então ela disse: "Você salvou a minha vida. Sabe disso?".

Ele se recostou na poltrona, olhando para ela.

"Eu salvei a sua pasta."

E esperou que ela risse.

"Eu não sei explicar não, mas não, você salvou foi a minha vida. Depois do que aconteceu, tanta gente morrendo, amigos, e

113

colegas de trabalho, eu quase morri, de uma outra maneira. Eu não conseguia ver as pessoas, falar com as pessoas, ir daqui até ali sem ter que me obrigar a me levantar da cadeira. Aí você entrou por aquela porta. Eu vivia ligando pro número de uma amiga minha, desaparecida, é uma dessas fotos que estão nas paredes e janelas em tudo que é lugar, a Davia, oficialmente desaparecida, pra mim é difícil até dizer o nome dela, no meio da noite eu disco o número, deixo tocar. Eu tinha medo, se fosse de dia, de alguma outra pessoa que estivesse lá pegar o telefone, alguém que está sabendo de alguma coisa que eu não quero ficar sabendo. Então você entrou por aquela porta. Você não sabe por que foi pegar a pasta do prédio. Foi por isso. Pra poder trazer ela aqui. Pra que a gente se conhecesse. Foi por isso que você pegou a pasta e foi por isso que você a trouxe aqui, pra me manter viva."

Ele não acreditava nisso, mas acreditava nela. Ela sentia e falava a sério.

"Você quer saber qual é a história dessa pasta. A história sou eu", ela disse.

7.

Os dois objetos escuros, a garrafa branca, o aglomerado de caixas. Lianne desviou a vista do quadro e viu a sala em si como uma natureza-morta por um instante. Em seguida as figuras humanas aparecem, Mãe e Namorado, estando Nina ainda na poltrona, com o pensamento perdido em alguma coisa, e Martin afundado no sofá agora, virado para ela. Por fim sua mãe disse: "Arquitetura, sim, talvez, mas de uma época totalmente diferente, outro século. Torres comerciais, não. Essas formas não podem ser traduzidas em torres modernas, torres gêmeas. É uma obra que rejeita esse tipo de extensão ou projeção. Ela leva a gente pra dentro, pra baixo e pra dentro. É o que eu vejo ali, meio enterrada, algo mais profundo que coisas ou formas de coisas".

Lianne sabia, num pontinho de luz, o que sua mãe ia dizer.

Ela disse: "Tem a ver com a mortalidade, não é?".

"Com a condição humana", disse Lianne.

"A condição humana, a mortalidade. Acho que esses quadros são as coisas que vou continuar olhando depois que eu parar de olhar pra todo o resto. Vou ficar olhando pra garrafas e potes. Vou ficar sentada aqui olhando."

"Você vai ter que empurrar a poltrona mais pra perto."

"Eu vou pôr a poltrona bem perto da parede. Vou chamar o zelador e lhe pedir que empurre a poltrona pra mim. Não vou ter força pra fazer isso sozinha. Vou ficar olhando e pensando. Ou então só olhando. Depois de algum tempo não vou precisar mais das pinturas pra olhar. As pinturas vão ser excessivas. Eu vou olhar pra parede."

Lianne andou até o sofá e cutucou Martin de leve no braço.

"E as suas paredes? O que é que tem nas suas paredes?"

"As minhas paredes são nuas. Em casa e no escritório. Eu mantenho as paredes nuas", disse ele.

"Não completamente", disse Nina.

"Está bem, não completamente."

Ela estava olhando para ele.

"Você diz que é pra gente esquecer Deus."

A discussão estava presente o tempo todo, no ar e na pele, mas a mudança de tom foi abrupta.

"Você diz que é uma questão de história."

Nina olhou para ele, um olhar duro dirigido a Martin, a voz cheia de acusação.

"Mas a gente não pode esquecer Deus. Eles invocam Deus constantemente. É a fonte mais antiga deles, a palavra mais antiga. É, tem outra coisa também, mas não é história nem economia. É o que os homens sentem. É a coisa que acontece entre os homens, o sangue que acontece quando uma idéia começa a se transmitir, seja lá o que for que está por trás dela, que forças cegas ou brutas ou necessidades violentas. É muito conveniente encontrar um sistema de crenças que justifique esses sentimentos e esses massacres."

"Mas o sistema não justifica isso. O islã não aceita isso", disse ele.

"Se você diz que é Deus, então é Deus. Deus é tudo aquilo que Deus permite."

"Você não vê que isso é uma loucura? Não vê o que está negando? Você está negando todos os ressentimentos humanos que as pessoas têm contra as outras, todas as forças da história que fazem as pessoas entrar em conflito."

"Nós estamos falando sobre essas pessoas, aqui e agora. É um ressentimento deslocado. É uma infecção virótica. O vírus se reproduz fora da história."

Ele continuava afundado no sofá, o olhar perdido, agora inclinado em direção a ela.

"Primeiro eles matam você, depois você tenta entender o lado deles. Quem sabe você vai até acabar sabendo o nome deles. Mas eles têm que matar você primeiro."

A coisa se estendeu por algum tempo e Lianne escutava, perturbada pelo fervor na voz deles. Martin estava imerso na discussão, uma das mãos agarrando a outra, falando sobre terras perdidas, Estados fracassados, intervenção estrangeira, dinheiro, império, petróleo, o coração narcisista do Ocidente, e ela se perguntava como é que ele fazia o trabalho que fazia, ganhava a vida da maneira que ganhava, comerciando com arte, lucrando. E depois as paredes nuas. Começou a pensar nisso.

Disse Nina: "Eu vou fumar um cigarro agora".

A afirmação aliviou a tensão na sala, o modo como ela falou, séria, um pronunciamento e um evento de importância proporcional, calculado para igualar-se ao nível da discussão. Martin riu, emergindo do fundo do sofá e indo à cozinha pegar mais uma cerveja.

"Cadê o meu neto? Ele está fazendo o meu retrato em creiom."

"Você já fumou um cigarro há vinte minutos."

"Eu estou posando pro meu retrato. Preciso relaxar."

"Ele sai da escola daqui a duas horas. O Keith vai pegar ele."
"Eu e o Justin. A gente precisa conversar sobre a cor da pele, os tons."
"Ele gosta de branco."
"Ele quer bem branco. Feito papel."
"Ele usa cores vivas pros olhos, o cabelo, às vezes a boca. Onde a gente vê cor da pele, ele vê branco."
"Ele está pensando em papel, não em pele. A obra é uma coisa em si. O tema do retrato é o papel."
Martin entrou, lambendo a espuma da borda do copo.
"Ele tem creiom branco?"
"Não precisa de creiom branco. Ele já tem o papel branco", disse ela.
Ele parou e ficou olhando para as velhas fotos de passaporte na parede sul, manchadas pelo tempo, e Nina olhou para ele.
"Muito bonitas e dignas", disse ela, "essas pessoas e essas fotos. Acabei de renovar meu passaporte. Dez anos vieram e foram embora, como um gole de chá. Nunca gostei muito de me ver nas fotos. Porque tem gente que gosta. Mas essa foto me assusta."
"Aonde você vai?", perguntou Lianne.
"Eu não preciso ir a lugar nenhum pra ter passaporte."
Martin aproximou-se da poltrona de Nina e ficou atrás dela, abaixando-se para falar em voz baixa.
"Você devia ir a algum lugar. Uma viagem mais longa, quando a gente voltar de Connecticut. Agora ninguém está viajando. Você devia pensar nisso."
"Não é uma boa idéia."
"Bem longe", ele disse.
"Bem longe."
"Camboja. Antes que a selva devore o que resta. Eu vou com você se você quiser."
A mãe de Lianne fumava como uma mulher dos anos 40

num filme de gângster, cheia de urgência nervosa, em preto-e-branco.

"Eu fico olhando pra cara na foto do passaporte. Quem é essa mulher?"

"Eu levanto a cabeça da pia", disse Martin.

"Quem é esse homem? Você acha que se vê no espelho. Mas não é você. Você não tem esse rosto. Esse não é o rosto literal, se é que isso existe. Esse rosto é uma montagem. É um rosto em transição."

"Não me diga isso."

"O que você vê não é o que nós vemos. O que você vê é distorcido pela memória, por ser quem você é, esse tempo todo, há tantos anos."

"Eu não quero ouvir isso, não", disse ele.

"O que nós vemos é a verdade viva. O espelho suaviza o efeito submergindo o rosto verdadeiro. O seu rosto é a sua vida. Mas o seu rosto também está submerso na sua vida. É por isso que você não vê o seu rosto. Só quem vê são as outras pessoas. E a câmara fotográfica, é claro."

Ele sorriu para dentro do copo. Nina apagou o cigarro, quase sem fumá-lo, espalhando com a mão uma trilha de névoa grudenta.

"E a barba", disse Lianne.

"A barba ajuda a submergir o rosto."

"Não é uma barba grande."

"Aí é que está a arte", disse Nina.

"A arte de parecer desleixado."

"Desleixado mas profundamente sensível."

"Isso é brincadeira de americano. Não estou certo?", perguntou ele.

"A barba é um recurso esperto."

"Ele fala com ela", disse Nina. "Todo dia, no espelho."

"O que é que ele diz?"

"Ele fala em alemão. A barba é alemã."

"Estou lisonjeado, sabe", disse ele. "Por ser alvo dessa brincadeira."

"O nariz é austro-húngaro."

Ele se inclinou em direção a Nina, ainda parado atrás dela, tocando-lhe o rosto com as costas da mão. Então levou o copo vazio à cozinha e as duas mulheres ficaram em silêncio por um momento. Lianne queria ir para casa dormir. Sua mãe queria dormir, ela queria dormir. Ela queria ir para casa e conversar com Keith um pouco e depois cair na cama, dormir. Conversar com Keith ou então nem conversar. Mas queria que ele estivesse lá quando ela chegasse.

Martin falou do outro lado da sala, surpreendendo as duas.

"Eles querem o lugar deles no mundo, a união global lá deles, não a nossa. Você diz que é uma guerra velha e morta. Mas ela está em todos os lugares e é racional."

"Me enganou direitinho."

"Não se engane. Não pense que as pessoas morrem só por Deus", disse ele.

O celular de Martin tocou e ele mudou de posição, virando-se para a parede e dando a impressão de que falava com o próprio peito. Esses fragmentos de conversa, que Lianne já ouvira antes, vindos de longe, misturavam expressões em inglês, francês e alemão, dependendo do interlocutor, e de vez em quando uma pequena jóia de sílaba como *Braque* ou *Johns*.

Ele terminou logo e guardou o telefone.

"Viajar, sim, é uma coisa em que você devia pensar", ele disse. "É só o joelho normalizar e a gente vai, falando sério."

"Bem longe."

"Bem longe."

"Ruínas", disse ela.

"Ruínas."

"Nós temos as nossas ruínas aqui. Mas eu é que não quero ver."

Ele foi caminhando junto à parede em direção à porta.
"Mas foi por isso que as torres foram construídas, não é? Elas não foram construídas como fantasias de riqueza e poder que um dia se tornariam fantasias de destruição? Você constrói uma coisa assim pra depois ver desabar. A provocação é óbvia. Senão, pra que fazer uma coisa tão alta e depois repetir, fazer outra igual? É uma fantasia, então por que não duas? É o mesmo que dizer: olha aqui, pode derrubar."
Então ele abriu a porta e saiu.

Ele assistia a uma partida de pôquer na televisão, rostos tensos num grande cassino no deserto. Ele assistia sem interesse. Não era pôquer, era televisão. Justin entrou e ficou assistindo também e ele explicou por alto o jogo para o menino, aos pedaços, cada vez que os jogadores faziam uma pausa e subiam as apostas e as estratégias se desenrolavam. Então Lianne entrou e sentou-se no chão, e ficou olhando para o filho. Ele estava sentado num ângulo radical, quase sem contato com a cadeira, olhando de modo fixo e impotente para a tela luminosa, abduzido por alienígenas.

Ela olhava para a tela, rostos vistos em close. O jogo em si se esvaía em anestesia, o tédio de cem mil dólares ganhos ou perdidos por conta de uma carta de baralho. Não queria dizer nada. Era uma coisa fora de seu campo de interesse, de empatia. Mas os jogadores eram interessantes. Ela observava os jogadores, eles a atraíam, caras sem expressão, sonolentos, recurvos, homens infelizes, pensou ela, e daí saltou para Kierkegaard, sabe-se lá como, relembrando as longas noites que passara mergulhada num texto. Olhava para a tela e imaginava um descampado boreal, rostos perdidos no deserto. Não haveria uma luta espiritual, uma sensação de dilema incessante, até mesmo na rápida piscadela de vitória nos olhos do vencedor?

Ela não comentava essas coisas com Keith, que se viraria um pouco para ela, o olhar distante numa paródia de meditação, boca aberta, pálpebras fechando-se lentamente e cabeça por fim afundando no peito. Ele estava pensando que estava ali, Keith, e não pensando mas sentindo, vivenciando a idéia. Ele via o rosto dela refletido num canto da tela. Observava os jogadores e também os detalhes de jogadas e contrajogadas, mas também estava olhando para ela e sentindo essa sensação de estar ali com eles. Tinha na mão um copo de uísque *single malt*. Ele ouviu um alarme de automóvel disparar na rua. Estendeu o braço e bateu na cabeça de Justin, como quem bate numa porta, para que ele prestasse atenção numa revelação prestes a surgir quando a câmara se aproximava das cartas fechadas de um jogador que já estava morto e não sabia.

"Esse aí está morto", disse ao filho, e o garoto continuava mudo, sentado naquela diagonal improvisada, meio na cadeira, meio no chão, semi-hipnotizado.

Ela adorava Kierkegaard, tão antiquado no drama vibrante da tradução que ela possuía, uma velha antologia de páginas frágeis com palavras sublinhadas em tinta vermelha, com régua, herdada de alguém da família de sua mãe. Era esse livro que ela lia e relia até altas horas da madrugada no dormitório da faculdade, uma pilha móvel de papéis, roupas, livros e apetrechos de tênis que ela tinha prazer em encarar como o correlato objetivo de uma mente transbordante. O que é mesmo o correlato objetivo? O que é mesmo dissonância cognitiva? Antes ela sabia as respostas de tudo, era a impressão que tinha agora, e adorava Kierkegaard, até mesmo a grafia de seu nome. Aqueles KK escandinavos, duros, e a beleza do A duplo. Sua mãe lhe mandava livros o tempo todo, ficções enormes e densas, exigentes, claustrofóbicas e implacáveis, mas elas frustravam sua necessidade ansiosa de auto-reconhecimento, algo mais próximo da mente e do coração. Ela lia Kierkegaard com uma expectativa febril, mergulhando direto no deserto protestante de doença até a morte. Sua colega de quarto escrevia letras de punk rock para uma banda imaginária chamada Mija na Minha Boca, e Lianne tinha inveja de seu desespero criativo. Kierkegaard lhe dava uma sensação de perigo, de risco espiritual. *Toda a existência me assusta*, escreveu ele. Ela via a si própria nessa frase. Ele a fazia sentir que sua eclosão no mundo não era o melodrama magro que às vezes lhe parecia ser.

Ela observava o rosto dos jogadores, depois percebeu que o marido, refletido na tela, olhava para ela, e sorriu. Lá estava a bebida âmbar na mão dele. O alarme de carro em algum lugar na rua, um toque tranqüilizador do cotidiano, a chegada de uma noite serena. Ela estendeu o braço e retirou o garoto de seu poleiro. Antes de se deitar, Keith perguntou-lhe se ele queria um jogo de fichas de pôquer e um baralho.

A resposta foi pode ser, o que queria dizer sim.

Por fim ela foi obrigada a fazer o que fez, bater à porta, com força, e esperar que Elena viesse abrir, enquanto as vozes tremiam lá dentro, mulheres num coro suave, cantando em árabe.

Elena tinha um cachorro chamado Marko. Lianne lembrou-se disso no instante em que bateu à porta. Marko, ela pensou, com K, seja lá o que isso quer dizer.

Bateu de novo, desta vez com a mão espalmada, e então a mulher apareceu, jeans sob medida e camiseta com lantejoulas.

"A música. O tempo todo, dia e noite. E alto."

Elena olhava fixamente para ela, irradiando toda uma vida de alerta a insultos.

"Você não entende? A gente ouve na escada, a gente ouve dentro de casa. O tempo todo, dia e noite, porra."

"O que é que tem? É música, só isso. Eu gosto. É bonito. Me dá paz. Eu gosto, eu toco."
"Por que agora? Justamente agora?"
"Agora, depois, tanto faz. É música, não é?"
"Mas por que agora e por que tão alto?"
"Ninguém nunca reclamou. Tão alto, é a primeira vez. Não é tão alto."
"É alto."
"É música. Se você quer levar pro lado pessoal, o que é que eu posso dizer?"
Marko veio até a porta, sessenta quilos, preto, pêlos espessos e pés espalmados.
"É claro que é pessoal. Qualquer um ia levar pro lado pessoal. Nas atuais circunstâncias. Porque as circunstâncias existem. Você reconhece, não é?"
"Não tem circunstância nenhuma. É música", disse ela. "Ela me dá paz."
"Mas por que agora?"
"A música não tem nada a ver com agora, nem antes, nem época nenhuma. E ninguém nunca falou que é alto."
"Claro que é alto, porra."
"Você deve ser supersensível, o que não parece, do jeito que você fala."
"A cidade inteira está supersensível no momento. Onde é que você estava escondida?"
Toda vez que ela via o cachorro na rua, a meio quarteirão de distância, com Elena carregando um saquinho plástico para colher sua merda, ela pensava Marko com K.
"É música. Eu gosto, eu toco. Se você acha que é alto, anda mais depressa quando passar pelo corredor."
Lianne pôs a mão no rosto da mulher.
"Te dá paz", ela disse.

Ela torceu a mão aberta no rosto de Elena, debaixo do olho esquerdo, e a empurrou para dentro do apartamento.

"Te dá paz", ela disse.

Marko recuou para a sala, latindo. Lianne enfiou a mão no olho da outra e a mulher tentou socá-la, um golpe cego de direita que acertou na beira da porta. Lianne sabia que estava enlouquecendo ao virar-se e sair, batendo a porta com força e ouvindo o cachorro latir por cima do solo de alaúde da Turquia ou Egito ou Curdistão.

Rumsey estava sentado num cubículo não muito longe da fachada norte, com um taco de hóquei apoiado num canto. Ele e Keith participavam de partidas improvisadas no centro esportivo de Chelsea Piers às duas da manhã. Nos meses mais quentes eles perambulavam pelas ruas e praças na hora do almoço, nas sombras trêmulas das torres, olhando para as mulheres, falando sobre mulheres, contando casos, se consolando.

Keith separado, morando ali perto por ser mais prático, comendo do jeito mais prático, verificando a duração dos filmes antes de pegá-los na locadora. Rumsey solteiro, tendo um caso com uma mulher casada, recém-chegada da Malásia, que vendia camisetas e cartões-postais na Canal Street.

Rumsey tinha compulsões. Ele confessava o fato para o amigo. Confessava tudo, não escondia nada. Contava os carros estacionados na rua, as janelas do prédio do outro quarteirão. Contava os passos que dava quando ia de um lugar para o outro. Memorizava coisas que surgiam em sua consciência, fluxos de informações, mais ou menos sem querer. Era capaz de recitar os dados pessoais de mais de vinte amigos e conhecidos, endereços, telefones, aniversários. Meses depois de o arquivo de um cliente qualquer passar por sua mesa, ele era capaz de dizer o nome de solteira da mãe do sujeito.

Isso não tinha graça nenhuma. Havia algo de abertamente patético em Rumsey. No rinque de hóquei, nas rodas de pôquer, eles se identificavam, ele e Keith, um tinha a percepção intuitiva da metodologia do outro como companheiro de time ou adversário. Era uma pessoa comum sob vários aspectos, Rumsey, corpo largo e quadrado, temperamento tranqüilo, porém por vezes levava sua normalidade às últimas conseqüências. Tinha quarenta e um anos, usava terno e gravata, caminhava por lugares públicos, em ondas de calor implacável, procurando mulheres com sandálias de dedo.

Está bem. Sua compulsão de contar coisas incluía as partes dianteiras dos pés das mulheres. Ele admitia. Keith não ria. Tentava encarar a coisa como um aspecto rotineiro da existência humana, indevassável, algo que as pessoas fazem, todos nós, de uma maneira ou de outra, nos momentos em que não estamos vivendo a vida que os outros acham que estamos vivendo. Ele não ria, mas depois ria. Porém compreendia que a fixação não estava voltada para fins sexuais. O importante era a contagem, mesmo que o resultado já estivesse definido de antemão. Dedos de um pé, dedos do outro pé. Total, sempre dez.

Keith, alto, cerca de quinze centímetros mais alto que o amigo. Ele percebia o surgimento da calvície em Rumsey, parecia aumentar a cada semana, quando caminhavam por volta do meio-dia, ou quando Rumsey se escarrapachava em seu cubículo, ou quando segurava um sanduíche com as duas mãos e abaixava a cabeça para comer. Andava para todos os lados com uma garrafa de água mineral. Decorava os números das placas dos outros carros mesmo quando estava dirigindo.

Keith às voltas com uma mulher com dois filhos, que merda. Morava em Far Rockaway, puta que o pariu.

Mulheres em bancos de praça ou escadas, lendo ou fazendo palavras cruzadas, pegando sol, cabeça jogada para trás, ou comendo iogurte com colheres azuis, mulheres de sandálias, algumas delas, com os dedos dos pés expostos.

Rumsey olhando para baixo, acompanhando o percurso do disco no gelo, o corpo chocando-se contra o muro, livre de suas necessidades aberrantes por duas horas felizes e violentas.

Keith correndo sem sair do lugar, na esteira da academia, vozes dentro da cabeça, em sua maioria dele próprio, mesmo quando corria com fones, ouvindo audiolivros, de ciência ou história. A contagem sempre dava em dez. Isso não o desanimava nem o impedia de continuar. O dez é a beleza da coisa. O dez é provavelmente o que me faz contar. Para chegar sempre ao mesmo, dizia Rumsey. Alguma coisa se mantém, alguma coisa permanece no lugar.

A namorada de Rumsey queria que ele investisse no negócio de que ela participava com três parentes, inclusive o marido. Queriam aumentar o estoque, acrescentar tênis de corrida e objetos eletrônicos de uso pessoal.

Os dedos dos pés nada significavam se não estivessem definidos por sandálias. As mulheres descalças na praia, não era por causa dos pés.

Ele acumulava milhagem nos cartões de crédito e ia a cidades escolhidas apenas pela distância a que ficavam de Nova York, só para utilizar as milhas. Isso satisfazia algum princípio de crédito emocional dele.

Havia também homens de sandálias de dedo, aqui e ali, nas ruas e nos parques, mas Rumsey não contava os dedos deles. Assim, talvez não fosse só a contagem que interessava. Era preciso levar em conta as mulheres. Ele confessava isso. Ele confessava tudo.

A persistência das necessidades do sujeito tinha um certo atrativo perverso. Abria Keith para coisas mais obscuras, em ângulos mais difíceis, para algo que havia de encorujado e incorrigível nas pessoas, mas que também era capaz de desencadear um sentimento cálido nele, um raro toque de afinidade.

A calvície de Rumsey, à medida que avançava, era uma melancolia suave, o arrependimento pensativo de um garoto fracassado.

Lutaram uma vez, rapidamente, no gelo, jogando no mesmo time, por engano, no meio de uma pancadaria generalizada, e Keith achou graça, mas Rumsey se irritou, fez acusações um pouco acaloradas, afirmando que Keith ainda sapecou uns socos adicionais depois que se deu conta de quem estava socando, o que não era verdade, disse Keith, mas pensou que talvez fosse, porque uma vez que a coisa começa, o que se pode fazer?

Caminhavam em direção às torres agora, em meio à maré e tessitura de massas humanas.

Está bem. Mas e se a contagem não der sempre em dez? Vai que você está no metrô, com a cabeça baixa, disse Keith, correndo a vista pelo vagão, como quem não quer nada, e aí você vê um par de sandálias, você conta e conta outra vez, e são nove dedos, ou onze.

Rumsey levou essa pergunta consigo para seu cubículo no céu, para onde voltou para trabalhar em questões menos problemáticas, dinheiro e propriedades, contratos e títulos.

No dia seguinte ele disse: Eu pedia ela em casamento.

E depois: Porque aí era sinal de que eu estava curado, como em Lourdes, e não precisava mais contar.

Keith olhava para ela do outro lado da mesa.
"Quando foi isso?"
"Mais ou menos há uma hora."
"Aquele cachorro", disse ele.
"Eu sei. Maluquice minha."
"E agora? Você vai esbarrar com ela no corredor."

"Desculpa eu não peço, não. Não mesmo."
Sentado, ele balançava a cabeça, olhando para ela.
"Eu não queria te dizer, mas quando subi a escada agora mesmo."
"Nem precisa dizer."
"Estava tocando a música", disse ele.
"Acho que isso significa que ela ganhou."
"Nem mais alto nem mais baixo."
"Ganhou."
Ele disse: "Talvez ela esteja morta. Estatelada no chão".
"Morta ou viva, ela ganhou."
"Aquele cachorro."
"Eu sei. Maluquice completa minha. Eu me ouvia falando. Minha voz parecia estável como se fosse outra pessoa."
"Eu já vi esse bicho. O menino tem medo dele. Não diz que tem, mas tem."
"De que raça?"
"Terra-nova."
"A província inteira", ela disse.
"Você teve sorte."
"Sortuda, porém maluca. Marko."
Ele disse: "Esquece essa música".
"Ele escreve o nome com K."
"Eu também. Esquece essa música", disse ele. "Não é uma mensagem nem uma lição."
"Mas continua tocando."
"Continua porque ela está morta, estatelada no chão. O cachorrão cheirando o cadáver."
"Preciso dormir mais. Isso é que eu preciso", disse ela.
"Cachorrão cheirando virilha de morta."
"Toda noite tem uma hora em que eu acordo. Os pensamentos disparados. Não consigo parar."

"Esquece essa música."

"Pensamentos que eu não consigo identificar, que não dá pra dizer que são meus."

Ele continuava olhando para ela.

"Toma alguma coisa. Sua mãe conhece bem isso. É assim que as pessoas dormem."

"Eu tenho um problema com essas coisas que as pessoas tomam. Eu fico mais maluca ainda. Fico idiota, esqueço tudo."

"Fala com a sua mãe. Ela está conhece essas coisas."

"Não consigo parar, não consigo dormir de novo. Leva horas. Quando eu vejo, já é dia", disse ela.

A verdade era mapeada num declínio lento e inexorável. Todo membro do grupo convivia com essa consciência. Lianne achava a idéia difícil de aceitar no caso de Carmen G. Ela parecia ser duas mulheres ao mesmo tempo, a que estava sentada ali, cada vez menos combativa, menos nítida, a fala começando a se arrastar, e a outra, mais jovem e magra e muitíssimo atraente, tal como Lianne a imagina, uma mulher animada e afoita na flor da vida, engraçada e direta, rodopiando numa pista de dança.

Ela mesma, Lianne, que levava a marca de seu pai, o ônus potencial de placas e filamentos retorcidos, era obrigada a encarar essa mulher e ver o crime que aquilo representava, a perda de memória, personalidade e identidade, o mergulho gradual no estupor protéico. A página que ela escreveu e depois leu em voz alta, que era para ser o relato do seu dia, o dia de ontem. Não era o texto que todos haviam concordado em escrever. Era assim o texto de Carmen.

Eu acordo pensando onde está todo mundo. Estou sozinha porque é isso que eu sou. Fico pensando onde é que estão os outros totalmente acordada, não quero me levantar. É como se eu precisasse dos meus documentos para sair da cama. Prueba de ingreso. Prueba de dirección. Tarjeta de seguro social. Identidad com foto. Meu pai que contava piadas podiam até ser cabeludas as crianças têm que aprender essas coisas. Eu tive dois maridos eles eram diferentes menos as mãos deles. Eu ainda olho para as mãos dos homens. Porque alguém me disse que dá para ver qual o cérebro que está funcionando hoje porque todo mundo tem dois cérebros. Por que é que é a coisa mais difícil do mundo, sair da cama. Eu tenho uma planta que precisa de água o tempo todo. Nunca imaginei que planta dava tanto trabalho.

Disse Benny: "Mas cadê o seu dia? Você disse que isso é o seu dia".

"Isso são os dez primeiros segundos. É eu ainda na cama. Na próxima vez em que a gente estiver aqui, quem sabe eu estou me levantando da cama. E na outra vez eu lavo a mão. Isso no terceiro dia. No quarto, o rosto."

Disse Benny: "Será que a gente vive até lá? Até você fazer xixi todo mundo já morreu".

Então chegou a vez dela. Todos estavam pedindo e agora insistindo. Todos haviam escrito alguma coisa, dito alguma coisa sobre os aviões. Foi Omar H. que levantou a questão outra vez, com seu jeito sério, braço direito erguido.

"Onde você estava quando aconteceu?"

Há quase dois anos, desde que começaram aquelas sessões de narração de histórias, quando seu casamento estava desaparecendo no céu noturno, ela ouvia esses homens e mulheres falando sobre a vida deles de maneiras engraçadas, dolorosas, diretas e comoventes, solidificando a confiança entre eles.

Ela lhes devia uma história, não era?

Keith à porta. Sempre isso, tinha que ser isso, a figura desesperada dele, ele vivo, seu marido. Ela tentou acompanhar a seqüência dos eventos, vendo-o enquanto falava, um vulto flutuando em luz refletida, Keith em pedaços, em pequenas pinceladas. As palavras vieram rápidas. Ela relembrou coisas que não sabia que havia absorvido, a purpurina de estilhaços de vidro na pálpebra dele, como se costurados ali, depois os dois caminhando até o hospital, nove ou dez quarteirões, pelas ruas quase desertas, com passos incertos e num silêncio profundo, e o rapaz que ajudou, o rapaz de entregas, um garoto, ajudando a segurar Keith com uma das mãos enquanto levava uma caixa de pizza na outra, e ela quase lhe perguntou como alguém poderia ter pedido aquela pizza por telefone se os telefones não estavam funcionando, um garoto latino alto, mas talvez não, segurando a caixa pelo fundo, equilibrada na palma da mão e afastada do corpo.

Ela queria manter o foco, uma coisa depois da outra, de modo sensato. Havia momentos em que estava menos falando do que sumindo no tempo, mergulhando em alguma extensão afunilada do passado recente. Todos permaneciam imobilizados como se mortos, observando-a. Ultimamente as pessoas a observavam. Pelo visto, ela parecia precisar de observação. Eles contavam com ela, precisavam que a fala dela fizesse sentido. Estavam aguardando aquelas palavras vindas do outro lado da fronteira, onde o que é sólido não se dissolve.

Ela tinha falado a respeito do filho. Quando ele estava perto, quando ela podia vê-lo ou tocá-lo, ele mesmo, em movimento, o medo diminuía. Em outros momentos ela não conseguia pensar nele sem sentir medo. Era o Justin incorpóreo, o filho elaborado por ela.

Pacotes abandonados, disse ela, ou a ameaça de um lanche num saco de papel, ou o metrô na hora do rush, lá embaixo, em caixas fechadas.

Ela não conseguia olhar para ele adormecido. Ele passou a ser uma criança em algum futuro protuberante. O que é que as crianças sabem? Sabem quem elas são, disse Lianne, de modos que nós não sabemos e que elas não podem nos comunicar. Há momentos petrificados no decorrer das horas rotineiras. Ela não podia vê-lo dormindo sem pensar no que estava por vir. A idéia fazia parte de sua imobilidade, vultos numa distância silenciosa, fixados nas janelas.

Por favor, comunique qualquer comportamento suspeito e qualquer pacote abandonado. Era esse o aviso, não era?

Quase chegou a lhes falar a respeito da pasta, seu aparecimento e seu desaparecimento e o que ela significava, se é que tinha algum significado. Queria falar mas não falou. Contar tudo, dizer tudo. Ela precisava que eles escutassem.

Antes Keith queria mais do mundo do que havia tempo e meios para adquirir. Agora não queria mais isso, fosse o que fosse o que ele queria antes, em termos reais, coisas reais, porque ele jamais soubera de verdade.

Agora se perguntava se havia nascido para ser velho, para ser velho e só, satisfeito com uma velhice solitária, e se todo o resto, todos os olhares ferozes e explosões de raiva que haviam ricocheteado naquelas paredes, eram apenas meios de fazê-lo chegar lá.

Era seu pai se manifestando pelas frestas, sentado em sua casa no oeste da Pensilvânia, lendo o jornal matutino, dando uma caminhada à tarde, um homem amoldado pela rotina suave, viúvo, jantando, sem nenhuma confusão, vivo, cercado por sua pele verdadeira.

Havia um segundo nível nas rodas de *high-low*. Terry Cheng era o jogador que dividia as fichas, metade para cada vencedor, o que tirou o jogo mais alto e o que tirou o mais baixo. Ele levava segundos para fazer isso, empilhando fichas de cores e valores diferentes em duas colunas ou em dois grupos de colunas, dependendo do tamanho do bolo. Não gostava de colunas altas demais que pudessem desabar. Não gostava de colunas que fossem parecidas uma com a outra. A idéia era chegar a duas porções de valor monetário igual, mas nunca com cores distribuídas de modo uniforme, nem sequer se aproximando disso. Ele empilhava seis fichas azuis, quatro douradas, três vermelhas e cinco brancas e depois fazia outra de igual valor, rápido como uma ratoeira, os dedos voando, uma mão por vezes cruzando com a outra, dezesseis fichas brancas, quatro azuis, duas douradas e treze vermelhas, erigia suas colunas e depois cruzava os braços e ficava olhando para dentro de um espaço secreto, enquanto cada jogador puxava para si suas fichas, no silêncio de um respeito quase religioso.

Ninguém questionava sua habilidade de mão-olho-cérebro. Ninguém tentava contar junto com Terry Cheng e ninguém jamais esboçou o pensamento, sequer nas profundezas introspectiva da noite, de que Terry Cheng pudesse ter errado no cálculo de fichas baixas e altas, mesmo que uma única vez.

Keith conversou com ele por telefone, duas vezes, rapidamente, depois dos aviões. Em seguida pararam de ligar um para o outro. Pelo visto, não restava nada a dizer a respeito dos outros jogadores, mortos e feridos, e não havia nenhum assunto geral que servisse de tema confortável para uma conversa. O pôquer era o único código que tinham em comum, e isso havia acabado.

Suas colegas a apelidaram de Troncha por uns tempos. Depois foi Caveirinha. Os apelidos não eram necessariamente odiosos, pois quem mais a chamava assim eram suas amigas, muitas vezes com sua cumplicidade. Ela gostava de parodiar a pose de um modelo numa passarela, só que toda cotovelos, joelhos e aparelho nos dentes. Quando começou a sair da fase angulosa, havia momentos em que seu pai aparecia na cidade, Jack, queimado de sol, escancarando os braços assim que a via, uma linda criatura a florescer que ele amava em músculo e sangue, até que ele ia embora outra vez. Mas ela lembrava dessas vezes, do sorriso dele, da posição, meio de cócoras, da tensão no queixo. Ele escancarava os braços e ela, tímida, se deixava cair dentro daquele abraço. Era o Jack de sempre, a abraçá-la e sacudi-la, olhando tão fundo nos olhos dela que por vezes dava a impressão de estar tentando situá-la no contexto apropriado.

Ela era mais para morena, ao contrário dele, olhos grandes, boca larga e uma ansiedade que às vezes surpreendia os outros, uma disposição para abraçar uma ocasião ou idéia. Nisso a mãe era seu modelo.

O pai costumava dizer sobre a mãe: "Ela é uma mulher sexy, tirando a bunda seca".

Lianne empolgava-se com aquela vulgaridade íntima, aquele convite a assumir a visão especial do homem, sua abertura de referência, suas rimas imperfeitas.

Fora a visão de Jack no campo da arquitetura que atraíra Nina. Conheceram-se numa ilhota no nordeste do mar Egeu, onde Jack havia projetado um aglomerado de casas de estuque branco para um refúgio de artistas. Situado acima de uma enseada, o aglomerado, visto do mar, era uma obra de geometria pura ligeiramente enviesada — rigor euclidiano num espaço quântico, como Nina viria a escrever.

Ali, numa cama dura, numa segunda visita, Lianne foi concebida. Jack lhe contou isso quando ela tinha doze anos, e só voltou a mencionar o fato quando telefonou para ela de New Hampshire, dez anos depois, dizendo a mesma coisa com as mesmas palavras, a brisa do mar, a cama dura, a música que vinha do cais, meio grega, meio oriental. Isso foi minutos ou horas, esse telefonema, antes de ele encarar o cano da arma.

* * *

Estavam vendo televisão sem o som.

"Meu pai se matou pra eu não ter que viver o dia em que ele não ia mais me reconhecer."

"Você acredita nisso."

"Acredito."

"Então eu também acredito", disse ele.

"O fato de que um dia ele não ia conseguir me reconhecer."

"Eu acredito", ele disse.

"Foi por isso que ele fez o que fez, sim."

Ela estava ligeiramente alta após um copo a mais de vinho. Estavam assistindo a um noticiário noturno e ele pensou em acionar o botão do som quando os comerciais terminaram, mas aí não acionou e ficaram olhando para a tela silenciosa, vendo um correspondente numa paisagem desolada, Afeganistão ou Paquistão, apontando por cima do ombro para as montanhas ao longe.

"A gente precisa comprar pra ele um livro sobre aves."

"O Justin", disse ele.

"Eles estão estudando as aves. Cada criança escolhe uma ave e aí tem que estudar essa ave. Essa ave passa a ser dela ou dele. Dela no caso das meninas, dele dos meninos."

A tela mostrava aviões de combate decolando de um porta-aviões. Ele estava à espera de que ela lhe pedisse que acionasse o botão do som.

"Ele tem falado em francelho. Que diabo é isso?", ela perguntou.

"É um falcão pequeno. A gente viu uns francelhos pousados nuns cabos de força, por quilômetros a fio, quando a gente estava no Oeste, não lembro onde, na vida anterior."

"A vida anterior", disse ela, e riu, e levantou-se da cadeira para ir ao banheiro.

"Sai com alguma roupa", disse ele, "pra eu poder ver você tirando depois."

Florence Givens estava olhando para os colchões, quarenta ou cinqüenta colchões, dispostos em fileiras numa extremidade do nono andar. As pessoas testavam os colchões, mulheres na maioria, sentadas ou então deitadas, verificando a firmeza ou a fofura. Ela levou um momento para se dar conta de que Keith estava parado a seu lado, olhando com ela.

"Chegou bem na hora", disse ela.

"Você que chegou bem na hora. Eu já estou aqui há um tempão", disse ele, "andando de escada rolante."

Caminharam pelo corredor e ela parou várias vezes para verificar etiquetas e preços e apertar os colchões.

Ele disse: "Vai, deita".

"Acho que não estou a fim disso, não."

"Senão como é que você vai saber se é esse o colchão que você quer? Olha pras pessoas. Todo mundo está deitando."

"Eu deito se você deitar."

"Eu não estou precisando de colchão", disse ele. "Você é que está."

Ela seguiu em frente. Parado, ele ficou vendo dez ou onze mulheres deitadas nas camas, testando os colchões, e um homem e uma mulher testando um colchão e rolando nele, pessoas de meia-idade de espírito prático tentando ver se quando um mudasse de posição ia incomodar o outro.

Havia mulheres hesitantes, que testavam o colchão só uma ou duas vezes, os pés fora da cama, e outras, mulheres que tiravam o casaco e os sapatos e caíam de costas no colchão, o Posturepedic ou o Beautyrest, e se sacudiam sem inibição, primeiro de um lado da cama, depois do outro, e ele pensou que era uma coisa notável de se ver, a seção de colchões da Macy's, e olhou para outro lado do corredor, e lá também havia gente testando os colchões, mais oito ou nove mulheres, um homem, uma criança, testando as mercadorias para ver se eram confortáveis e sólidas, se davam um bom apoio à coluna e eram macias como espuma.

Florence também estava lá agora, sentada na ponta de uma cama, e sorriu para ele e caiu para trás. Soerguia-se, jogava-se, transformando num pequeno jogo sua timidez no meio da intimidade em público. Havia dois homens não muito longe de Keith e um deles disse algo ao outro. Era um comentário sobre Florence. Ele não sabia o que o homem tinha dito, mas não importava. Estava claro, vendo a posição deles e a direção em que olhavam, que o assunto era Florence.

Keith estava a dez passos deles.

Ele disse: "Ô seu merda".

A idéia era se encontrarem ali, almoçar rapidamente no bairro e depois cada um ir para o seu lado. Ele precisava pegar o garoto na escola, ela tinha hora marcada no médico. Um encontro amoroso sem cochichos nem toques, em meio a desconhecidos que caíam.

Ele repetiu a frase, mais alto dessa vez, e esperou que a palavra fosse registrada. Interessante como o espaço entre eles mudou. Agora os dois olhavam para ele. O homem que fizera o comentário era atarracado, com um paletó aveludado reluzente parecido com plástico-bolha. Pessoas passavam pelo corredor, em cores vagas. Os dois homens olhavam para ele. O espaço estava quente e carregado e o homem do plástico-bolha pensava no que fazer. As mulheres testavam os colchões, mas Florence tinha visto e ouvido e estava sentada na beira do colchão, olhando.

O homem ouvia o que o outro lhe dizia, mas não se mexia. Keith gostou de estar parado olhando e depois não gostou mais. Aproximou-se do homem e desferiu-lhe um soco. Deu alguns passos, parou, tomou posição e deu um soco rápido com a mão direita. Acertou o homem perto do malar, um único golpe, e depois recuou um pouco para trás e ficou esperando. Agora estava irritado. O contato havia desencadeado algo nele e ele queria continuar. Mantinha as mãos separadas, as palmas viradas para cima, como quem diz olha eu aqui, vamos nessa. Porque se alguém dissesse alguma palavra desagradável para Florence, ou levantasse a mão para ela, ou a insultasse de algum modo, Keith estava disposto a matá-lo.

Soltando-se do outro, o homem virou-se para ele e foi ao ataque, a cabeça abaixada, braços à frente, encurvados, como se estivesse numa motocicleta, e todos pararam de testar os colchões.

Keith acertou outro soco com a mão direita, dessa vez no olho, e o homem o levantou do chão, dois ou três centímetros, e Keith deu alguns socos em seus rins que foram absorvidos pelo plástico-bolha. Agora havia homens por toda parte, vendedores, seguranças vindo correndo do outro lado da loja, um empregado empurrando um carrinho. Estranho — na confusão geral, depois que os dois foram separados, Keith sentiu uma mão no braço, logo acima do cotovelo, e compreendeu na mesma hora que era Florence.

Toda vez que via um vídeo dos aviões ela colocava o dedo sobre o botão de desligar do controle remoto. Então continuava assistindo. O segundo avião saindo daquele céu de um azul gélido, era essa a cena que penetrava o corpo, que parecia correr por baixo de sua pele, o instante fugaz que transportou vidas e histórias, dos outros e dela, de todos, para algum lugar distante, muito além das torres.

Os céus que sua memória retinha eram cenários dramáticos de nuvens e tempestades marítimas, ou então do lampejo elétrico antes do trovão no verão da cidade, sempre um complexo de energias puramente naturais, o que havia lá em cima, massas de ar, vapor d'água, ventos. Aquilo era diferente, um céu límpido que transportava o terror humano naqueles aviões súbitos, primeiro um, depois o outro, a força da intenção humana. Ele assistiu junto com ela. Cada desespero impotente destacado contra o céu, vozes humanas clamando a Deus, e como era terrível imaginar isso, o nome de Deus na boca tanto dos assassinos quanto das vítimas, primeiro um avião, depois o outro, aquele era quase uma figura humana de desenho animado, com olhos e dentes reluzentes, o segundo avião, a torre sul.

Ele assistiu com ela apenas uma vez. Ela se deu conta de que jamais se sentira tão próxima de outra pessoa, vendo os aviões riscar o céu. Parado junto à parede, ele estendeu o braço em direção à cadeira dela e segurou-lhe a mão. Ela mordeu o lábio e ficou assistindo. Todos morreriam, passageiros e tripulantes, e milhares nas torres, e ela sentia no corpo uma pausa profunda, e pensou ele está lá, por incrível que pareça, numa dessas torres, e agora a mão dele sobre a dela, naquela luz fraca, como se para consolá-la pela morte dele.

Disse ele: "Ainda parece um acidente, o primeiro. Mesmo visto dessa distância toda, bem longe da coisa, sei lá quantos dias depois, eu estou parado aqui pensando que é um acidente".

"Porque tem que ser."

"Tem que ser", disse ele.

"O jeito que a câmara meio que demonstra surpresa."

"Mas só o primeiro."

"Só o primeiro", ela repetiu.

"O segundo avião, quando o segundo avião aparece", disse ele, "todos nós já estamos um pouco mais velhos e mais escolados."

8.

As caminhadas até o outro lado do parque não eram rituais de antegozo. A pista virava para o oeste e ele passava pelas quadras de tênis sem pensar muito na sala em que ela o estaria aguardando nem no quarto ao final do corredor. Eles davam prazer erótico um ao outro, mas não era isso que o fazia voltar lá. Era o que eles conheceram juntos, na descida atemporal pela longa espiral, e ele continuava voltando muito embora esses encontros negassem o que nos últimos tempos ele havia concluído ser a verdade de sua vida, que ela devia ser vivida a sério e de modo responsável e não agarrada aos punhados, de qualquer jeito.

Mais tarde ela diria o que alguém sempre diz.
"Você tem mesmo que ir embora?"
Ele estaria parado, em pé, nu, ao lado da cama.
"Eu vou sempre ter que ir embora."
"E eu vou sempre ter que dar um outro significado pro seu ato de ir embora. Um significado romântico ou sexy. E não de vazio nem solidão. Será que eu sei fazer isso?"
Mas ela não era uma contradição, era? Não era uma pessoa

do tipo que a gente agarra, não era a negação de alguma verdade que ele teria encontrado nesses dias estranhos e compridos e nessas noites silenciosas, esses dias seguintes. Eles estão vivendo os dias seguintes. Tudo agora é contado a partir daquele dia.

Ela perguntou: "Será que eu sei transformar uma coisa em outra, sem fingimento? Será que posso continuar sendo quem sou, ou tenho que me transformar em todas essas outras pessoas que vêem alguém saindo pela porta afora? Nós não somos as outras pessoas, não é?".

Mas ela olhava para ele de um modo tal que o fazia ter a impressão de que era um outro homem, parado ali ao lado da cama, prestes a dizer o que alguém sempre diz.

Estavam sentadas num reservado no canto do restaurante, trocando olhares ferozes. Carol Shoup vestia uma túnica de seda listrada, roxa e branca, que parecia mourisca ou persa.

Ela perguntou: "Tendo em vista as circunstâncias, o que é que você podia esperar?".

"Eu esperava que você ligasse e perguntasse."

"Mas nessas circunstâncias, como é que eu podia tocar no assunto?"

"Mas você tocou no assunto", disse Lianne.

"Quando já era tarde. Eu não podia pedir a você que fizesse a revisão desse livro. Depois do que aconteceu com o Keith, essas coisas, tudo isso. Não vejo como você ia querer se envolver. Um livro que mergulha tão fundo, que remonta ao passado e vem vindo até chegar à coisa. E um livro tão exigente, além de chatíssimo."

"O livro que vocês vão publicar."

"A gente tem que publicar."

"Depois de ficar em banho-maria quantos anos?"
"A gente tem que publicar. Quatro ou cinco anos", respondeu Carol. "Porque ele parece prever o que aconteceu."
"Parece prever."
"Tabelas estatísticas, relatos de empresas, plantas arquitetônicas, organogramas de organizações terroristas. E por aí vai."
"O livro que vocês vão publicar."
"Mal escrito, desorganizado e muito, muitíssimo chato, a meu ver. Foi rejeitado não sei quantas vezes. Virou lenda entre os agentes e editores."
"O livro que vocês vão publicar."
"Passando um pente-fino no calhamaço."
"Quem é o autor?"
"Um engenheiro aeronáutico aposentado. A gente apelidou ele de Unaviador. Ele não vive numa cabana abandonada feito o Unabomber, com substâncias químicas explosivas e todos os catálogos dos tempos da faculdade, mas está trabalhando obsessivamente nesse livro há quinze ou dezesseis anos."

Aquilo daria um dinheiro bom, para os padrões de um revisor freelance, se o livro era um projeto importante. Era também um projeto urgente, oportuno, de interesse jornalístico, um projeto até mesmo visionário, pelo menos segundo o texto que deveria sair no catálogo da editora — um livro que apresentava em detalhe uma série de forças globais interligadas que pareciam convergir num ponto explosivo no tempo e no espaço que poderia representar Boston, Nova York e Washington numa manhã de final de verão no início do século XXI.

"Quem passar um pente-fino nesse calhamaço vai ter que fazer anos de tração. São tudo dados. Fatos, mapas e tabelas."

"Mas ele parece prever."

O livro pedia um editor freelance, alguém que trabalhasse horas por dia, longe da rotina frenética de telefonemas, e-mails, almoços de trabalho e reuniões que faz parte da vida de um revisor de editora — a rotina frenética que constitui seu trabalho. "O livro contém um longo tratado sobre seqüestros de aviões. Um monte de documentos sobre a vulnerabilidade de certos aeroportos. Menciona o Dulles e o Logan. Fala sobre muitas coisas que realmente aconteceram ou estão acontecendo agora. Wall Street, Afeganistão e não sei que mais. O Afeganistão está acontecendo."

Lianne não se importava se o material era denso, confuso e inóspito, nem mesmo se a profecia ia ou não acabar se cumprindo. Era o que ela queria. Ela não sabia que o queria até o momento em que Carol mencionou o livro, em tom de deboche, de passagem. Achava que tinha sido convidada para almoçar para discutir um trabalho. Acabou constatando que o encontro era estritamente pessoal. Carol queria falar sobre Keith. O único livro que ela mencionou era justamente o que não estava destinado a Lianne e era precisamente o que Lianne tinha que revisar.

"Quer sobremesa?"

"Não."

Distanciar-se. Ver as coisas de modo clínico, sem emoção. Era o que Martin dissera a ela. Medir os elementos. Combinar os elementos. Aprender alguma coisa com o acontecimento. Ficar à altura dele.

Carol queria conversar sobre Keith, queria que ela falasse sobre Keith. Queria saber a história dele, a história deles, o reencontro, momento por momento. A túnica que ela estava usando fora feita para um outro tipo físico, para uma pele de outra cor, uma imitação de túnica persa ou marroquina. Lianne percebia isso. Não tinha nada de interessante a dizer àquela mulher a respeito de Keith porque não havia acontecido nada de interessante que não fosse íntimo demais para contar.

"Quer um café?"

"Outro dia eu dei um soco na cara de uma mulher."

"Por quê?"
"Por que é que a gente bate numa pessoa?"
"Espera aí. Você bateu numa mulher?"
"Porque a pessoa irrita a gente. Só por isso."
Carol olhava para ela.
"Quer café?"
"Não."
"O seu marido voltou. O seu filho tem um pai full time."
"Você não está sabendo de nada."
"Você tinha que demonstrar alguma felicidade, alívio, alguma coisa. Demonstrar alguma coisa."
"A coisa está só começando. Você não sabe disso?"
"Ele voltou pra você."
"Você não está sabendo de nada", disse ela.
O garçom estava parado ali perto, esperando que alguém pedisse a conta.
"Está bem. Olha. Se alguma coisa acontecer", disse Carol. "Quer dizer, se a revisora não conseguir dar conta do material. Se ela não conseguir cumprir o prazo. Se ela achar que o livro está destruindo a vida que ela construiu com todo o cuidado nos últimos vinte e sete anos. Aí eu ligo pra você."
"Me liga", disse Lianne. "Senão, não liga, não."

Depois daquele dia, em que ela não conseguiu se lembrar onde morava, Rosellen S. não voltou ao grupo.

Os outros participantes queriam escrever sobre ela, e Lianne os via trabalhando, debruçados sobre os blocos pautados. De vez em quando uma cabeça se levantava, alguém contemplando uma lembrança ou uma palavra. Todas as palavras que exprimem a inevitabilidade pareciam preencher a sala e ela se deu conta de que estava pensando nas velhas fotos de passaporte na parede do apartamento de sua mãe, fotos da coleção de Martin, rostos imersos numa distância sépia, perdidos no tempo.

O carimbo circular do agente no canto de uma foto.

O estado civil e o porto de embarque da pessoa identificada.

Royaume de Bulgarie.

Embassy of the Hashemite Kingdom.

Türkiye Cumhuriyeti.

Ela começara a ver as pessoas à sua frente, Omar, Carmen e os outros, no mesmo isolamento das pessoas dos passaportes, a assinatura às vezes passando por cima da foto, uma mulher de *cloche*, uma mulher mais jovem que parecia judia, *Staatsangehörigkeit*, rosto e olhos que continham mais significado do que poderia sugerir uma viagem de transatlântico, e o rosto da mulher quase perdido na sombra, a palavra *Napoli* contornando a borda de um carimbo circular.

Fotos tiradas de modo anônimo, imagens captadas por uma máquina. Havia algo na premeditação daquelas fotografias, na sua intenção burocrática, nas poses frontais, que tinha o efeito paradoxal de fazê-la mergulhar na vida dos fotografados. O que ela via era talvez a adversidade humana diante do rigor do Estado. Via pessoas fugindo, de lá para cá, com as desgraças mais terríveis pressionando contra as bordas da moldura. Impressões digitais, emblemas com cruzes inclinadas, homem com bigodão, garota com tranças. Ela pensou que provavelmente estava inventando um contexto. Não sabia nada sobre as pessoas daquelas fotos. Só conhecia as fotos. Era ali que ela encontrava inocência e vulnerabilidade, na natureza dos velhos passaportes, na textura profunda do próprio passado, pessoas fazendo longas viagens, pessoas já mortas. Tanta beleza naquelas vidas desbotadas, pensou ela, em imagens, palavras, idiomas, assinaturas, relatórios carimbados.

Cirílico, grego, chinês.

Dati e connotati del Titolare.

Les Pays Etrangers.

Ela vê os membros do grupo escrevendo sobre Rosellen S. Uma cabeça se levanta, depois se abaixa, todos escrevem. Ela sabe que eles não estão emergindo de uma névoa colorida, tal como as pessoas dos passaportes, e sim mergulhando nela. Outra cabeça se levanta, e depois outra, e ela evita olhar nos olhos desses dois indivíduos. Em pouco tempo todos estão de cabeça levantada. Pela primeira vez desde que tiveram início essas sessões, ela tem medo de ouvir o que eles vão dizer quando lerem o que escreveram nos blocos pautados.

Ele estava parado diante da sala ampla vendo as pessoas que malhavam. Estavam na faixa dos vinte e trinta, dispostas em fileiras nos steps e elípticos. Ele caminhava pelo primeiro corredor, sentindo um vínculo com esses homens e mulheres, sem entender muito bem por quê. Estavam amarrados a pesos de metal e pedalando bicicletas ergométricas. Havia remadas e isotônicos que pareciam aranhas. Ele parou à entrada da sala dos pesos e viu homens imobilizados de cócoras entre barras laterais, levantando-se aos poucos, gemendo. Viu mulheres treinando *hooks* e *jabs* nos sacos de pancada, e outros praticando técnicas de pernas, pulando cordas, com uma das pernas dobrada, os braços cruzados.

Uma pessoa o acompanhava, um rapaz de branco, da equipe da academia. Keith parou no fundo do enorme espaço aberto, cheio de pessoas em movimento, sangue bombeando. Umas andavam depressa nas esteiras ou corriam sem sair do lugar, sem jamais parecerem arregimentadas, nem rigidamente interligadas. Era uma cena carregada de determinação e de uma espécie de sexo elementar, sexo arraigado, mulheres arqueadas e curvadas, só cotovelos e joelhos, as veias do pescoço saltadas. Mas havia outra coisa também. Eram essas as pessoas que ele conhecia, se havia alguém que ele conhecia. Era com essas pessoas, reunidas, que ele podia conviver nos dias seguintes. Talvez fosse isso o que ele estava sentindo, um espírito, um vínculo de confiança.

Ele caminhava pelo último corredor, e o rapaz da academia vinha atrás, esperando que Keith fizesse alguma pergunta. Ele examinava o lugar. Precisaria malhar muito quando começasse a trabalhar no novo emprego, numa questão de dias. Não podia passar oito horas no escritório, dez horas, e depois ir direto para casa. Precisaria botar coisas para fora, testar o corpo, voltar-se para dentro, trabalhar sua força, resistência, agilidade, sanidade. Precisaria de uma disciplina que o tirasse do lugar, uma forma de comportamento controlado, voluntário, que o impedisse de entrar em casa trocando as pernas e odiando todo mundo.

A mãe dela estava dormindo outra vez. Lianne queria ir para casa, mas sabia que não ia conseguir. Martin tinha ido embora, de repente, havia menos de cinco minutos, e ela não queria que Nina acordasse sozinha. Foi até a cozinha e encontrou frutas e queijo. Estava lavando uma pêra na pia quando ouviu alguma coisa na sala. Fechou a torneira e ficou escutando e depois foi para a sala. Sua mãe estava falando com ela.

"Eu tenho sonhos quando não estou completamente adormecida, ainda nem mergulhei no sono pra valer e já estou sonhando."

"A gente precisa almoçar, nós duas."

"Eu quase chego a ter a sensação de que se abrir os olhos vou ver o que eu estou sonhando. Não faz sentido, não é? O sonho está menos na minha cabeça do que ao meu redor."

"São os analgésicos. Você está tomando remédio demais, sem motivo."

"A fisioterapia é dolorosa."

"Você não está fazendo fisioterapia."

"Então eu não estou tomando remédio."

"Não tem graça nenhuma. Um dos remédios que você está tomando causa dependência. Pelo menos um deles."
"Cadê o meu neto?"
"Exatamente no mesmo lugar onde ele estava quando você perguntou pela última vez. Mas a questão não é essa. A questão é o Martin."
"É difícil imaginar que algum dia, num futuro próximo, nós vamos parar de discutir sobre isso."
"Ele estava muito inflamado."
"Você precisa ver quando ele fica inflamado mesmo. É uma coisa antiga, vem de longa data, muito antes de a gente se conhecer."
"Ou seja, vinte anos."
"É."
"Mas e antes disso?"
"Ele estava muito envolvido com as coisas. Toda aquela confusão da época. Ele era muito ativo."
"Paredes nuas. Investe em obras de arte, mas as paredes dele são nuas."
"Quase nuas. Pois é, o Martin é assim."
"Martin Ridnour."
"É."
"Foi você que me disse uma vez que esse não é o nome verdadeiro dele?"
"Não sei direito. Talvez", respondeu Nina.
"Se alguém me disse, só pode ter sido você. Esse é o nome verdadeiro dele?"
"Não."
"Acho que você nunca me disse o nome verdadeiro dele."
"Talvez eu não saiba o nome verdadeiro dele."
"Vinte anos."
"Não foi uma coisa contínua. Nem mesmo por períodos prolongados. Ele está num lugar, eu estou em outro."

"Ele tem uma esposa."

"Ela também está em outro lugar."

"Vinte anos. Viajando com ele. Dormindo com ele."

"Por que é que eu tenho que saber o nome dele? É o Martin. O que eu vou saber sobre ele se souber o nome dele que eu não sei agora?"

"Você vai saber o nome dele."

"É o Martin."

"Você vai saber o nome dele. É uma coisa que é bom saber."

A mãe dela indicou com a cabeça os dois quadros na parede norte.

"Quando a gente se conheceu, eu falei a ele sobre o Giorgio Morandi. Mostrei a ele um livro. Umas naturezas-mortas lindas. Forma, cor, profundidade. Ele estava começando a trabalhar com arte e mal conhecia o Morandi. Foi a Bolonha pra ver as obras dele em primeira mão. Voltou dizendo que não e não e não. Artista menor. Vazio, autocentrado, burguês. Uma crítica bem marxista, foi o que o Martin fez."

"Vinte anos depois."

"Ele vê forma, cor, profundidade, beleza."

"Isso é um progresso em estética?"

"Ele vê a luz."

"Ou então se vendeu, está enganando a si próprio. Comentários de um proprietário de obras."

"Ele vê a luz", disse Nina.

"E o dinheiro também. Esses objetos custam muito caro."

"Custam caro, sim. No começo, falando sério, eu me perguntava como é que ele tinha conseguido adquirir essas obras. Imagino que naqueles primeiros anos ele às vezes comprava quadros roubados."

"Sujeito interessante."

"Uma vez ele me disse: eu fiz umas coisas. Ele disse: isso não faz

a minha vida ser mais interessante do que a sua. Pode até parecer mais interessante. Mas na memória, lá no fundo, disse ele, não tem muitas cores vivas, muita empolgação, não. É tudo cinzento, uma espera. Sentado, esperando. Ele disse: é tudo meio neutro, sabe." Ela imitou o sotaque com uma certa ênfase, talvez com um pouco de maldade.
"O que é que ele estava esperando?"
"A História, eu imagino. A chamada para a ação. A chegada da polícia."
"Que área da polícia?"
"Não a que mexe com roubo de obras de arte. Uma coisa eu sei. Ele foi membro de uma organização no final dos anos 60. Kommune One. Protestos contra o Estado alemão, o Estado fascista. Era assim que eles viam a coisa. Primeiro jogavam ovos. Depois bombas. Depois disso, não sei direito o que ele fez. Acho que esteve na Itália por uns tempos, no meio da confusão, na época das Brigadas Vermelhas. Mas eu não sei."
"Você não sabe."
"Não."
"Vinte anos. Comendo e dormindo juntos. Você não sabe. Você perguntou a ele? Você insistiu?"
"Ele me mostrou um cartaz, há alguns anos, quando eu estive com ele em Berlim. Ele tem um apartamento lá. Um cartaz. Procurados pela polícia. Terroristas alemães do início dos anos 70. Dezenove nomes e rostos."
"Dezenove."
"Procurados por assassinato, atentados a bomba, assaltos a bancos. Ele guarda o cartaz — não sei por quê. Mas eu sei por que ele me mostrou. Ele não é um dos rostos do cartaz."
"Dezenove."
"Homens e mulheres. Eu contei. Talvez ele fosse parte de um grupo de apoio ou coisa parecida. Não sei."

"Você não sabe."

"Ele acha que essas pessoas, esses jihadistas, ele acha que eles têm alguma coisa em comum com os radicais dos anos 60 e 70. Ele acha que todos fazem parte do mesmo padrão clássico. Eles têm os teóricos deles. Têm visões de fraternidade universal."

"Isso desperta nele uma sensação de nostalgia?"

"Não pense que não vou tocar nesse assunto com ele."

"Paredes nuas. Quase nuas, segundo você. Será que isso faz parte da nostalgia dele? Dias e noites escondido num aparelho sabe-se lá onde, abrindo mão de todos os confortos materiais. Quem sabe ele não matou alguém. Você perguntou a ele? Você insistiu nesse ponto?"

"Olha, se ele tivesse feito alguma coisa séria, coisa de mortos e feridos, você acha que ele ia estar solto por aí agora? Ele não está mais se escondendo, se é que se escondeu algum dia. Ele está aqui, ali, em tudo que é lugar."

"Atuando sob nome falso", disse Lianne.

Ela estava sentada no sofá, de frente para a mãe, olhando para ela. Nunca havia detectado uma fraqueza em Nina, não que ela se lembrasse, nenhuma fragilidade de caráter, nenhuma tergiversação em seus juízos duros e límpidos. Ela se deu conta de que estava preparada para aproveitar o momento e surpreendeu-se de constatar o fato. Estava preparada para explorar o momento, para entrar arrebentando.

"Todos esses anos. Nunca insistiu no assunto. E olha só o homem que ele é hoje, o homem que a gente conhece. É ou não é o tipo de homem que eles teriam visto como inimigo? Os homens e as mulheres no cartaz de procurados. Vamos seqüestrar o sacana. Queimar os quadros dele."

"Ah, eu acho que ele sabe disso, sim. Você não acha que ele sabe?"

"Mas o que é que você sabe? Você não paga um preço por não saber?"

"Quem paga sou eu. Cala a boca", disse a mãe. Ela tirou um cigarro do maço e ficou segurando-o. Parecia estar pensando em algum assunto distante, menos lembrando do que medindo, calculando o alcance ou o grau de alguma coisa, o significado de alguma coisa.

"A única parede que não está nua fica em Berlim."

"O cartaz de procurados."

"O cartaz não está na parede. Ele guarda o cartaz no armário, num desses tubos de pôr no correio. Não, é uma foto pequena com uma moldura simples, pendurada em cima da cama dele. Ele e eu, um instantâneo. Nós dois parados na frente de uma igreja numa aldeia na serra, na Úmbria. A gente tinha se conhecido na véspera. Ele pediu a uma mulher que estava passando que tirasse a nossa foto."

"Por que é que eu detestei essa história?"

"O nome dele é Ernst Hechinger. Você detestou a história porque acha que eu representei um papel vergonhoso. Cúmplice num gesto sentimental, um gesto patético. Uma foto besta. O único objeto que ele exibe."

"Você já tentou descobrir se esse Ernst Hechinger está sendo procurado pela polícia em algum lugar na Europa? Só pra saber. Pra parar de ficar dizendo não sei."

Ela queria castigar a mãe, mas não por causa de Martin, ou então não só por isso. Era uma coisa mais próxima e mais profunda e, no final, por uma única coisa. Essa coisa era a razão de tudo, quem elas eram, aquele agarramento feroz, como mãos em prece, agora e para todo o sempre.

Nina acendeu o cigarro e soltou uma baforada. Fez isso de tal forma que o gesto pareceu um esforço, soltar a fumaça. Estava sonolenta outra vez. Um de seus remédios continha fosfato de codeína, e até recentemente Nina o tomava com cuidado. Aliás, fora alguns dias antes, apenas uma semana, que ela tinha parado de fazer a série de exercícios sem diminuir a dose dos analgésicos. Lianne achava que essa fraqueza da vontade era uma derrota que tinha a ver com Martin. Eram os dezenove dele, os seqüestradores, os jihadistas, mesmo que fosse só na cabeça de sua mãe.

"Em que é que você está trabalhando agora?"

"Um livro sobre alfabetos antigos. Todas as formas da escrita, todos os materiais usados."

"Deve ser interessante."

"Você devia ler esse livro."

"Deve ser interessante."

"Interessante, difícil, uma leitura deliciosa às vezes. Desenhos também. Escrita pictórica. Eu te dou um exemplar quando for publicado."

"Pictogramas, hieróglifos, escrita cuneiforme", disse a mãe.

Ela parecia estar sonhando acordada.

Ela disse: "Sumérios, assírios *et cetera*".

"Eu vou te dar um exemplar, sim."

"Obrigada."

"De nada", respondeu Lianne.

O queijo e a pêra estavam num prato na cozinha. Ela ficou mais um momento com a mãe e depois foi à cozinha pegar a comida.

Três dos jogadores eram conhecidos apenas pelo último nome, Dockery, Rumsey, Hovanis, e dois pelo primeiro nome, Demetrius e Keith. Terry Cheng era Terry Cheng.

Alguém disse a Rumsey numa noitada, foi Dockery, o publicitário piadista, que sua vida ia mudar completamente, a vida de Rumsey, se mudasse uma das letras do nome dele. A em vez de U.

Ele seria então Ramsey. Era o U, o *rum*, que havia dado forma a sua vida e sua mente. A maneira como ele anda, como fala, esse jeito desleixado, até mesmo o tamanho e a forma dele, tudo que há de lerdo e espesso nele, o jeito de enfiar a mão dentro da camisa para se coçar. Tudo isso seria diferente se o nome dele fosse Ramsey.

Todos ficaram à espera da resposta de R, observando-o pairar na aura de seu estado definido.

Ela foi ao subsolo com uma cesta cheia de roupa suja. Era um cômodo pequeno e cinzento, úmido e malcheiroso, com uma máquina de lavar e uma máquina de secar e um frio metálico que ela sentia nos dentes.

Ouviu o secador em funcionamento, entrou e encontrou Elena encostada na parede com os braços cruzados e um cigarro na mão. Elena não levantou a vista.

Por um momento ficaram ouvindo a roupa sendo jogada de um lado para o outro dentro do tambor. Então Lianne pôs sua cesta no chão e levantou a tampa da máquina de lavar. O filtro estava cheio de fiapos das roupas da outra mulher.

Ela olhou para o filtro por um instante, depois tirou-o de dentro da máquina e o entregou a Elena. A mulher fez uma pausa, então pegou o filtro e ficou olhando para ele. Sem mudar de posição, virou a mão para trás e bateu o filtro duas vezes contra a parede em que estava encostada. Olhou para o filtro outra vez, deu uma tragada no cigarro e entregou o filtro a Lianne, que olhou para ele e o colocou em cima da máquina de secar. Lianne jogou suas roupas dentro da máquina, punhados de roupas escuras, e recolocou o filtro no agitador ou ativador, ou seja lá como se chama a coisa. Colocou sabão em pó, fez suas seleções no painel de controle, ajustou o mostrador do outro lado do painel e fechou a tampa. Então apertou o botão de ligar.

Mas não saiu do subsolo. Imaginou que a roupa da secadora estivesse quase pronta, senão por que aquela mulher estaria ali parada, esperando? Imaginava que a mulher havia descido minutos antes, constatado que a máquina ainda não havia terminado e resolvido esperar para não ter que subir e descer e depois subir outra vez. Não dava para ver o relógio da secadora de onde ela estava e ela preferia não deixar claro que estava olhando. Mas não tinha a intenção de sair dali. Encostou-se na parede adjacente àquela em que a mulher estava encostada e ficou ali, meio encurvada. Os campos visuais reduzidos das duas talvez se cruzassem em algum lugar perto do centro do subsolo. Ela mantinha as costas retas, sentindo nas omoplatas a pressão da parede velha e irregular.

A máquina de lavar começou a roncar, a secadora se sacudia e estalava, botões de camisas batendo contra o tambor. Uma coisa era certa: ela só iria embora depois da outra mulher. A questão era o que a mulher faria com o cigarro se acabasse de fumá-lo antes que o ciclo da secadora terminasse. A questão era se elas haveriam de se entreolhar antes que a mulher saísse. O subsolo era como uma cela de monge com duas enormes rodas de oração marcando uma ladainha. A questão era se uma troca de olhares levaria a uma troca de palavras e depois sabe-se lá o quê.

Era uma segunda-feira chuvosa no mundo e ela seguia para o edifício Godzilla, onde o garoto estava passando a tarde com os Irmãos, brincando com videogames.

Ela escrevia poemas em dias como este no tempo em que estava na escola. Havia uma ligação entre chuva e poesia. Como depois entre chuva e sexo. Os poemas normalmente eram sobre a chuva, a sensação de estar dentro de casa vendo as gotas solitárias deslizar pela vidraça.

O guarda-chuva dela tornava-se inútil no vento. O tipo de chuva com vento que tira as pessoas das ruas e faz com que o dia e o lugar pareçam anônimos. Era esse o tempo que estava fazendo por toda parte, o estado mental, uma segunda-feira genérica, e ela caminhava bem rente aos prédios, e atravessava correndo as ruas, e sentiu o vento atingi-la de chapa ao chegar à imensidão de tijolo vermelho do Godzilla.

Tomou um café rápido com a mãe, Isabel, e depois desgrudou o filho da tela do computador e enfiou nele o casaco. O garoto queria ficar, eles queriam que ele ficasse. Lianne explicou que era uma vilã real demais para os videogames.

Katie foi com eles até a porta. Trajava um jeans vermelho com as bainhas enroladas e botinhas de camurça com viras que brilhavam como neon quando ela andava. O irmão, Robert, ficou para trás, um menino de olhos negros que parecia tímido demais para falar, comer, levar o cachorro para passear.

O telefone tocou.

Lianne disse à menina: "Vocês não estão mais observando o céu, não é? Dia e noite vigiando o céu? Não. Ou será que estão?".

A menina olhou para Justin e sorriu com uma cumplicidade esquiva sem falar nada.

"Ele não me conta", disse Lianne. "Eu vivo perguntando."

Ele interveio: "Não, não vive, não".

"Mas se eu perguntasse, você não me contava."

Os olhos de Katie brilharam ainda mais. Ela estava gostando, atenta para a oportunidade de fazer um comentário astucioso. Sua mãe estava falando no telefone da cozinha, instalado na parede.

Lianne perguntou à menina: "Continua procurando a palavra? Continua esperando os aviões? Dia e noite na janela? Não. Eu não acredito".

Ela se aproximou da menina, cochichando alto.

"Continua falando com aquela pessoa? O homem que a gente não pode saber o nome."

O irmão parecia consternado. Estava cinco metros atrás de Katie, petrificado, olhando para o parquê do assoalho por entre as botas da irmã.

"Ele continua solto por aí, sei lá onde, obrigando vocês a ficar o tempo todo vigiando o céu? O homem que o nome dele a gente talvez até já saiba, apesar de não poder saber."

Justin deu um puxão no casaco da mãe na altura do cotovelo, o que significava vamos embora logo para casa.

"Talvez, talvez. É o que eu acho. Talvez já seja hora de esse homem desaparecer. Esse homem que todos nós já sabemos o nome."

Ela colocara as mãos no rosto de Katie, abarcando-a como uma moldura, como uma jaula, de orelha a orelha. Na cozinha a mãe estava levantando a voz, falando sobre um problema com o cartão de crédito.

"Talvez já seja hora. Você acha que é possível? Quem sabe vocês não estão mais interessados. Sim ou não? Talvez, talvez já seja hora de parar de ficar olhando pro céu, hora de parar de falar sobre esse homem que eu estou falando. O que é que você acha? Sim ou não?"

A menina agora parecia menos satisfeita. Tentou olhar de soslaio para Justin, um olhar tipo o que é que está acontecendo, mas Lianne aproximou-se mais ainda e usou a mão direita para bloquear a visão da menina, sorrindo para ela, um sorriso falsamente brincalhão.

O irmão tentava se tornar invisível. Estavam confusos e um pouco assustados, mas não foi por isso que ela retirou as mãos do rosto de Katie. Ela estava pronta para ir embora, foi por isso, e no elevador, descendo do vigésimo sétimo andar até o térreo, ela ficou pensando na figura mítica que dissera que os aviões iam voltar, um homem cujo nome todos eles sabiam. Mas ela havia esquecido o nome. A chuva tinha diminuído, o vento também. Caminharam sem dizer palavra. Ela tentava se lembrar do nome, mas não conseguia. O garoto não queria andar debaixo do guarda-chuva aberto, seguia quatro passos atrás dela. Era um nome fácil, disso ela se lembrava, mas os nomes fáceis é que eram de matar.

9.

Neste dia, mais do que nos outros, foi difícil para ela ir embora. Saiu do centro comunitário e caminhou na direção oeste, pensando num outro dia, que não demoraria para chegar, em que as sessões de narração de histórias teriam de terminar. O grupo se aproximava desse momento e ela não se julgava capaz de fazer tudo de novo, recomeçar, seis ou sete idosos, esferográficas e blocos, a beleza da coisa, sim, aquelas pessoas cantando a vida delas, mas também a ausência de desconfiança com que elas revelam o que sabem, aquela inocência estranha e corajosa, e ela própria tentando recuperar o pai.

Queria voltar para casa a pé e, ao chegar lá, encontrar na secretária um recado de Carol Shoup. Me liga rapidinho, por favor. Era só uma sensação, mas ela confiava nessa sensação e sabia qual seria o significado dessa mensagem, que a revisora havia desistido do projeto. Ela entraria em casa, ouviria a mensagem de cinco palavras e compreenderia que a revisora não conseguira agüentar o livro, um texto tão emaranhado em detalhes obsessivos que tinha sido impossível continuar. Queria entrar em casa e ver o número aceso no telefone. É a Carol, me liga rapidinho. Uma mensagem de seis palavras que queria dizer muito mais. Era isso que Carol gostava de dizer nas mensagens que deixava no telefone. Me liga rapidinho. Era uma espécie de promessa, aquela última palavra urgente, indício de uma circunstância auspiciosa.

Ela caminhava sem planos na direção oeste pela 116th Street, passando pela barbearia e pela loja de discos, os mercados de frutas e a padaria. Virou para o sul, caminhou por mais cinco quarteirões e depois olhou de relance para a direita e viu a parede alta de granito castigado pelas intempéries que sustentava os trilhos do elevado, onde os trens levam e trazem pessoas todos os dias. Pensou imediatamente em Rosellen S., sem saber por quê. Continuou andando naquela direção e chegou a um prédio denominado Templo da Salvação Estrada Maior. Parou por um momento, absorvendo o nome e observando as pilastras enfeitadas que havia na entrada e a cruz de pedra na beira do telhado. Havia uma placa à frente enumerando as atividades do templo. Escola dominical, glória matinal dominical, serviço de salvação e estudo bíblico às sextas-feiras. Ela ficou parada pensando. Pensou na conversa com o dr. Apter a respeito do dia em que Rosellen não conseguiria mais lembrar onde morava. Era uma ocasião que perturbava Lianne, o momento aflitivo em que as coisas se dissolvem, ruas, nomes, toda e qualquer sensação de direção e localização, todas as grades fixas da memória. Agora compreendia por que Rosellen parecia ser uma presença nesta rua. Ali estava o lugar, o templo cujo nome era um grito de aleluia, onde ela encontrara refúgio e auxílio.

Mais uma vez ficou parada pensando. Pensou na linguagem que Rosellen utilizara nas últimas sessões em que conseguira participar, como ela desenvolvera versões estendidas de uma única palavra, todas as inflexões e conectivos, uma espécie de proteção, talvez, uma concentração de forças para se proteger daquele último estado de vazio, em que até mesmo o gemido mais profundo pode não ser dor e sim apenas um gemido.

Será que nós dizemos adeus, assim, indo, estou indo, vou ir, a última vez ir, vou.

Era isso que ela conseguira reter do que Rosellen escrevera com uma letra frouxa em suas últimas páginas.

Ele voltou pelo parque. Os corredores pareciam eternos, contornando o reservatório, e ele tentava não pensar na última meia hora passada com Florence, falando contra o silêncio dela. Era uma outra espécie de eternidade, a imobilidade no rosto e no corpo dela, fora do tempo.

Ele pegou o garoto na escola e em seguida foi caminhando para o norte, contra uma brisa que trazia um leve prenúncio de chuva. Era um alívio ter um assunto para falar, os estudos de Justin, os amigos e professores.

"Aonde é que a gente vai?"

"A sua mãe disse que ia voltar a pé da reunião. Vamos interceptar a sua mãe."

"Por quê?"

"Pra fazer uma surpresa. Pegar ela desprevenida. Levantar o moral dela."

"Como que a gente sabe por onde ela vem?"

"Aí é que está o desafio. Uma rota direta, uma rota indireta, ela vem depressa, vem devagar."

Ele falava contra a brisa, não exatamente para Justin. Ainda estava lá longe, com Florence, um duplo de si próprio, indo e vindo, atravessando o parque para o norte e para o sul, o eu profundo compartilhado, no meio da fumaça, e depois de volta ali, na segurança do seio da família, em meio às implicações de seus atos.

Dentro de cerca de cem dias ele faria quarenta anos. A idade de seu pai. Seu pai tinha quarenta anos, seus tios. Sempre teriam quarenta anos, olhando para ele de esguelha. Como é que pode, ele estar prestes a se tornar alguém claramente definido, marido e pai, por fim, ocupando um espaço em três dimensões tal como seus pais?

Nos últimos minutos havia ficado parado junto à janela olhando para a parede em frente, onde havia uma foto, Florence menina, com um vestido branco, acompanhada da mãe e do pai. O garoto perguntou: "Vamos por qual rua? Essa ou aquela?". Ele mal havia reparado na foto antes e ao vê-la naquele contexto, ainda imune das conseqüências do que ele viera para lhe dizer, sentiu uma constrição no peito. O que ele tinha que Florence precisava era sua calma aparente, mesmo que ela não a compreendesse. Keith sabia que lhe inspirava um sentimento de gratidão, o fato de ele ser capaz de compreender os níveis de angústia dela. Ele era a figura imóvel, a observar, sempre prestando atenção, sem dizer quase nada. Era a isso que Florence queria se apegar. Mas agora era ela quem não falava, olhando para ele junto à janela e ouvindo a voz dizendo a ela baixinho que agora acabou.

Tenta compreender, disse ele.

Porque no final das contas o que havia para dizer? Ficou vendo a luz se esvaindo do rosto dela. Era aquela velha destruição que estava sempre próxima, que agora voltara à vida dela mais uma vez, inevitável, uma dor que não doía menos por ser predestinada.

Ela ficou mais um tempo parada diante do templo. Vinham vozes do pátio da escola ali perto, do outro lado da rua, do elevado. Havia um guarda de trânsito parado no cruzamento, braços cruzados, era escassa a circulação no trecho estreito de mão única entre a calçada e o baluarte de blocos de pedra gasta.

Um trem passou rápido.

Seguiu em direção à esquina, sabendo que não haveria nenhuma mensagem quando chegasse em casa. Havia passado a sensação de que uma mensagem estaria à sua espera. Três palavras. Me liga rapidinho. Ela dissera a Carol para só ligar se pudesse lhe mandar o livro em questão. Não havia livro, não para ela.

Passou um trem, dessa vez em direção ao sul, e ela ouviu alguém gritar algo em espanhol.

Havia uma fileira de prédios residenciais, um conjunto habitacional, do lado dos trilhos em que ela estava, e quando chegou à esquina olhou para a direita, para além do pátio da escola, e viu a fachada destacada de uma ala de um prédio, cabeças nas janelas, meia dúzia talvez, na altura do nono, décimo, décimo primeiro andares, e ouviu a voz outra vez, alguém gritando, uma mulher, e viu as crianças da escola, algumas delas, interromper seus jogos, olhando para cima e ao redor.

Um professor caminhava lentamente em direção à cerca, um homem alto, balançando um apito num cordão.

Ela ficou esperando na esquina. Mais vozes vinham agora do conjunto habitacional e ela olhou outra vez para lá, e viu para onde as pessoas estavam olhando. Estavam olhando para baixo, para os trilhos, na direção norte, um ponto quase imediatamente acima dela. Então viu os alunos, alguns andando de costas, atravessando o pátio em direção à parede do prédio da escola, e compreendeu que estavam tentando enxergar melhor algo que estava perto dos trilhos.

Passou um carro, o rádio a todo o volume.

Levou um momento para que ele aparecesse em seu campo de visão, apenas a metade superior do corpo, o homem do outro lado da cerca protetora dos trilhos. Não era um empregado da ferrovia com seu colete laranja florescente. Isso dava para ver. Ela o via do peito para cima e ouvia as vozes das crianças, uma chamando a outra, todos os jogos interrompidos.

Ele parecia saído do nada. Não havia nenhuma parada de trem ali, nem bilheteria nem plataforma para passageiros, e ela não entendia como ele havia conseguido ter acesso à área dos trilhos. Um homem branco, pensou. Camisa branca, paletó escuro. A seu redor, a rua estava em silêncio. As pessoas que passavam olhavam e seguiam, umas poucas paravam por alguns instantes, e outras, mais jovens, ficavam. Eram as crianças na escola que estavam interessadas, e os rostos à direita de Lianne, lá no alto, cada vez mais numerosos, destacando-se das janelas do conjunto habitacional.

Um homem branco de terno e gravata, era o que parecia agora, à medida que ele descia a escada curta por uma abertura na cerca.

Então ela se deu conta, é claro. Viu o homem chegar até a plataforma de manutenção que pairava acima da rua, imediatamente ao sul do cruzamento. Foi então que compreendeu, embora já tivesse sentido algo até mesmo antes de vislumbrar o homem. Os rostos lá nas janelas no alto, alguma coisa naqueles rostos, um prenúncio, aquela coisa que a gente pressente antes mesmo de percebê-la diretamente. Ele não podia ser senão quem era.

Estava em pé na plataforma, a uma altura de cerca de três andares acima dela. Tudo ali era marrom-ferrugem, os níveis mais altos de granito grosseiro, a barreira que ele acabava de transpor e a plataforma em si, uma estrutura de tiras de metal que parecia uma escada de emergência grande, quatro metros de comprimento e dois de largura, à qual normalmente só tinham acesso os homens que trabalhavam nos trilhos ou que vinham pela rua num caminhão de manutenção equipado com guindaste e cesto aéreo.

Passou um trem, de novo indo para o sul. Por que é que ele está fazendo isso, ela pensou.

Ele estava pensando, não ouvindo. Começou a ouvir quando seguiram para o norte, conversando em tiradas breves, e ele se deu conta de que mais uma vez o garoto só estava usando palavras de no máximo duas sílabas.

Disse ele: "Pára com essa merda".
"O quê?"
"Eu também sei falar com duas sílabas no máximo."
"O quê?"
"Pára com essa merda", disse ele.
"Por quê? Você diz que eu não falo."
"Quem diz isso é sua mãe, não eu."
"Se eu falo, você não quer que eu fale."
Ele estava ficando bom nisso, o Justin, quase sem fazer pausa entre as palavras. De início era uma forma de brincadeira instrutiva, mas agora aquela prática tinha também algo mais, uma teimosia solene, quase ritualística.

"Olha, eu não estou nem aí. Se você quiser, pode falar na língua dos esquimós. Pode aprender esquimó. Eles têm um alfabeto de sílabas em vez de letras. Você pode falar uma sílaba de cada vez. Você vai levar um minuto e meio pra dizer uma palavra comprida. Eu não estou com pressa. Pode levar o tempo que você quiser. Pode fazer pausas longas entre as sílabas. A gente passa a comer gordura de baleia e você a falar esquimó."

"Essa carne eu não vou querer comer."
"Não é carne, é gordura."
"Tanto faz."
"Diz gordura."
"Banha. É a mesma coisa."
Garoto metido a besta.
"A questão é que a sua mãe não gosta quando você fala desse jeito. Ela fica nervosa. A gente não quer que ela fique nervosa. Isso você entende. E mesmo se você não entender, pára com isso."

O céu mesclado estava mais escuro agora. Keith começou a achar que não tinha sido uma boa idéia tentar encontrar Lianne voltando para casa. Seguiram para o leste por um quarteirão, depois de novo para o norte.

Uma outra coisa a respeito de Lianne lhe ocorreu. Pensou que ia lhe falar sobre Florence. Era o que ele devia fazer. O tipo de confissão perigosa que levaria a um entendimento limpo e duradouro, com sentimentos recíprocos de amor e confiança. Ele acreditava nisso. Era uma maneira de parar de ser um duplo de si próprio, sempre seguindo a sombra tensa do que permanece não dito.

Ele lhe falaria sobre Florence. Ela diria que compreendia a intensidade do envolvimento, tendo em vista a natureza absolutamente insólita de sua origem, na fumaça e no fogo, e isso a faria sofrer muitíssimo.

Ele lhe falaria sobre Florence. Ela pegaria uma faca de churrasco e o mataria.

Ele lhe falaria sobre Florence. Ela entraria num longo período de recolhimento sofrido.

Ele lhe falaria sobre Florence. Ela diria: Logo agora que a gente retomou o nosso casamento. Ela diria: Logo agora que estamos juntos de novo, graças ao dia terrível dos aviões. Como é que o mesmo terror pode? Ela diria: Como é que o mesmo terror pode ameaçar tudo que sentimos um pelo outro, tudo que eu senti nessas últimas semanas?

Ele lhe falaria sobre Florence. Ela diria: Eu quero conhecer essa mulher.

Ele lhe falaria sobre Florence. A insônia periódica dela passaria a ser total, exigindo um tratamento com dieta, remédios e aconselhamento psiquiátrico.

Ele lhe falaria sobre Florence. Ela passaria mais tempo na casa da mãe, acompanhada do garoto, ficando lá até a noite e deixando Keith a perambular pelos cômodos vazios do apartamento quando voltasse do escritório, como nos tempos magros de seu exílio.

Ele lhe falaria sobre Florence. Ela ia exigir que ele a convencesse de que a coisa estava encerrada e ele conseguia convencê-la porque era mesmo verdade, para todo o sempre.

Ele lhe falaria sobre Florence. Ela o mandaria para o inferno com um olhar e em seguida chamaria um advogado.

Ela ouviu o ruído e olhou para a direita. Um garoto no pátio da escola estava fazendo um drible com uma bola de basquete. O ruído não tinha nada a ver com aquele momento, mas o garoto não estava jogando, apenas caminhando, levando a bola junto com ele, quicando-a de modo displicente e enquanto seguia em direção à cerca, a cabeça virada para cima, os olhos fixos no vulto lá no alto.

Vinham outros. Agora que o homem estava inteiramente à vista, vinham alunos da outra extremidade do pátio, aproximando-se da cerca. O homem havia prendido o cinto de segurança na grade da plataforma. Vinham alunos de todos os cantos do pátio para ver mais de perto o que estava acontecendo.

Ela recuou. Andou no sentido oposto, para trás, em direção ao prédio da esquina. Então olhou em volta à procura de alguém, alguém com quem pudesse trocar um olhar. Procurou o guarda de trânsito, que havia sumido. Seria bom poder acreditar que aquilo era uma espécie de teatro de rua maluco, um teatro do absurdo que provocasse os passantes a compreender com humor o que há de irracional nos grandes esquemas do ser ou no próximo pequeno passo que se vai dar.

Aquilo era excessivamente próximo e profundo, excessivamente pessoal. Ela só queria trocar um olhar, olhar nos olhos de alguém, ver o que ela própria estava sentindo. Não pensava em ir embora. Ele estava imediatamente acima dela, mas ela não estava olhando nem se afastando. Olhou para o professor do outro lado da rua, que apertava o apito com a mão, pendurado no cordão, e com a outra mão agarrava a cerca de aço. Ela ouviu uma voz vindo do alto, do prédio residencial da esquina, uma mulher à janela.

Ela perguntou: "O que é que você está fazendo?".

A voz dela vinha de um ponto em algum lugar acima do nível da plataforma de manutenção. Lianne não olhou. À esquerda, a rua estaria vazia não fosse por um homem esfarrapado saindo do arco sob o viaduto, com uma roda de bicicleta na mão. Era para lá que ela estava olhando. Então, outra vez, a voz da mulher.

Disse ela: "Vou ligar pra emergência".

Lianne tentou compreender por que ele estava ali e não em outro lugar. Ali as circunstâncias eram estritamente locais, pessoas nas janelas, crianças num pátio de escola. O Homem em Queda costumava aparecer em meio a multidões ou em lugares onde uma multidão poderia se formar em pouco tempo. Ali só havia um vagabundo velho andando na rua rolando uma roda. Ali havia uma mulher na janela, que nem sabia quem ele era.

Agora outras vozes vieram do conjunto habitacional e do pátio da escola, e ela levantou a vista outra vez. O homem estava em pé sobre a grade da plataforma, equilibrado. No alto da grade havia um parapeito largo e plano e era lá que ele estava, terno azul, camisa branca, gravata azul, sapatos pretos. Lá estava ele, muito acima da calçada, pernas ligeiramente abertas, braços afastados do corpo e dobrados nos cotovelos, de modo assimétrico, um homem com medo, imerso num poço profundo de concentração e contemplando um espaço perdido, um espaço morto.

Ela virou a esquina. Um gesto insensato de fuga, aumentando em apenas dois metros a distância que a separava do homem, mas também não era tão estranho assim, não se ele caísse, se o cinto de segurança não funcionasse. Ela olhava para o homem, apertando o ombro contra a parede de tijolo do prédio. Não pensava em dar meia-volta e ir embora.

Todos aguardavam. Mas o homem não caiu. Ficou equilibrado sobre a grade por um minuto inteiro, depois mais um minuto. A voz da mulher estava mais alta agora.

Disse ela: "Tem nada que estar aí não".

Crianças gritavam, inevitavelmente, "*Pula!*", mas só duas ou três, e em seguida os gritos pararam e vieram vozes do conjunto habitacional, gritos melancólicos no ar úmido.

Então ela começou a compreender. Arte performática, sim, mas ele não estava ali só fazendo sua performance para as pessoas que havia na rua ou nas janelas mais altas. Ele estava onde estava, um homem que não era da equipe da estação nem da polícia ferroviária, esperando que um trem passasse, um trem indo para o norte, era isso que ele queria, uma platéia em movimento, passando a poucos metros dele.

Ela pensou nos passageiros. O trem sairia de repente do túnel ao sul dali e então começaria a perder velocidade, aproximando-se da estação da 125th Street, mil e duzentos metros adiante. O trem passaria e ele pularia. Dentro do trem algumas pessoas o veriam em pé e outras pessoas o veriam pulando, todos arrancadas subitamente de seus devaneios ou jornais, ou então gaguejando perplexas ao celular. Aquelas pessoas não teriam visto o cinto de segurança. Veriam apenas o homem cair e desaparecer. Então, ela pensou, as que já estavam falando ao celular, e as outras que pegariam o celular na mesma hora, todas tentariam descrever o que tinham visto ou o que as outras pessoas a seu lado tinham visto e estavam agora tentando contar a elas.

Todas essas pessoas diriam essencialmente a mesma coisa. Alguém caiu. Um homem que caiu. Ela se perguntava se seria essa a intenção dele, espalhar a notícia dessa maneira, via celular, do modo mais íntimo, como as torres e os aviões seqüestrados.

Ou então ela estava imaginando as intenções dele. Estava inventando, apertada com tanta força àquele momento que era incapaz de pensar pensamentos próprios.

"Vou te dizer o que eu estou tentando fazer", ele disse. Passaram pela vitrine de um supermercado coberta de anúncios. O garoto estava com as mãos escondidas dentro das mangas. "Estou tentando ler os pensamentos dela. Será que ela vai descer por uma das avenidas, a First, a Second, a Third Avenue, ou vai ficar zanzando por aí um pouco?"

"Você já falou isso."

Era uma coisa que ele andava fazendo de uns tempos para cá, esticar as mangas da suéter para cobrir as mãos. Cerrava os punhos e usava a ponta dos dedos para prender as mangas. Às vezes ficavam de fora a ponta do polegar e os ossos das juntas.

"Eu já falei isso. Está bem. Mas eu não falei que ia ler os pensamentos dela. Lê os pensamentos dela", disse ele, "e me diz o que você acha."

"De repente ela mudou de idéia. Ela pegou um táxi."

Ele levava numa mochila os livros e outros objetos da escola, e assim suas mãos estavam livres para ser escondidas. Era um maneirismo que Keith associava a meninos mais velhos que fazem questão de ser diferentes.

"Ela disse que vinha a pé."

"De repente ela pegou o metrô."

"Ela não anda mais de metrô. Ela disse que vinha a pé."

"O que é que tem o metrô?"

Ele percebeu o humor de oposição severa, o passo arrastado do garoto. Agora seguiam para o oeste, ainda ao sul da 100th Street, parando em cada esquina para olhar para o norte, tentando localizá-la em meio aos rostos e formas. Justin fingiu perder interesse, aproximando-se do meio-fio para examinar a poeira e o lixo. Não gostava de ser privado de seus poderes dissilábicos.

"Não tem nada de errado com o metrô", disse Keith. "De repente você está certo. De repente ela pegou mesmo o metrô."

Ele lhe falaria sobre Florence. Ela olharia para ele e ficaria à espera. Ele lhe diria que não era, na verdade, o tipo de relacionamento a que as pessoas se referem quando usam a palavra *caso*. Não era um caso. Havia sexo, sim, mas não amor. Havia emoção, sim, porém gerada por condições externas que estavam fora de seu controle. Ela não diria nada e ficaria à espera. Ele diria que o tempo que havia passado com Florence já estava começando a parecer uma aberração — era essa a palavra. O tipo de coisa, ele diria, que a gente recorda com a sensação de ter penetrado algo que, na verdade, é irreal, e ele já começava a sentir isso e a se dar conta disso. Ela ficaria sentada olhando para ele. Ele mencionaria a brevidade da coisa, era até fácil contar quantas vezes foram. Ele nunca atuara num tribunal, mas era advogado, muito embora tivesse dificuldade em acreditar nisso, e avaliaria sua culpa abertamente e apresentaria os fatos relativos àquele rápido relacionamento e incluiria aquelas circunstâncias cruciais que costumam ser chamadas, com propriedade, de atenuantes. Ela estaria sentada na cadeira em que ninguém nunca se senta, a cadeira de mogno que fica encostada na parede entre a escrivaninha e as estantes, e ele olharia para ela e ficaria esperando.

"Ela já deve ter chegado em casa", disse o garoto, caminhando com um pé na sarjeta e o outro no meio-fio.

Passaram por uma farmácia e uma agência de viagens. Keith viu uma coisa mais adiante. Reparou no passo de uma mulher que atravessava a rua, insegura, perto do cruzamento. Ela parecia estar parada no meio da rua. Um táxi obscureceu sua visão por um momento, mas ele sabia que havia alguma coisa de errado. Inclinou-se em direção ao garoto e deu-lhe um tapa de leve no antebraço, sem perder de vista o vulto mais à frente. Quando ela terminou de atravessar a rua e subiu na calçada, os dois já estavam correndo na sua direção.

Ela ouviu a aproximação do trem que seguia para o norte e percebeu que o corpo do homem se tensionou, preparando-se. O som era grave, ribombante, recorrente, discreto e não contínuo, como números pulsando, e ela ficou quase contando os décimos de segundo à medida que o som aumentava.

O homem olhava fixamente para os tijolos do prédio da esquina, mas não os via. Havia um vazio em seu rosto, porém profundo, uma espécie de olhar perdido. Afinal de contas, o que ele estava fazendo? Afinal de contas, o que ele sabia? Ela pensou que o espaço vazio para o qual ele olhava deveria ser só dele, e não uma visão terrível de outras pessoas caindo. Mas por que ela estava parada ali olhando? Porque via seu marido ali por perto. Via o amigo dele, o que ela conhecera, ou outro, talvez, ou então o inventava e o via, numa janela alta com fumaça saindo. Porque ela se sentia compelida a ficar, ou apenas impotente, agarrando a alça da bolsa.

O trem chega com um estrondo e ele vira a cabeça e olha para o trem (para a morte no fogo) e depois se vira para a frente de novo e pula.

Pula ou cai. Ele se inclina para a frente, o corpo rígido, e cai na vertical, de cabeça, arrancando uma interjeição de espanto do pátio da escola, com gritos de susto isolados só encobertos em parte pelo estrondo do trem que passa.

Ela sentiu o corpo amolecer. Mas a queda não era o pior. O final abrupto da queda o deixou de cabeça para baixo, preso ao cinto de segurança, a sete metros da calçada. O tranco, o impacto no meio do ar, o recuo, e agora a imobilidade, os braços junto ao corpo, uma perna dobrada na altura do joelho. Havia algo de terrível naquela pose estilizada, tronco e membros, sua assinatura pessoal. Mas o pior eram a imobilidade e o fato de estar perto do homem, naquela posição ali, ninguém mais perto dele do que ela. Ela poderia ter falado com o homem, mas ele estava num outro plano do ser, fora de seu alcance. O homem permanecia imóvel, o trem ainda passando numa névoa na cabeça dela e o dilúvio de som ecoando ao redor dele, o sangue afluindo para a cabeça dele e escoando da dela.

Olhou para cima e não viu sinal da mulher na janela. Saiu de sua imobilidade, mantendo-se junto à parede do prédio, cabeça baixa, tateando a superfície áspera de pedra. Os olhos do homem estavam abertos, mas ela se guiava pelo tato, e depois, tendo passado pela figura pendente, seguiu para o meio da calçada, agora com passos rápidos.

Quase imediatamente se viu diante do vagabundo, o velho andrajoso, parado e olhando para o vulto que pairava em pleno ar atrás dela. Ele também parecia estar numa posição toda própria, preso àquele ponto do espaço por metade de sua vida, uma mão fina como papel agarrando a roda de bicicleta. Seu rosto indicava um intenso estreitamento de idéias e possibilidades. Ele estava vendo algo complexamente diferente de tudo que encontrava passo após passo em seu cotidiano comum. Sentia-se obrigado a aprender a ver aquilo de modo correto, encontrando uma fenda no mundo em que a cena se encaixasse.

Ele não a viu passar. Ela tentava caminhar o mais depressa possível, passando por mais conjuntos habitacionais ou por outra parte do mesmo conjunto, uma rua e depois a outra. Mantinha a cabeça baixa, vendo as coisas como brilhos passageiros, uma espiral de arame farpado em cima de uma cerca baixa ou uma radiopatrulha seguindo para o norte, para o lugar de onde ela estava vindo, um súbito clarão azul-branco com rostos. Isso despertou nela a lembrança do homem lá atrás, suspenso, o corpo imobilizado, e mais do que isso ela não conseguia pensar. Deu por si correndo agora, a bolsa pendurada no ombro batendo contra o quadril. Ela guardava as coisas que eles escreviam, os participantes do grupo ainda na primeira fase, colocando as folhas num fichário que ela levava na bolsa, folhas que depois furaria para encaixá-las nos ganchos de metal quando chegasse em casa. A rua estava quase vazia, um armazém à esquerda. Imaginou a radiopatrulha parando imediatamente embaixo do homem caído. Ela corria bem rápido, as folhas do fichário e o nome dos participantes passavam por sua consciência, nome de batismo e inicial do sobrenome, era assim que ela os conhecia e os via, e a bolsa marcava o tempo, batendo contra seu quadril, dando-lhe um ritmo, um ritmo para manter. Ela corria agora no nível dos trilhos do trem, e depois acima deles, correndo ladeira acima em direção ao céu riscado de nuvens, com nuvens amontoadas mais altas sangrando nas mais baixas.

Ela pensou: Morte por suicídio.

Parou de correr então e ficou parada, recurvada, ofegante. Olhava para o chão. Quando corria de manhã cedo cobria grandes distâncias, mas nunca se sentia tão exausta quanto agora. Estava recurvada, como se ela fosse duas, a que havia corrido e a que não sabia por quê. Esperou que a respiração normalizasse e então se retesou. Duas meninas sentadas à entrada de um cortiço olhavam para ela. Subiu lentamente até o alto da ladeira e aí parou outra vez, e ficou por algum tempo com os trens que saíam de um buraco e mergulhavam num outro, em algum lugar ao sul da 100th Street.

Ela levaria as folhas para casa, as coisas que eles escreviam, e as guardaria junto com as anteriores, furadas e encaixadas nos ganchos, já eram centenas agora. Mas antes ia verificar os recados na secretária eletrônica.

Atravessou a rua com o sinal fechado e estava parada na esquina cheia de gente quando os viu seguindo em direção a ela, correndo. Estavam luminosos, sem disfarce, passando por pessoas imersas no anonimato rotineiro. O céu parecia muito próximo. Estavam luminosos de vida urgente, era por isso que corriam, e ela levantou a mão para que eles a vissem em meio à massa de rostos, trinta e seis dias depois dos aviões.

Em Nokomis

Ele tinha seu cartão Visa, seu número de viajante freqüente. Tinha um Mitsubishi para usar. Havia perdido vinte quilos e convertido o peso em libras, multiplicando por 2,2046. O calor da costa do golfo do México às vezes era feroz, e Hammad gostava. Alugaram uma casinha de estuque na West Laurel Road e Amir recusou a oferta de TV a cabo gratuita. A casa era cor-de-rosa. Sentaram-se em torno de uma mesa no primeiro dia e juraram aceitar seu dever, que era, para cada um deles, num compromisso de sangue, matar americanos.

Hammad empurrava um carrinho no supermercado. Era invisível para aquelas pessoas e elas estavam se tornando invisíveis para ele. Olhava para as mulheres de vez em quando, sim, a garota da caixa que se chamava Meg ou Peg. Sabia de coisas que ela não seria capaz sequer de imaginar nem que vivesse dez vidas. Naquela luz excessiva ele vislumbrava a sombra tênue de uma penugem fina, macia e sedosa no antebraço dela, e uma vez disse algo que a fez sorrir.

Seu curso de piloto não estava indo bem. Sentado no simulador, a balançar-se, tentava reagir do modo apropriado às condições. Os outros, na maioria, estavam se saindo melhor. Amir, como sempre, é claro. Amir pilotava aviões pequenos e ainda fazia hora extra nos simuladores de Boeing 767. Pagava em dinheiro vivo às vezes, com dinheiro que lhe mandavam de Dubai. Eles pensavam que o Estado leria os e-mails deles, que eram em código. O Estado verificaria os bancos de dados das empresas de aviação e todas as transações que envolvessem certas quantias. Amir não admitia isso. Recebia certas quantias enviadas para um banco na Flórida em seu nome, nome e sobrenome, Mohamed Atta, porque ele praticamente não era ninguém e não vinha de lugar nenhum.

Agora faziam sempre a barba. Usavam camisetas e calças de algodão. Hammad empurrava seu carrinho pelo corredor em direção às caixas e quando disse alguma coisa a moça sorriu mas não o viu. A idéia é ser invisível.

Ele sabia qual era seu peso em libras, mas não disse isso aos outros nem se orgulhou do fato. Convertia metros em pés, multiplicando por 3,28. Eles eram dois ou três na casa e havia outros que iam e vinham, porém não com a freqüência nem com a empolgação dos tempos da Marienstrasse. Já tinham passado daquela fase; agora estavam plenamente decididos e ocupados com as preparações. Apenas Amir ardia agora. Amir era elétrico, fogo pingando dos olhos.

A perda de peso ocorrera no Afeganistão, num campo de treinamento, onde Hammad começou a compreender que a morte é mais forte do que a vida. Ali a paisagem o consumia, quedas d'água congeladas no espaço, céu que não acabava mais. Tudo ali era o islã, os rios e riachos. Pegue uma pedra e segure na mão, é o islã. O nome de Deus em todas as línguas por todo o território. Nunca havia sentido nada semelhante em toda a vida. Usava um colete com bombas e sabia que era um homem agora, finalmente, preparado para zerar a distância que o separava de Deus.

* * *

No seu Mitsubishi passava por ruas sonolentas. Um dia, coisa estranha, viu um carro com seis ou sete pessoas amontoadas dentro dele, rindo e fumando, e eram jovens, talvez universitários, rapazes e moças. Seria fácil para ele sair de seu carro e entrar no deles? Abrir a porta com o carro em movimento e atravessar a pista e chegar ao outro carro, caminhando sobre o ar, e abrir a porta do outro carro e entrar nele.

Amir passou do inglês para o árabe, citando.

Jamais destruímos uma nação cujo tempo de vida não estivesse predeterminado.

Toda essa vida, esse mundo de gramados a serem regados e ferramentas expostas numa infinidade de prateleiras, era eternamente uma ilusão total. No campo de treinamento, na planície, no vento, eles haviam sido moldados, transformados em homens. Disparavam armas e detonavam explosivos. Recebiam instruções sobre o *jihad* mais elevado, que é derramar sangue, o sangue deles próprios e o dos outros. As pessoas regam seus gramados e comem *fast-food*. Hammad às vezes pedia comida para viagem, isso era inegável. Todos os dias, cinco vezes, ele rezava, por vezes menos, por vezes não rezava nem uma vez. Via televisão num bar perto do curso de piloto e gostava de se imaginar aparecendo na tela, um vulto num videoteipe passando pelo detector do aeroporto a caminho do avião.

Se bem que eles nunca iam chegar lá. O Estado dispunha de listas de suspeitos e agentes secretos. O Estado sabia ler os sinais que saem do celular e vão para as torres de microondas e satélites geoestacionários e chegam ao celular de uma pessoa que está dirigindo um carro numa estrada no deserto do Iêmen. Amir havia parado de falar sobre judeus e cruzados. Agora eram só assuntos táticos, horários de vôos e carregamentos de combustível e como transportar homens de um lugar para o outro, na hora certa, no lugar certo.

Essas pessoas correndo no parque, a hegemonia global. Esses velhos sentados em cadeiras de praia, corpos brancos cheios de veias, com bonés, eles controlam nosso mundo. Ele se pergunta se essas pessoas pensam nisso às vezes. Se elas o vêem parado ali, barbeado, de tênis.

Era hora de encerrar todo e qualquer contato com sua mãe e seu pai. Escreveu uma carta para eles dizendo que ia passar algum tempo viajando. Estava trabalhando numa firma de engenharia, disse, e em breve seria promovido. Sentia saudade deles, escreveu, e depois rasgou a carta e deixou que os pedaços fossem carregados por uma maré de lembranças.

No campo de treinamento lhe deram uma faca comprida que pertencera a um príncipe saudita. Um velho chicoteou o camelo, fazendo-o ajoelhar-se, puxou as rédeas para que a cabeça levantasse para cima e Hammad cravou a faca na garganta do animal. Fizeram um barulho nesse momento, tanto ele quanto o camelo, um zurro, e ele sentiu uma felicidade profunda de guerreiro, dando um passo para trás para ver o animal desabar. Ficou parado, Hammad, de braços abertos, depois beijou a faca sangrenta e levantou-a para os que estavam assistindo, os homens de túnica e turbante, demonstrando seu respeito e sua gratidão.

Um homem em visita não sabia o nome da cidade em que eles estavam, perto de outra cidade chamada Venice. Ele esquecera o nome ou então jamais aprendera. Hammad achava que o nome não tinha importância. Nokomis. Qual a importância disso? Que essas coisas desapareçam no pó. Deixemos essas coisas para trás ao mesmo tempo que dormimos e comemos aqui. Tudo pó. Carros, casas, pessoas. Isso tudo é uma partícula de poeira no fogo e luz dos dias que hão de vir.

Eles vinham de passagem, um ou dois, de vez em quando, e às vezes lhe falavam sobre as mulheres a quem tinham dado dinheiro em troca de sexo, tudo bem, mas ele não queria ouvir falar naquilo.

Queria fazer uma única coisa bem-feita, de tudo o que fizera na vida. Estavam ali cercados de infiéis, em plena corrente sangüínea do *kufr*. Sentiam coisas juntos, ele e seus irmãos. Sentiam o impacto do perigo e do isolamento. Sentiam o efeito magnético da trama. A trama os unia mais do que nunca. A trama reduzia o mundo a uma finíssima linha de mira, onde tudo converge num ponto. Havia o impacto do destino, de terem eles nascido para fazer aquilo. Havia o impacto da escolha, lá longe, no vento e no céu do islã. Havia a afirmação feita pela morte, a mais forte de todas, o *jihad* mais elevado. Mas será necessário que um homem se mate para realizar alguma coisa no mundo?

Eles tinham software de simulação de vôo. Jogavam jogos de simulação de vôo no computador. O piloto automático detecta desvios da rota. O pára-brisa é à prova de aves. Ele tinha uma ilustração grande, em cartolina, da cabine de controle do Boeing 767. Ele estudava a ilustração em seu quarto, decorando a localização dos manches e mostradores. Os outros diziam que esse cartaz era sua esposa. Ele convertia litros em galões, gramas em onças. Sentado numa cadeira de barbeiro, olhava para o espelho. Ele não estava ali, não era ele.

Praticamente parou de trocar de roupa. Usou a mesma camisa e a mesma calça todos os dias da semana seguinte, e a cueca também. Fazia a barba, mas praticamente parou de se vestir e se despir, muitas vezes dormindo vestido. Os outros faziam comentários veementes. Uma vez ele levou suas roupas para a lavanderia automática usando roupas emprestadas. Usou essas roupas por uma semana e queria que o outro homem usasse as roupas dele agora que elas estavam limpas, embora isso de limpo ou sujo não tivesse importância.

Homens e mulheres com o erro nos olhos rindo na televisão, as forças militares deles estavam conspurcando a Terra dos Dois Lugares Sagrados.

181

Amir havia feito a peregrinação a Meca. Ele era um hadji, cumprindo seu dever, fazendo a prece funerária, *salat al-janaza*, reafirmando sua solidariedade com os que haviam morrido na viagem. Hammad não se sentia carente. Em breve cumpririam um dever de outro tipo, que não estava escrito em lugar nenhum, todos eles, mártires, juntos.

Mas será que um homem precisa se matar para ter algum valor, ser alguém, encontrar o caminho?

Hammad pensava sobre isso. Relembrava o que Amir dissera. Amir pensava com clareza, em linhas retas, de modo direto e sistemático.

Amir falou bem na sua cara.

O fim da nossa vida é predeterminado. Somos levados para aquele dia desde o momento em que nascemos. Não há nenhuma lei sagrada contra aquilo que vamos fazer. Isso não é suicídio em nenhuma acepção ou interpretação do termo. É apenas uma coisa que foi escrita há muito tempo. Estamos encontrando o caminho que já foi escolhido para nós.

Você olha para Amir e vê uma vida intensa demais para durar mais um minuto, talvez por ele nunca ter comido uma mulher.

Mas tem mais uma coisa, pensou Hammad. A questão não é o homem destruir sua própria vida nesta situação. E a vida dos outros que ele leva junto com a dele?

Não sentia vontade de puxar esse assunto com Amir, mas acabou fazendo, os dois sozinhos na casa.

E os outros, os que vão morrer?

Amir ficou impaciente. Disse que já haviam falado sobre essas coisas em termos de princípios quando estavam em Hamburgo, na mesquita e no apartamento.

E os outros?

Amir disse simplesmente que não existem outros. Os outros só existem até o ponto em que desempenham o papel que destinamos a eles. É essa a função deles como outros. Os que vão morrer não podem pedir mais da vida do que o fato útil de sua morte. Hammad ficou impressionado com isso. Parecia filosofia.

Duas mulheres caminhando por um parque ao cair da tarde, com vestido comprido, uma delas descalça. Hammad estava sentado num banco, sozinho, olhando, e então levantou-se e foi atrás delas. Foi uma coisa que simplesmente aconteceu, o homem é arrancado de sua pele e depois o corpo vai junto. Ele só as seguiu até a rua onde terminava o parque e ficou a vê-las desaparecer, efêmeras como páginas que se viram.

O pára-brisa é à prova de aves. O elerão é um flape móvel.

Ele reza e dorme, reza e come. São refeições bestas, ele come porcarias, muitas vezes em silêncio. A trama ganha forma a cada respiração dele. Essa é a verdade que sempre procurou, sem saber seu nome nem onde encontrá-la. Eles estão juntos. Não há uma palavra que possam dizer, ele e os outros, que não acabe caindo nisso.

Um deles descasca uma laranja e começa a parti-la.

Você pensa demais, Hammad.

Tem homens que passaram anos organizando esse trabalho em segredo.

É, está certo.

Eu mesmo, pessoalmente, vi esses homens caminhando no campo de treinamento quando a gente estava lá.

Está bem. Mas chega de pensar.

E de falar.

Está bem. Agora é agir.

Ele dá um gomo de laranja para Hammad, que está dirigindo.

Meu pai, diz o outro homem, ele era capaz de morrer trezentas vezes para saber o que a gente está fazendo.

A gente morre uma vez.

A gente morre uma vez, em grande estilo.

Hammad pensa no êxtase que são os explosivos que ele leva apertados contra o peito e a cintura.

Mas não esqueçam, a qualquer momento a CIA pode nos pegar, diz o outro homem.

Diz isso e depois ri. Talvez não seja mais verdade. Talvez seja uma história que eles já repetiram tantas vezes que nem acreditam mais nela. Ou então não acreditavam nela e só estão começando a acreditar agora, que a hora se aproxima. Hammad não vê graça nenhuma nisso, seja qual for a opção correta.

As pessoas para as quais ele olhava, elas deviam ter vergonha de seu apego à vida, levando o cachorro para passear. Pense nisso, cachorros escavando a terra, água esguichando nos gramados. Quando ele viu uma tempestade vindo do golfo, sentiu vontade de abrir os braços e mergulhar nela. Essas pessoas, o que para elas é tão precioso para nós é só um espaço vazio. Não pensava no propósito da missão deles. Só via choque e morte. Não há propósito, o propósito é esse.

Quando caminha pelo corredor iluminado do supermercado ele pensa mil vezes naquele segundo único que está por vir. Barbeado, no videoteipe, passando pelos detectores de metal. A garota da caixa passa a lata de sopa pelo leitor óptico e ele pensa num comentário engraçado para fazer, dizendo as palavras mentalmente primeiro para não errar na ordem delas.

Olha para as montanhas que ficam atrás dos casebres de barro. Colete com bomba e capuz negro. Nós estamos dispostos a morrer, eles não. Essa é a nossa força, amar a morte, sentir o chamado do martírio armado. Ele estava junto com os outros na velha mina de cobre russa, agora transformada em campo de treinamento no Afeganistão, o campo deles, e eles ouviam a voz amplificada que chamava do outro lado da planície.

O colete era de náilon azul com alças que prendiam um lado ao outro. Havia porções de um explosivo forte costuradas dentro do cinto. Havia placas de explosivo plástico em seu tórax superior. Não era esse o método que ele e seus irmãos viriam a empregar um dia, mas era a mesma visão do céu e do inferno, vingança e devastação. Parados, ouviam a proclamação gravada, chamando-os para a prece.

Agora ele está sentado na cadeira do barbeiro, usando um penteador listrado. O barbeiro é um homenzinho que fala pouco. Do rádio vêm notícias, esportes, trânsito. Hammad não presta atenção. Está pensando de novo, olhando para algo além do rosto no espelho, que não é seu, e esperando o dia que há de vir, céus limpos, ventos leves, quando então não restará mais nada em que pensar.

PARTE 3
DAVID JANIAK

10.

Fizeram todo o trajeto, seguiram vinte quarteirões para o norte, depois atravessaram a cidade e por fim desceram em direção à Union Square, mais de três quilômetros num calor sufocante, os policiais com capacete e colete à prova de bala, crianças pequenas montadas no ombro dos pais. Caminharam com quinhentas mil outras pessoas, um enxame colorido de gente que ia de uma calçada a outra, faixas e cartazes, camisas com dizeres, caixões cobertos com panos pretos, uma passeata contra a guerra, o presidente, as políticas governamentais.

Ela se sentia distanciada das circunstâncias no momento exato em que era pressionada por elas. Helicópteros da polícia sobrevoavam as ruas, com sua batida ritmada, e uma fileira de homens gritava palavras de ordem contra os manifestantes. Justin pegou um folheto com uma mulher que tinha os cabelos presos por um lenço preto. Suas mãos estavam manchadas de pigmento e os olhos voltados para algum lugar não muito distante, evitando o contato com outros olhos. As pessoas pararam para ver um carro alegórico em chamas, papel machê, e a multidão adensou-se, implodindo. Ela tentou segurar a mão do garoto mas já era tarde. Ele tinha dez anos e estava com sede e foi se esgueirando até o outro lado da rua, onde um homem vendia refrigerantes retirados de engradados empilhados. Havia mais de dez policiais por perto, posicionados em frente de uma rede vermelha que cobria o andaime de uma obra. Era ali que seriam detidos os excessivamente engajados, os incontroláveis.

Um homem se aproximou dela, destacando-se da multidão, um negro, com a mão no peito, e disse: "Hoje é aniversário do Charlie Parker".

O homem estava quase olhando para ela, mas não exatamente, e então seguiu em frente e disse a mesma coisa a um homem que usava uma camiseta com o símbolo da paz, e no tom acusador de sua voz ela percebeu a insinuação de que toda aquela gente, aquele meio milhão de pessoas com tênis de corrida e chapéus para se proteger do sol e parafernálias cheias de símbolos, era um bando de babacas, reunidos ali naquele calor úmido por um motivo qualquer, quando deveriam era estar enchendo as ruas, uma multidão exatamente do mesmo tamanho que esta, para comemorar o aniversário de Charlie Parker.

Se seu pai estivesse aqui, Jack, ele provavelmente concordaria. Era verdade, sim, ela sentia uma separação, um distanciamento. A multidão não lhe devolvia a sensação de fazer parte dela. Estava ali por causa do garoto, para que ele caminhasse no meio daquele protesto, visse e ouvisse os argumentos contra a guerra e o desgoverno. Por ela, preferia estar longe dali. Nos três últimos anos, desde aquele dia de setembro, toda a vida se tornara pública. A comunidade ferida se expressa em vozes e a mente noturna solitária é moldada por esse alarido. Ela estava satisfeita com a rotina discreta e protegida que havia construído recentemente, dispondo os dias, elaborando os detalhes, ficando na sua, desligada. Libertada da raiva e dos presságios. Libertada das noites que se prolongam em cadeias infinitas de vigília e inferno interior. Ela caminhava desligada dos slogans e cartazes, dos caixões de papelão, da polícia montada, dos anarquistas que lançavam garrafas. Tudo aquilo era coreografia, que seria despedaçada em segundos.

O garoto virou-se para ver o homem andando em ziguezague pela multidão, parando aqui e ali para fazer seu pronunciamento.

"Músico de jazz", ela explicou. "Charlie Parker. Morreu há uns quarenta, cinqüenta anos. Lá em casa eu pego uns discos antigos. Elepês. Charlie Parker. O apelido era Bird. Não me pergunta por quê. Antes de perguntar, não pergunta porque eu não sei. Vou encontrar os discos e nós vamos escutar. Mas você me lembra. Porque senão eu esqueço."

O garoto pegou mais folhetos. Havia pessoas paradas às margens da passeata distribuindo panfletos em favor da paz, justiça, registro de eleitores, movimentos paranóicos clamando pela verdade. Ele examinava os folhetos enquanto caminhava, levantando e abaixando a cabeça para ver as pessoas que caminhavam à sua frente e ler as palavras escritas nos papéis.

Choremos os Mortos. Cuidemos dos Feridos. Chega de Guerra.

"Dá um tempo. Agora é caminhar, depois você lê."

Ele disse: "É, está bem".

"Se você está tentando comparar o que você lê com o que você vê, nem sempre um bate com o outro."

Ele disse: "É, está bem".

Isso era novidade, aquelas três palavras de desinteresse murmuradas entre dentes. Ela o empurrou em direção à calçada e ele tomou um refrigerante na sombra, encostado na parede de um prédio. Ela ficou parada a seu lado, percebendo que ele pouco a pouco se abaixava, deslizando pela parede, um comentário gestual sobre o calor e a passeata prolongada, mais uma dramatização do que uma queixa.

Por fim ele ficou de cócoras na calçada, um minúsculo lutador de sumô. Folheou os folhetos recolhidos e ficou alguns minutos examinando um em particular. Ela viu a palavra islã no alto da dobra do meio do folheto, seguida por um número de telefone 0800. Era provavelmente o que ele havia pegado com a mulher de lenço preto na cabeça. Ela viu palavras em negrito, com explicações.

Uma trupe de mulheres velhuscas passou por eles, cantando uma antiga canção de protesto.

Ele disse: "A *hadjdj*".

"É."

Ele disse: "A *chahada*".

"É."

"Não há Deus, mas Alá, e Maomé é Seu profeta."

"É."

Ele recitou a frase outra vez, devagar, de modo mais concentrado, de certa forma aproximando-a de si, tentando olhar dentro dela. Havia pessoas paradas por perto e outras que passavam, participantes da passeata que resvalavam para a calçada.

Em seguida recitou a frase em árabe. Ele a recitou e ela lhe explicou que aquilo era árabe, transliterado. Mas até isso era demais, um momento isolado na sombra com seu filho, deixando-a inquieta. Ele leu a definição de outra palavra que se referia ao jejum obrigatório do Ramadã. Isso a fez pensar em uma coisa. Ele continuava a ler, a maior parte do tempo em silêncio e de vez em quando em voz alta, levantando o folheto e esperando que ela o pegasse quando ele precisava de ajuda para pronunciar uma palavra. Isso aconteceu duas ou três vezes e quando não acontecia ela dava por si pensando no Cairo, cerca de vinte anos antes, vultos muito vagos em sua mente, um deles ela própria, saindo de um ônibus de turismo e mergulhando numa enorme multidão.

A viagem era um prêmio, formatura, e ela e uma ex-colega estavam no ônibus e então saltaram e se viram no meio de uma espécie de festival. A multidão era tão grande que qualquer ponto dela podia ser considerado o meio. A multidão era densa e fluía, ao cair da tarde, levando-as junto, passando por barracas de vender comida, e as amigas se desgarraram em menos de trinta segundos. O que ela começou a sentir, além de impotência, foi a consciência acentuada de ser quem era em relação aos outros, milhares deles, ordeiros porém cercando-a por completo. Os que estavam ao redor a viam, sorriam, alguns deles, e lhe dirigiam a palavra, um ou dois, e ela foi obrigada a se ver na superfície espelhada da multidão. Ela se transformava em tudo aquilo que lhe exibiam. Passou a ser seu rosto e suas feições, a cor de sua pele, uma pessoa branca, sendo o branco seu significado fundamental, seu estado de ser. Ela era isso, na verdade não isso mas ao mesmo tempo sim, exatamente, por que não. Era uma pessoa privilegiada, distanciada, autocentrada, branca. Tudo isso estava estampado em seu rosto, uma pessoa instruída, aparvalhada, assustada. Sentiu toda a verdade amarga contida nos estereótipos. A multidão sabia muito bem ser multidão. Essa a verdade daquelas pessoas. Estavam em casa, pensou, na onda de corpos, na massa compacta. Ser uma multidão por si só isso já era uma religião, à parte a ocasião que estavam comemorando. Ela pensava em multidões em pânico, transbordando as margens de um rio. Eram pensamentos de branco, o processamento de dados do pânico branco. Os outros não pensavam em tais coisas. Debra também estava pensando nessas coisas, a sua amiga, sua dupla desaparecida, perdida em algum lugar daquela multidão sendo branca. Olhou ao redor tentando encontrar Debra, mas isso era difícil, rodar os ombros para virar-se. Estavam as duas no meio da multidão, elas eram o meio, cada uma para si própria. As pessoas falavam com ela. Um velho lhe ofereceu um doce e lhe disse o nome do festival, que assinalava o fim do Ramadã. A lembrança terminava nesse ponto.

Ele recitou uma frase em árabe, sílaba por sílaba, lentamente, e ela pegou o folheto e apresentou sua versão, tão insegura quanto a dele, só que mais rápida. Havia outras palavras que ele submeteu a ela e ela as pronunciou, corretamente ou não; isso a deixou inquieta, embora fosse uma coisa pequena, recitar uma frase, explicar um ritual. Fazia parte do discurso público, toda aquela manifestação, o islã e um telefone 0800. Até mesmo o rosto do velho, naquela lembrança, no Cairo, a fazia voltar. Ela estava naquela lembrança e na calçada ao mesmo tempo, o fantasma de uma cidade, o trovão imediato de outra, e ela precisava fugir das duas multidões.

Voltaram para o palco central da passeata e ouviram por algum tempo alguém que falava num pódio improvisado na Union Square. Então entraram numa livraria que havia ali perto e ficaram perambulando pelos longos corredores, no frescor e no silêncio. Milhares de livros, reluzentes, nas mesas e estantes, a loja quase vazia, um domingo de verão, e o garoto começou a imitar um cão de caça, olhando e farejando os livros, mas sem pegar neles, usando os dedos para formar bochechas de sabujo. Ela não sabia o que isso queria dizer, porém aos poucos compreendeu que ele não tentava diverti-la nem irritá-la. Aquele comportamento estava fora do campo de influência dela, era uma coisa entre ele e os livros.

Subiram pela escada rolante até o segundo andar e passaram algum tempo examinando os livros nas seções de ciência, natureza, viagens, *ficción*.

"Qual foi a melhor coisa que você já aprendeu na escola? Desde o começo, desde o primeiro dia."

"A melhor coisa."

"A coisa mais importante. Diga lá, seu sabichão."

"Você parece o papai."

"Estou substituindo ele. Estou trabalhando por nós dois."

"Quando ele volta pra casa?"

"Oito, nove dias. Qual é a melhor coisa?"

"O Sol é uma estrela", ele disse.

"Mas não fui eu que ensinei isso a você?"
"Acho que não."
"Você não aprendeu isso na escola, não. Fui eu que ensinei."
"Acho que não."
"Tem um mapa do céu na parede lá em casa."
"O Sol não está na parede. Ele está lá longe. Não lá *em cima*. Não existe em cima nem embaixo. Ele só está lá."
"Ou então somos nós que estamos aqui", disse ela. "Talvez isso seja mais perto da realidade. Nós é que estamos em algum lugar."

Eles estavam gostando daquilo, daquela brincadeira um pouco provocativa, e ficaram parados perto da janela alta vendo o final da passeata, as faixas sendo baixadas e dobradas, a multidão se dissipando, se dissolvendo, gente indo em direção ao parque ou entrando na estação de metrô ou nas transversais. Era surpreendente, de certo modo, o que ele tinha dito, uma frase, cinco palavras, quanta coisa aquilo dizia sobre tudo que existe. O Sol é uma estrela. Quando foi que ela se deu conta disso e por que não se lembrava de quando foi? O Sol é uma estrela. Parecia uma revelação, uma nova maneira de pensar sobre o que somos, a maneira mais pura e que só agora finalmente se manifestava, uma espécie de arrepio místico, um despertar.

Talvez fosse só o cansaço dela. Hora de ir para casa, comer alguma coisa, tomar alguma coisa. Mais oito ou nove dias. Era comprar um livro para o garoto e ir para casa.

Naquela noite ela remexeu na coleção de discos de jazz de seu pai e tocou um ou dois lados para Justin. Depois que ele se deitou ela teve uma outra idéia e pegou uma enciclopédia de jazz numa prateleira alta e empoeirada, e lá estava a informação, em fonte de seis pontos, não apenas o ano mas também o mês e o dia. Era mesmo o aniversário de Charlie Parker.

Ela estava fazendo uma contagem regressiva, a partir do número cem, descendo de sete em sete. Isso lhe dava prazer. De vez em quando errava. Os números ímpares eram mais difíceis, eram uma espécie de trambolhão no espaço, pois resistiam ao fluxo suave dos números divisíveis por dois. Era por isso que queriam que ela contasse de sete em sete, para que não fosse tão fácil. Na maioria das vezes ela conseguia chegar aos números de um único dígito sem titubear. A transição mais tensa era a de vinte e três para dezesseis. Dava-lhe vontade de dizer dezessete. Por um triz ela não descia de trinta e sete para trinta e daí para vinte e três e daí para dezessete. O número ímpar se afirmando. Na clínica o médico sorriu diante daquele erro, ou então não o percebeu, ou então estava examinando uma folha impressa com os resultados de um exame. Ela se preocupava com os lapsos de memória, com tantos precedentes na história familiar. Ela também estava bem. Cérebro normal para a idade. Tinha quarenta e um anos e, pelos protocolos limitados do processo de captação de imagens, tudo parecia estar mais ou menos dentro da normalidade. Os ventrículos estavam dentro da normalidade, o bulbo raquidiano e o cerebelo, a base do crânio, a região dos seios cavernosos, a glândula pituitária. Tudo dentro da normalidade.

Fez os exames, a ressonância magnética, o psicométrico, pares de palavras, retenção de memória, concentração, caminhou em linha reta de uma parede a outra, fez contagem regressiva a partir de cem, de sete em sete.

Isso lhe dava prazer, a contagem regressiva, e às vezes ela repetia o feito no meio da rotina cotidiana, caminhando por uma rua, dentro de um táxi. Para ela era uma espécie de poesia lírica, subjetiva e sem rima, como uma canção, porém com um rigor, uma tradição de ordem fixa, só que regressiva, para testar a presença de um outro tipo de reversão, a que um médico deu o nome apropriado de retrogênese.

* * *

 Na Race & Sports Book, no centro da cidade, no velho cassino, havia cinco fileiras de mesas compridas de alturas diferentes. Ele instalou-se na extremidade da última mesa na fileira mais alta, virado para a frente, para cinco telas no alto da parede, as quais mostravam cavalos correndo em diversos fusos horários em algum lugar do planeta. Um homem lia uma brochura na mesa imediatamente abaixo da sua, o cigarro queimando até o fim na mão. Do outro lado da sala, no nível mais baixo, uma mulher grandalhona que usava um *training* com capuz estava sentada diante de um amontoado de jornais. Ele sabia que era uma mulher porque ela não estava usando o capuz, mas mesmo assim ele teria percebido, de algum modo, através dos gestos ou da postura, a maneira como ela abria as páginas e usava as mãos para alisá-las e depois empurrava as páginas que não estava lendo para o lado, na sala fracamente iluminada e enfumaçada.

 O cassino se espalhava atrás dele, à esquerda e à direita, uma ampla extensão de caça-níqueis iluminados a neon, quase todos agora abandonados pela pulsação humana. Mesmo assim sentia-se espremido, cercado pela penumbra, pelo teto baixo e pelo espesso resíduo de fumaça que aderia à sua pele e continha décadas de multidões e alvoroço.

 Eram oito da manhã e ele era a única pessoa que sabia disso. Olhou de relance para a extremidade oposta da mesa adjacente, onde um velho com os cabelos brancos presos num rabo-de-cavalo estava debruçado sobre o braço da poltrona, vendo os cavalos em plena corrida e demonstrando, com os movimentos tensos e involuntários do corpo inclinado, que havia dinheiro seu em jogo. Fora isso, estava imóvel. Aquela tensão era tudo que havia, e depois a voz do locutor, uma metralhadora, o único sinal de animação moderada: *Yankee Gal ultrapassando por dentro.*

Não havia mais ninguém nas mesas. Algumas corridas terminavam, outras começavam, ou então eram as mesmas corridas repetidas em uma ou mais de uma tela. Ele não estava prestando atenção. Havia lampejos de animação num outro grupo de telas, num nível mais baixo, acima da cabine do caixa. Ele viu o cigarro queimar até o fim na mão do homem que estava lendo o livro, imediatamente abaixo dele. Consultou o relógio mais uma vez. Sabia a hora e o dia da semana e ficou pensando quando seria que esses dados começariam a parecer irrelevantes.

O homem do rabo-de-cavalo levantou-se e saiu no trecho final de uma corrida em andamento, formando um tubo apertado com o jornal e batendo com ele na coxa. O ambiente fedia a abandono.

Depois de algum tempo Keith levantou-se e foi até a sala de pôquer, onde comprou fichas e sentou-se, pronto para o início do tal torneio.

Apenas três mesas estavam ocupadas. Por volta da septuagésima sétima rodada de *Texas hold'em*, ele começou a apreender a vida que havia em tudo aquilo, não para ele mas para os outros, uma pequena aurora de significado a despontar no fim do túnel. Observava a mulher sentada no outro lado da mesa, que piscava. Era magra, enrugada, difícil de ver, ali mesmo, a menos de dois metros dele, já ficando grisalha. Não queria saber quem ela era nem aonde ela iria quando aquilo terminasse, para que espécie de quarto em algum lugar, para pensar que espécie de pensamentos. Aquilo não terminava nunca. A graça era essa. Não havia nada fora do jogo a não ser um espaço apagado. Ela piscava e fazia seu lance, piscava e saía.

Ao longe, ainda no cassino, a voz enfumaçada do locutor, no replay. Yankee Gal estava ultrapassando por dentro.

Ela sentia falta daquelas noites com as amigas em que se podia falar de tudo. Não havia mantido contato com elas e não sentia culpa nem necessidade. Eram horas de conversas e risadas, rolhas de garrafas a pipocar. Sentia falta dos monólogos cômicos da meia-idade de pessoas morbidamente autocentradas. A comida acabava, o vinho nunca acabava, e quem era o homenzinho de gravata vermelha que reproduzia efeitos sonoros dos velhos filmes de submarino. Agora ela raramente saía, saía sozinha, voltava cedo. Sentia falta dos fins de semana de outono na casa de campo de alguém, folhas caindo e futebol americano, crianças escorregando por encostas gramadas, chicotinho-queimado, todos observados por dois cães altos e esguios, sentados, como seres mitológicos.

Ela não sentia o interesse de outrora, o antegozo do momento esperado. Além disso, tinha de pensar em Keith. Ele não ia querer. Ele nunca havia se sentido bem em ambientes como aqueles e seria impossível para ele agora se sentir de outro modo. As pessoas têm dificuldade de se aproximar dele no nível social mais simples. Elas têm a impressão de que vão ricochetear. Vão esbarrar numa parede e ricochetear.

A mãe, era da mãe que ela sentia falta. Nina estava o tempo todo a sua volta, mas apenas no ar meditativo, o rosto e o hálito, uma presença constante e próxima, em algum lugar.

Depois do culto em sua memória, quatro meses antes, um pequeno grupo saiu para almoçar no final da tarde. Martin havia chegado de avião de algum lugar, como sempre, da Europa, e estavam presentes dois ex-colegas de sua mãe.

Passaram uma hora e meia tranqüila, falando sobre Nina e outros assuntos, o trabalho que estavam fazendo, os lugares aonde tinham ido recentemente. A mulher, uma biógrafa, comeu pouco, falou bastante. O homem não disse nada. Era diretor de uma biblioteca de arte e arquitetura.

A tarde morria na hora do café. Então Martin disse: "Todos nós estamos cheios da América e dos americanos. Esse assunto nos dá náuseas".

Ele e Nina viram-se muito pouco nos últimos dois anos e meio de vida dela. Um tinha notícia do outro através dos amigos comuns ou de Lianne, que se mantinha em contato com Martin em caráter esporádico, por e-mail e telefone.

"Mas vou dizer uma coisa a vocês", ele prosseguiu.

Ela o encarou. Martin continuava com sua barba de treze dias, as pálpebras caídas de *jet lag* crônico. Estava com o tradicional terno amassado, seu uniforme, uma camisa que parecia não ter tirado para dormir, sem gravata. Uma pessoa deslocada ou profundamente conturbada, perdida no tempo. Mas agora estava mais pesado, o rosto largo começava a ficar inchado, as bochechas caídas, e a barba não conseguia mais disfarçar isso. Tinha o ar pressionado de um homem cujos olhos encolheram nas órbitas.

"Com todo o poder que este país usa de modo irresponsável, é o que eu digo, com todo o perigo que ele provoca no mundo, os Estados Unidos vão se tornar irrelevantes. Vocês acreditam?"

Ela não sabia direito por que tinha mantido contato com ele. Havia fortes motivos para não o fazer. Primeiro, as informações que ela tinha sobre ele, ainda que incompletas, e segundo, mais importante, os sentimentos de sua mãe por ele nos últimos tempos. Houve culpa por associação, culpa dele, quando as torres caíram.

"Tem uma palavra em alemão. *Gedankenübertragung*. Difusão de idéias. Todos nós estamos começando a ter essa idéia, da irrelevância americana. É uma espécie de telepatia. Em breve vai chegar o dia em que as pessoas só vão pensar neste país em termos do perigo que ele representa. Ele está perdendo a posição central. Está se tornando o centro de sua própria merda. É o único centro que ele ocupa."

Ela não sabia direito o que havia provocado aquilo, talvez algum comentário feito de passagem por alguém em algum momento. Talvez Martin estivesse discutindo com os mortos, com Nina. Os outros sem dúvida lamentavam ele não ter ido embora, os ex-colegas, antes do café e dos biscoitos. A ocasião não era apropriada, disse a mulher, para discutir política global. Nina faria isso melhor do que qualquer um de nós, disse ela, mas Nina não está aqui e esta conversa é um desrespeito à sua memória.

Martin afastou o argumento com um gesto de mão, recusando aquele estreitamento da conversa. Ele era um elo com sua mãe, pensou Lianne. Por isso ela havia mantido contato com ele. Mesmo quando sua mãe estava viva, morrendo aos poucos, ele ajudava Lianne a pensar nela de modo mais nítido. Dez ou quinze minutos ao telefone com ele, um homem que era uma figura de ressentimento mas também de amor e lembranças, ou conversas mais longas que quase chegavam a uma hora, e ela se sentia ao mesmo tempo mais triste e melhor, vendo a imagem de Nina como se imobilizada no tempo, vívida e alerta. Ela falava à mãe sobre esses telefonemas e ficava observando seu rosto, procurando com esforço algum sinal de luz.

Agora ela observava Martin.

Os ex-colegas insistiram em pagar a conta. Martin não se opôs. Não tinha mais nada a ver com eles. Representavam uma espécie de tato cauteloso que era coisa de funerais de Estado em países autocráticos. Antes de sair, o diretor da biblioteca pegou um girassol no vaso que havia no centro da mesa e o enfiou no bolso do paletó de Martin. Fez isso com um sorriso nos lábios, talvez hostil, talvez não. Então por fim falou, em pé junto à mesa e encaixando o corpo alongado numa capa de chuva.

"Se nós ocupamos o centro, é porque vocês nos botaram lá. Esse é o verdadeiro dilema de vocês", disse. "Apesar de tudo, continuamos sendo a América, vocês continuam sendo a Europa. Vocês vêem os nossos filmes, lêem os nossos livros, ouvem as nossas músicas, falam a nossa língua. Como é que podem parar de pensar em nós? Vocês nos vêem e nos ouvem o tempo todo. Pergunte a si mesmo. O que é que vem depois da América?"

Martin respondeu em voz baixa, num tom quase displicente, dirigindo-se a si próprio.

"Não conheço mais esta América. Não reconheço", disse. "Tem um espaço vazio onde antes ela ficava."

Eles permaneceram no restaurante, ela e Martin, os únicos clientes no salão comprido, abaixo do nível da rua, e conversaram por algum tempo. Ela lhe falou sobre os últimos meses difíceis da vida da mãe, os vasos sangüíneos que se rompiam, a perda do controle muscular, a fala arrastada e o olhar vazio. Ele ficou debruçado sobre a mesa, respirando fundo. Ela queria que Martin falasse sobre Nina, e ele falou. Ao que parecia, durante muito tempo ele só vira sua mãe sentada numa cadeira ou deitada na cama. Ele a levava a estúdios de artistas, ruínas bizantinas, auditórios onde ele dava palestras, de Barcelona a Tóquio.

"Eu imaginava, quando menina, que eu era ela. Às vezes eu ficava em pé no meio da sala e falava pra uma cadeira ou o sofá. Eu dizia coisas muito inteligentes sobre pintores. Eu sabia pronunciar todos os nomes, todos os nomes difíceis, eu conhecia as pinturas deles de ver nos livros ou nos museus."

"Você passava muito tempo sozinha."

"Eu não entendia por que minha mãe e meu pai se separaram. Minha mãe nunca cozinhava. Meu pai parecia que nunca comia. Qual era o problema?"

"Você vai ser sempre filha, eu acho. Primeiro e acima de tudo, é isso que você é."

"E você é sempre o quê?"

"Eu sou sempre o namorado da sua mãe. Muito tempo antes de a gente se conhecer. Sempre isso. A coisa estava esperando pra acontecer."

"Você quase consegue me fazer acreditar nisso."

A outra coisa em que ela queria acreditar era que o aspecto físico de Martin não significava doença nem alguma crise financeira grave que tivesse abalado seu moral. Era o final da longa história, ele e Nina, que havia causado aquele desânimo. Nada mais nada menos do que isso. Era no que ela acreditava e era o que a fazia sentir pena dele.

"Tem pessoas que têm sorte. Elas acabam sendo o que elas tinham mesmo que ser", disse ele. "Isso só aconteceu comigo quando eu conheci sua mãe. Um dia nós começamos a conversar e nunca mais terminou, a conversa."

"Mesmo depois que tudo terminou."

"Mesmo quando a gente não conseguia encontrar nada de agradável pra dizer, nada de nada pra dizer. A conversa nunca terminou."

"Eu acredito em você."

"Desde o primeiro dia."

"Na Itália", disse ela.

"É. É verdade."

"E o segundo dia. Na frente de uma igreja", disse ela. "Vocês dois. E alguém tirou a foto de vocês."

Ele levantou a vista e pareceu examiná-la, perguntando-se o que mais ela sabia. Ela não queria lhe dizer o que sabia nem que não havia feito nenhuma tentativa de descobrir mais coisas. Não tinha ido a uma biblioteca para estudar a história dos movimentos clandestinos daquela época, não havia vasculhado a internet à procura de sinais do homem chamado Ernst Hechinger. Sua mãe não tinha feito isso, ela também não.

"Tenho que pegar um avião."

"O que é que você faria sem os seus aviões?"

"Tem sempre um avião pra gente pegar."

"Onde você estaria?", ela perguntou. "Uma única cidade, qual delas?"

Ele tinha vindo só por um dia, sem mala nem bagagem de mão. Tinha vendido seu apartamento em Nova York e reduzido seus compromissos ali.

"Acho que não estou preparado pra enfrentar essa pergunta. Uma única cidade", disse ele, "pra mim é uma armadilha."

Ele era conhecido no restaurante, e o garçom trouxe conhaques por conta da casa. Ficaram mais um tempo, até quase escurecer. Ela se deu conta de que nunca mais o veria.

Ela havia respeitado o segredo dele, se submetido a seu mistério. Fosse o que fosse que ele havia feito, não era algo que a impedisse de ter empatia por ele. Ela conseguia imaginar a vida dele, a de antes e a de agora, detectar o pulso confuso de uma consciência anterior. Talvez ele fosse um terrorista, mas era um dos nossos, ela pensou, e aquele pensamento lhe provocou repulsa, vergonha — um dos nossos, ou seja, ateu, ocidental, branco.

Martin se levantou e tirou a flor do bolso do paletó. Em seguida, cheirou-a e jogou-a na mesa, sorrindo para Lianne. Suas mãos se tocaram rapidamente e eles saíram, e ela o viu andar até a esquina, de braço erguido para a maré de táxis que passava.

11.

O carteador apertou o botão verde, um baralho novo subiu até o nível da mesa.

Durante os meses em que estava estudando o jogo, ele passava a maior parte do tempo na Strip, sentado em espreguiçadeiras de couro nas salas de apostas, debruçado sobre as mesas de pôquer iluminadas por luminárias baixas. Finalmente estava ganhando dinheiro, quantias discretas que começavam a se tornar consistentes. Também ia para casa de tempos em tempos, três ou quatro dias, amor, sexo, paternidade, comida caseira, mas por vezes não sabia o que dizer. Não havia uma linguagem, era a impressão que tinha, em que pudesse lhes dizer de que modo passava seus dias e suas noites.

Logo sentia necessidade de voltar para lá. Quando o avião começava a descer no deserto, ele quase chegava a acreditar que sempre conhecera aquele lugar. Havia métodos e rotinas tradicionais. De táxi até o cassino, de táxi de volta para o hotel. Satisfazia-se com duas refeições por dia, não precisava de mais que isso. O calor pressionava o metal e o vidro, fazia com que as ruas parecessem tremeluzir. Na mesa de jogo não ficava examinando os outros jogadores para captar sinais, não lhe importava se tossiam ou pareciam entediados ou coçavam o antebraço. Examinava as cartas e conhecia as tendências. Isso e mais a mulher que piscava. Lembrava-se dela, no cassino do centro, invisível não fossem os olhos ariscos. O piscar de olhos dela não era um sinal, mas apenas quem ela era, mãe de algum homem crescido, jogando fichas no bolo, piscando por um ditame da natureza, como um vaga-lume num campo. Ele bebia bebidas fortes só em pouca quantidade, quase não bebia, e se permitia cinco horas de sono, quase não se dando conta dos limites e restrições que estabelecia para si próprio. Jamais lhe ocorria a idéia de acender um charuto, como nos velhos tempos, nas rodas de pôquer de outrora. Caminhava por saguões de hotéis apinhados de gente com pinturas sistinas no teto e penetrava os salões feéricos deste ou daquele cassino, sem olhar para as pessoas, praticamente não vendo ninguém, mas toda vez que entrava no avião olhava para os rostos dos dois lados do corredor, tentando identificar o homem ou os homens que poderiam representar um perigo para todos.

Quando a coisa aconteceu, ele perguntou a si próprio por que motivo não a havia previsto. Aconteceu num dos cassinos de alto nível, quinhentos jogadores reunidos para um torneio de *Texas hold'em* com cacife pesado. Ali, na extremidade oposta da sala, acima das cabeças reunidas em torno das mesas, um homem fazia uma série de exercícios de flexão, soltando o pescoço e os músculos dos ombros, fazendo o sangue fluir. Havia algo de ritual puro em seus movimentos, algo que ia além do funcional. Ele respirou fundo algumas vezes, respiração abdominal, depois sua mão se aproximou da mesa e pareceu acrescentar algumas fichas ao bolo sem ter acompanhado as jogadas. O homem era estranhamente familiar. O estranho era o fato de que, passados alguns anos, uma pessoa pudesse parecer tão diferente, ao mesmo tempo que continuava a ser ela própria fora de qualquer dúvida. Só podia ser Terry Cheng, que agora voltava a se acomodar em sua cadeira, saindo da linha de visão de Keith, e era óbvio que tinha que ser ele porque como poderia aquilo tudo estar acontecendo, o circuito do pôquer, o fluxo torrencial de dinheiro, os quartos de hotel de cortesia e a competição acirrada, sem a presença de Terry Cheng?

Foi só no dia seguinte, quando a mulher no pódio anunciava os lugares disponíveis em certas mesas, que os dois se viram lado a lado diante da grade.

Terry Cheng exibiu um sorriso lânguido. Estava com óculos escuros e um paletó verde-oliva de lapelas largas e botões reluzentes. O paletó era grande demais para ele, sobrando na altura dos ombros. Usava calças largas e chinelos do hotel, veludo sintético, e uma camisa de seda gasta por excesso de uso.

Keith meio que esperava ouvi-lo falar em mandarim do século v.

"Eu estava estranhando você ainda não ter me reconhecido."

"Você já tinha me visto, imagino."

"Há mais ou menos uma semana", disse Terry.

"E não disse nada."

"Você estava concentrado no jogo. Dizer o quê? Quando olhei de novo, você não estava mais lá."

"Eu vou à sala de apostas pra relaxar. Comer um sanduíche e tomar uma cerveja. Gosto daquela agitação de lá, todas aquelas telas, aqueles esportes todos. Eu tomo a minha cerveja e meio que me desligo de tudo."

"Eu gosto de ficar perto da cascata. Peço uma bebida fraca. Dez mil pessoas a meu redor. No aquário, no jardim, nos caça-níqueis. Fico tomando uma bebida fraca."

Terry parecia estar inclinado para a esquerda, como um homem prestes a se encaminhar para uma porta de saída. Havia perdido peso, parecia mais velho e falava com uma voz diferente, áspera.

"Você está hospedado aqui."

"Sempre que eu venho a Las Vegas. Os quartos são grandes, pé-direito alto", disse Terry. "Tem uma parede que é só janela."

"Pra você é de graça."

"Só gastos extras."

"Um jogador sério."

"Eu estou no computador deles. Tudo está no computador deles. Tudo é registrado. Se você pega uma coisa dentro do frigobar e não põe de volta no lugar em menos de sessenta segundos, o item é cobrado direto, na mesma hora, na sua conta."

Ele gostava disso, Terry. Já Keith não tinha certeza.

"Quando você faz o *check-in*, eles te dão um mapa. Eu ainda preciso do meu, depois desse tempo todo. Nunca sei onde estou. O serviço de quarto traz saquinhos de chá em forma de pirâmide. Tudo é cheio de dimensões. Eu peço a eles que não me tragam jornal. Se você não lê jornal, nunca fica com um dia de atraso."

Conversaram por mais um minuto, depois foram para as suas respectivas mesas sem combinar de se encontrar depois. A idéia de depois era abstrata demais.

O garoto estava em pé, à cabeceira da mesa, passando mostarda no pão. Ela não via sinal de nenhum outro tipo de comida.

Ela disse: "Eu tinha uma caneta decente. Meio que prateada. Quem sabe você não a viu".

Ele parou e apertou os olhos, o rosto foi ficando vidrado. Isso queria dizer que ele tinha visto a caneta e a tinha usado e perdido, ou então a dera a alguém ou a trocara por alguma bobagem.

"A gente não tem nenhum instrumento de escrever de respeito nesta casa."

Ela sabia o que isso parecia indicar.

"Você tem uns cem lápis e nós temos umas dez esferográficas vagabundas."

Aquilo parecia o declínio e a queda da comunicação verbal numa superfície como a do papel. Ela o viu mergulhar de novo a faca no pote e passar a mostarda cuidadosamente junto às bordas da fatia de pão.

"O que é que tem as esferográficas?", ele perguntou.

"Elas são vagabundas."

"Por que é que lápis é vagabundo?"

"Lápis, não. Madeira e grafite. Lápis é coisa séria. Madeira e grafite. Materiais da terra. É por isso que lápis a gente respeita."

"Aonde que ele vai dessa vez?"

"Paris. Um torneio importante. Sou capaz de passar uns dias lá com ele."

Ele parou e pensou de novo.

"E eu?"

"Você vive a sua vida. Apenas não esqueça de trancar a porta quando chegar em casa de noite depois da gandaia."

"É, está bem."

"Você sabe o que é gandaia?"

"Mais ou menos."

"Eu também. Mais ou menos", disse ela. "E não vou viajar, não."

"E você acha que eu não sei?"

Ela estava parada junto à janela vendo-o dobrar o pão e dar uma mordida. Era pão integral, nove cereais, dez cereais, sem gordura trans, muita fibra. A mostarda, ela não sabia o que era.

"O que foi que você fez com a caneta? Caneta de prata. Você sabe do que estou falando."

"Acho que foi ele que pegou."

"Você acha o quê? Não, não foi ele, não. Ele não precisa de caneta."

"Ele precisa pra escrever. Como todo mundo."

"Não foi ele, não."

"Não estou botando a culpa nele, não. Estou só falando."

"Essa caneta não foi ele, não. Então onde que ela está?"
Ele olhou para a mesa.
"Acho que foi ele que pegou. De repente ele pegou e nem reparou. Não estou botando a culpa nele, não."
Ele continuava parado, com o pão na mão, e não olhava para ela.
Ele disse: "Falando sério, acho que foi ele que pegou, sim".

Pessoas para todos os lados, muitas com máquinas fotográficas.
"Você aperfeiçoou o seu jogo", disse Terry.
"Mais ou menos."
"A situação vai mudar. Toda a atenção, a cobertura televisiva, o bando de amadores, tudo isso vai passar logo."
"Isso é bom."
"Isso é bom", disse Terry.
"Mas nós continuamos."
"Nós somos jogadores de pôquer", ele disse.
Estavam no saguão perto da cascata, tomando refrigerantes e comendo tira-gostos. Terry Cheng usava os chinelos do hotel, sem meias, esquecido do cigarro que ardia em seu cinzeiro.
"Tem um jogo clandestino, privado, apostas altas, cidades seletas. É como se fosse uma religião proibida aparecendo outra vez. Pôquer aberto de cinco cartas, e fechado."
"O nosso velho jogo."
"Tem duas rodas. Phoenix e Dallas. Como é que chama aquele bairro de Dallas? O chique."
"Highland Park."
"Gente rica, gente mais velha, líderes da comunidade. Sabem do jogo, respeitam o jogo."
"Aberto de cinco cartas."
"Aberto e fechado."

"Você se dá bem. Você ganha muito", disse Keith.
"Eu sou dono até da alma deles", disse Terry.
Multidões perambulavam pelo saguão aberto, que lembrava vagamente um carrossel, hóspedes do hotel, jogadores, turistas, gente indo para os restaurantes, as lojas chiques, a galeria de arte.
"Você fumava naquela época, no tempo em que a gente jogava?"
"Não sei. Eu fumava?", perguntou Terry.
"Acho que você era o único que não fumava. Vários fumavam charuto e um, cigarro. Mas acho que não era você, não."
Havia instantes isolados, de vez em quando, sentados ali, em que Terry Cheng parecia voltar a ser o homem das rodas de pôquer do apartamento de Keith, dividindo as fichas com gestos rápidos e precisos depois das rodadas de *high-low*. Terry era um deles, só que melhor no baralho, e no fundo não era um deles, não.
"Você viu aquele cara na minha mesa?"
"O da máscara cirúrgica."
"Ele ganha muito", disse Terry.
"De repente isso pega."
"A máscara, é."
"Três ou quatro pessoas um dia aparecem com máscara cirúrgica."
"Ninguém sabe por quê."
"Então depois mais dez e depois mais dez. Que nem aqueles ciclistas na China."
"Seja o que for", disse Terry. "Isso mesmo."
Um seguia a linha de pensamento do outro pela trilha mais estreita. Ao redor deles uma cacofonia averbal penetrava tão fundo no ar, nas paredes e nos móveis, nos corpos em movimento dos homens e mulheres, que não era fácil distingui-la do silêncio.
"É diferente do circuito. Eles bebem bourbon envelhecido e as mulheres deles ficam numa outra sala."

"Dallas, não é?"
"É."
"Não sei, não."
"Tem um jogo que está começando em Los Angeles. Mesmo esquema, aberto e fechado. Pessoal mais jovem. Como os cristãos primitivos nas catacumbas. Pensa nisso."
"Não sei, não. Não sei se eu ia conseguir sobreviver duas noites nesse tipo de situação social."
"Acho que era o Rumsey. O único", disse Terry, "que fumava cigarro."

Keith olhava para a cascata, a quarenta metros dali. Deu-se conta de que não sabia se ela era real ou simulada. O fluxo era uniforme e o som de água caindo podia perfeitamente ser um efeito digital, tal como a própria cascata.

Ele disse: "O Rumsey era charuto".

"O Rumsey era charuto. Acho que você tem razão."

Apesar de seu jeito displicente, das roupas grandes demais para ele, sua tendência a se perder nas profundezas do hotel e no território circunjacente, Terry havia criado raízes profundas naquela vida. Ali não havia regras de correspondência. Uma coisa não era equilibrada por outra. Não havia um elemento que pudesse ser visto à luz de outro elemento. Era tudo uma coisa só, qualquer que fosse o lugar, a cidade, o prêmio. Keith compreendia a lógica disso. Isso era melhor do que rodas privadas, com conversa fiada e esposas preparando arranjos florais, um formato que agradava à vaidade de Terry, ele pensou, mas não se comparava com o anonimato crucial daqueles dias e semanas, um número incontável de vidas a se misturar, todas elas sem nenhuma história pessoal.

"Você já olhou pra aquela cascata? Sabe dizer se isso que você está vendo é água, água de verdade, e não um efeito especial?"

"Eu não penso nisso. Não é pra gente pensar nisso", disse Terry.

Seu cigarro queimara todo, sobrando apenas o filtro.

"Eu trabalhava mais na zona central de Manhattan. Não senti o impacto que os outros sentiram, lá no sul, onde você estava", disse ele. "Me contaram, alguém me contou, que a mãe do Rumsey. O que é que foi mesmo? Ela pegou um sapato. Ela pegou um dos sapatos dele e uma lâmina de barbear. Ela foi até o apartamento dele e pegou essas coisas, tudo que ela encontrou que pudesse conter material genético, vestígios de pêlo ou pele. Tinha um centro onde as pessoas levavam essas coisas pra fazer exame de DNA."

Keith olhava para a cascata.

"Ela voltou um ou dois dias depois. Quem foi mesmo que me contou isso? Ela pegou uma outra coisa, sei lá, uma escova de dentes. Depois voltou mais uma vez. Pegou mais uma coisa. Depois voltou outra vez. Aí eles mudaram de lugar o tal centro. Foi aí que ela parou de ir."

Terry Cheng, o Terry de antigamente, nunca fora de falar tanto. Relatar até mesmo uma história curta era algo que estava fora dos limites do que lhe parecia ser um autocontrole superior.

"Eu dizia às pessoas. Elas diziam onde é que estavam, onde é que trabalhavam. Eu dizia: na zona central. Era como se dissesse uma coisa neutra, lugar nenhum. Me contaram que ele pulou pela janela, o Rumsey."

Keith olhava para a cascata. Era melhor do que fechar os olhos. Se fechasse os olhos, veria alguma coisa.

"Você voltou a trabalhar na firma de advocacia por uns tempos. Eu me lembro de que nós conversamos."

"Era uma outra firma, não de advocacia."

"Seja o que for", disse Terry.

"Isso mesmo, seja o que for."

"Mas nós estamos aqui e vamos continuar aqui quando passar essa onda."

"Você continua jogando pela internet."

"É, mas não consigo largar isto aqui. Nós vamos estar aqui."

"E o homem da máscara cirúrgica."
"É, ele vai estar aqui."
"E a mulher que pisca."
"Nunca vi a mulher que pisca", disse Terry.
"Um dia desses eu ainda falo com ela."
"O anão você já viu."
"Só uma vez. Depois ele sumiu."
"Um anão chamado Carlo. Ele perde muito. É o único jogador de quem eu sei o nome, além de você. Sei o nome porque é o nome de um anão. Não tem nenhum outro motivo pra eu saber."

Atrás dele, os caça-níqueis borbulhavam.

Quando ouviu a notícia no rádio, Escola Número Um, muitas crianças, ele sentiu que tinha de ligar para ela. Terroristas fazendo reféns, o cerco, as explosões, era na Rússia, em algum lugar, centenas de mortos, muitas crianças.

Ela falava em voz baixa.

"Eles sabiam. Criaram uma situação que sabiam que ia dar nisso, com crianças. É claro, eles sabiam. Foram lá pra morrer. Criaram uma situação, com crianças, exatamente, e sabiam como ia terminar. Eles só podiam saber."

Fez-se silêncio nos dois lados da linha. Depois de algum tempo ela disse que estava quente, vinte e tantos graus, e acrescentou que o garoto estava bem, o garoto estava ótimo. Havia tensão em sua voz, seguida por outro silêncio. Ele tentou vasculhar esse silêncio, encontrar a ligação com os comentários dela. No intervalo profundo, começou a ver a si próprio parado exatamente onde estava, num quarto em algum lugar, num hotel em algum lugar, com um telefone na mão.

Ela disse que os resultados do exame estavam dentro da normalidade. Não havia sinal de alteração. Ela disse várias vezes *dentro da normalidade*. Adorava a expressão. A expressão conotava um alívio imenso. Nada de lesões, hemorragias nem infartos. Ela leu os resultados para ele e ele, parado em pé no quarto do hotel, ficou ouvindo. Havia muita coisa a lhe dizer que estava dentro da normalidade. Ela adorava a palavra *infarto*. Então ela disse que não tinha certeza se acreditava naqueles resultados. Por ora, tudo bem, mas e depois? Ele já lhe dissera muitas vezes e disse mais uma vez que ela estava procurando um motivo para ter medo. Não era medo, ela retrucou, só ceticismo. Ela estava bem. A morfologia dela era normal, disse, citando os resultados. Adorava esse termo, mas não conseguia acreditar por completo que se referia a ela. Era uma questão de ceticismo, ela disse, vem do grego, cético. Então falou sobre o pai. Estava um pouco alta, não completamente bêbada, mas só um pouco, ela nunca passava disso. Falou sobre o pai e perguntou sobre o pai dele. Então riu e disse: "Escuta só", e começou a recitar uma série de números, com um intervalo ritmado entre eles, num tom alegre e musical.

Cem, noventa e três, oitenta e seis, setenta e nove.

Ele sentia falta do garoto. Nenhum dos dois gostava de conversar pelo telefone. Como é que se fala com um garoto pelo telefone? Ele conversava com ela. Conversavam às vezes no meio da noite, no fuso horário dela, ou no meio da noite, no fuso horário dele. Ela descrevia a posição em que estava na cama, encolhida, a mão entre as pernas, ou o corpo esparramado sobre os lençóis, o telefone em cima do travesseiro, e ele a ouvia murmurar na distância dupla, mão no seio, mão na boceta, vendo-a com tanta clareza que tinha a impressão de que a cabeça ia explodir.

12.

Havia uma mostra de quadros de Morandi numa galeria em Chelsea, naturezas-mortas, seis, e alguns desenhos, naturezas-mortas, e ela naturalmente foi. Tinha sentimentos contraditórios, mas foi assim mesmo. Pois até mesmo aquilo, garrafas e jarros, um vaso, um copo, formas simples em óleo sobre tela, lápis no papel, lançava-a de volta a toda aquela história, a força dos argumentos, as percepções, a política letal, sua mãe e o namorado de sua mãe.

Nina havia insistido em devolver os dois quadros que tinha na parede da sala. Os quadros voltaram para Martin quando o conflito entre eles ainda estava no início, junto com as velhas fotos de passaporte. Eram obras com meio século de idade, as pinturas, e as fotos eram muito mais antigas, na maioria, e as duas mulheres as amavam. Porém ela fez o que a mãe queria, despachou os objetos, pensou no valor monetário das pinturas, respeitou a integridade da mãe, pensou nas pinturas em si, enviadas a Berlim, para serem regateadas e vendidas em transações via celular. Sem elas, a sala era como um túmulo.

A galeria ficava num velho prédio industrial com um elevador gradeado que exigia a presença de um ser humano ao vivo o tempo todo para operar o controle rotativo, levando os visitantes poço acima e poço abaixo.

Ela passou por um corredor longo e escuro e encontrou a galeria. Não havia ninguém lá. Aproximou-se da primeira tela e ficou olhando. A mostra era pequena, as pinturas eram pequenas. Deu um passo para trás, chegou mais perto. Gostava de estar ali, sozinha na sala, olhando.

Passou um bom tempo olhando para o terceiro quadro. Era uma variação em torno de uma das pinturas que pertenceram a sua mãe. Observou a natureza e a forma de cada objeto, sua localização, os retângulos altos e escuros, a garrafa branca. Não conseguia parar de olhar. Havia algo oculto na pintura. A sala de Nina estava ali, memória e movimento. Os objetos no quadro quase desapareceram dentro das figuras atrás deles, a mulher fumando na poltrona, o homem em pé. Depois de algum tempo ela passou para a próxima pintura e depois para mais outra, fixando cada uma na mente, e por fim chegou aos desenhos. Ainda não havia se aproximado dos desenhos.

Entrou um homem. Ele se interessou em olhar para ela antes de olhar para os quadros. Talvez julgasse ter direito a certas liberdades porque eram pessoas de gosto parecido num prédio caindo aos pedaços, ambas ali para ver obras de arte.

Ela passou pela porta aberta e entrou no escritório, onde os desenhos estavam expostos. Havia um jovem sentado à mesa, debruçado sobre um laptop. Ela examinou os desenhos. Não sabia por que olhava para eles com tanta concentração. Estava indo além do prazer e realizando uma espécie de assimilação. Tentava absorver a coisa que via, levá-la para casa, mergulhar nela, dormir envolta nela. Não havia muita coisa para ver. Transformá-la em tecido vivo, na pessoa que ela era.

Voltou à sala principal, mas não conseguiu olhar para as obras da mesma maneira na presença do homem, estivesse ou não ele olhando para ela. O homem não estava olhando para ela, mas estava presente, faixa dos cinqüenta, pele curtida como couro, monocromia de foto de ficha policial, provavelmente pintor, e ela saiu da sala e atravessou o corredor, e depois apertou o botão do elevador.

Deu-se conta de que não havia pegado o catálogo, mas não voltou. Não precisava de catálogo. O elevador subiu chacoalhando. Nada de distanciado naquelas obras, nada que estivesse desvinculado de associações pessoais. Todas as pinturas e desenhos tinham o mesmo título. *Natura morta*. Até mesmo esse termo a levava de volta aos últimos dias da mãe.

Havia momentos, no salão de apostas, em que ele olhava de relance para uma das telas e não sabia se estava vendo o fragmento de um evento ao vivo ou um replay em câmara lenta. Essa incerteza deveria preocupá-lo, tinha a ver com o funcionamento básico do cérebro, uma realidade em oposição a outra, mas tudo parecia ser uma questão de distinções falsas, depressa, devagar, agora, antes, ele tomava sua cerveja e escutava a mixórdia de sons.

Nunca apostava naqueles eventos. O que o atraía ali era o efeito sobre os sentidos. Tudo acontecia à distância, até mesmo o ruído mais próximo. O salão de pé-direito alto era mal iluminado, homens sentados com a cabeça levantada, ou em pé, ou passando por ali, e da tensão furtiva no ar irrompiam gritos, um cavalo se destacando dos outros, um cavalo chegando em segundo lugar, e a ação passa para o primeiro plano, de lá para aqui, vida ou morte. Ele gostava de ouvir aquelas explosões viscerais, homens em pé, gritando, uma áspera rajada de vozes que introduziam calor e emoção escancarada na suavidade sepulcral do ambiente. Então tudo terminava, numa questão de segundos, e também isso lhe agradava.

Ele mostrava seu dinheiro no salão de pôquer. As cartas caíam a esmo, nenhuma causa imaginável, porém ele era sempre o agente do livre-arbítrio. Sorte, acaso, ninguém sabia o que eram essas coisas. Apenas se presumia que elas afetassem os eventos. Ele tinha memória, juízo, capacidade de decidir o que é verdadeiro, o que é uma alegação, quando atacar, quando recuar. Tinha uma certa quantidade de tranqüilidade, de isolamento calculado, e uma certa lógica a que podia recorrer. Terry Cheng dizia que a única lógica verdadeira no jogo era a lógica da personalidade. Mas o jogo tinha estrutura, princípios ordenadores, deliciosos interlúdios de lógica onírica em que o jogador sabe que a carta de que ele necessita é a carta que certamente vem. Então, sempre, no instante crucial que se repetia vez após vez, a opção, sim ou não. Pagar para ver ou aumentar, pagar para ver ou fugir, o pequeno pulso binário localizado atrás dos olhos, a opção que traz à mente a consciência de quem se é. Era dele, aquele sim ou não, dele e não de um cavalo correndo na lama em algum lugar de Nova Jersey.

Ela vivia num clima de iminência constante.

Eles se abraçavam sem dizer nada. Depois falavam numa voz baixa que continha nuanças de tato. Partilhavam quase quatro dias inteiros de comentários indiretos até começarem a falar sobre as coisas importantes. Era um tempo perdido, desde a primeira hora destinado a ser esquecido. Ela se lembrava da música. Passavam as noites na cama com as janelas abertas, ruídos de tráfego, vozes bem nítidas, cinco ou seis garotas andando pela rua às duas da manhã, cantando uma velha canção de rock que ela cantou junto com elas, baixinho, amorosamente, palavra por palavra, imitando os sotaques, as pausas e as quebras, entristecendo-se ao constatar que as vozes se afastavam. As palavras, as deles próprios, não eram muito mais do que sons, correntes de ar, hálito sem forma, corpos falando. Quando tinham sorte, soprava uma brisa, mas mesmo no calor úmido do andar de cima, sob um telhado recoberto de piche, ela conservava o ar-condicionado desligado. Ele tinha necessidade de sentir ar de verdade, dizia ela, num quarto de verdade, com trovão roncando bem perto dali.

Nessas noites ela ficava com a impressão de que estavam escapando do mundo. Não era uma ilusão erótica. Ela continuava a se recolher, porém tranqüila, tudo sob controle. Ele se excluía, como sempre, mas agora com uma medida espacial, de milhas voadas e cidades, uma dimensão de distância literal entre ele e os outros.

Levaram o garoto para alguns museus e depois ela foi vê-los jogar beisebol no parque. Justin arremessava a bola com força. Não perdia tempo. Arrancava a bola do ar, pegava-a com a mão sem luva, passava-a para a mão da luva, recuava e jogava com força, e depois, no arremesso seguinte, talvez com mais força ainda. Era como uma máquina de arremessar provida de cabelos e dentes, calibrada para atingir a velocidade máxima. Keith achou graça, depois ficou impressionado, depois perplexo. Disse ao garoto para se acalmar, relaxar. Disse a ele que precisava de distensão. Primeiro é a tensão, depois o lance, depois a distensão. Disse a ele que a bola estava queimando sua mão de velho.

Ela encontrou um torneio de pôquer na televisão. Ele estava no cômodo ao lado examinando uma avalanche de correspondência acumulada. Ela via três ou quatro mesas, em plano geral, espectadores sentados entre elas, formando pequenos grupos, numa luz azulada sinistra. As mesas estavam ligeiramente elevadas, os jogadores imersos num brilho fluorescente e recurvados, numa tensão mortal. Ela não sabia onde isso ocorria, nem quando, e não sabia por que o método normal não estava sendo utilizado, closes de polegares, mãos, cartas e rostos. Porém ficou assistindo. Tirou o som e ficou vendo os jogadores dispostos em torno das mesas enquanto a câmara lentamente percorria a sala, e se deu conta de que estava esperando ver Keith. Os espectadores, imersos naquela luz violeta gelada, não estavam vendo quase nada. Ela queria ver o marido. A câmara mostrava o rosto dos jogadores que antes não eram visíveis e ela os examinava um por um. Imaginou a si própria como um personagem de desenho animado, uma idiota completa, correndo para o quarto de Justin, descabelada, arrancando o garoto da cama e colocando-o na frente da tela para que ele pudesse ver o pai, *Olha*, no Rio ou em Londres ou em Las Vegas. O pai dele estava a dez metros de distância, sentado diante da mesa no cômodo ao lado, lendo extratos bancários e fazendo cheques. Ela ficou mais algum tempo assistindo, procurando por ele, e depois parou.

Conversaram no quarto dia, sentados na sala, tarde da noite, com um moscardo grudado no teto.

"Tem coisas que eu entendo."

"Certo."

"Eu entendo que tem homens que nunca estão totalmente presentes. Não vou dizer homens. Pessoas. Pessoas que às vezes ficam mais ou menos obscuras."

"Isso você entende."

"Elas se protegem dessa maneira, e protegem os outros também. Isso eu entendo. Mas tem uma outra coisa que é a família. É aí que eu quero chegar, que a gente precisa continuar junto, conservar a família. Só nós, nós três, uma coisa a longo prazo, debaixo do mesmo teto, não todos os dias do ano, nem todos os meses, mas com a idéia de que a gente é permanente. Numa época como esta, a família é necessária. Você não acha? Estar juntos, ficar juntos? É assim que a gente agüenta as coisas que quase nos matam de medo."

"Certo."

"Nós precisamos um do outro. Pessoas respirando o mesmo ar, só isso."

"Certo", ele disse.
"Mas eu sei o que está acontecendo. Você vai acabar sumindo. Estou preparada pra isso. Você vai ficar cada vez mais tempo longe, e sumir em algum lugar. Eu sei o que você quer. Não é exatamente vontade de desaparecer. Tem uma coisa que causa isso. O desaparecimento é a conseqüência. Ou talvez o castigo."
"Você sabe o que eu quero. Eu não sei. Você sabe."
"Você quer matar alguém", ela disse.
Ela não olhou para ele ao dizer isso.
"Você quer fazer isso já há algum tempo", ela prosseguiu. "Não sei como a coisa funciona, como é que você se sente. Mas é uma coisa que você leva dentro de você."
Tendo dito aquilo, ela já não tinha mais certeza de que acreditava no que dissera. Mas estava certa de que ele jamais meditara sobre a questão. Estava em sua pele, talvez apenas um pulsar na têmpora, um ritmo quase imperceptível numa pequena veia azul. Ela sabia que havia algo que precisava ser satisfeito, uma questão a ser resolvida por completo, e achava que era isso que estava por trás da inquietação dele.
"Pena eu não poder entrar pro exército. Passei da idade", disse ele, "senão eu podia matar sem nenhum problema e depois voltar para casa e a família."
Estava bebendo uísque, em goles pequenos, puro, e sorrindo um pouco do que dissera.
"Você não pode voltar pro emprego de antes. Isso eu entendo."
"O emprego. O emprego não era muito diferente do que eu tinha antes de tudo isso acontecer. Mas isso foi antes, agora é depois."
"Eu sei que as vidas não costumam fazer sentido. Quer dizer, neste país, o que é que faz sentido? Eu não posso sentar nessa poltrona e dizer: vamos passar um mês fora. Eu não vou me rebaixar a dizer uma coisa dessas. Porque isso seria outro mundo, o mundo

que faz sentido. Mas escuta. Você era mais forte que eu. Você me ajudou a chegar até aqui. Eu não sei o que teria acontecido."

"Eu não posso falar em força. Que força?"

"Era o que eu ouvia e sentia. Você é que estava na torre, mas eu é que pirei. Agora, porra, não sei mais."

Depois de uma pausa ele disse: "Eu também não sei", e os dois riram.

"Eu ficava vendo você dormir. Sei que parece estranho. Mas não era estranho, não. Só por ser você quem era, por estar vivo e ter voltado pra nós. Eu ficava olhando. Tinha a impressão de que agora eu conhecia você de uma maneira que nunca tinha conhecido antes. A gente era uma família. Foi isso. Foi assim que a gente fez."

"Olha, confia em mim."

"Certo."

"Não estou decidido a fazer nada de permanente", disse ele. "Eu passo uns tempos fora, depois volto. Não vou desaparecer, não. Não vou fazer nada radical. Eu estou aqui agora e vou voltar. Você quer que eu volte. Certo?"

"Certo."

"Eu vou e volto. É simples."

"Vai entrar dinheiro", disse ela. "A venda está quase fechada."

"Vai entrar dinheiro."

"Vai", disse ela.

Ele a ajudara a resolver os detalhes da venda do apartamento da mãe dela. Ele lera os contratos, fizera os ajustes e enviara as instruções por e-mail de um cassino situado em alguma reserva indígena onde estava havendo um torneio.

"Vai entrar dinheiro", ele repetiu. "A educação do garoto. Daqui até a faculdade, onze ou doze anos, uma dinheirama infernal. Mas não é isso que você está dizendo. Você está dizendo que dá pra gente se segurar se eu perder muito dinheiro no pôquer. Isso não vai acontecer."

"Se você acredita, eu acredito."

"Não aconteceu e não vai acontecer", ele disse.

"E Paris? Isso vai acontecer?"

"Virou Atlantic City. Daqui a um mês."

"O carcereiro permite visitas íntimas?"

"Você não está a fim de ir."

"Não estou, não. Você tem razão", disse ela. "Por que pensar nisso é uma coisa. Ver ia me deixar deprimida. Gente sentada em volta da mesa embaralhando, embaralhando. Uma semana depois da outra. Quer dizer, pegar um avião pra ir jogar baralho. Quer dizer, deixando de lado o absurdo, a loucura totalmente psicótica, não tem uma coisa muito melancólica nisso?"

"Você mesma disse. As vidas não costumam fazer sentido."

"Mas não é desgastante? Não te deixa derrubado? Deve abater o seu ânimo. Quer dizer, eu estava vendo na televisão outro dia. Uma temporada no inferno. Tique-taque tique-taque. O que acontece depois de meses dessa vida? Ou então anos. Você se transforma no quê?"

Ele olhou para ela e fez que sim com a cabeça como se concordasse e depois continuou a balançar a cabeça, levando o gesto a um outro nível, uma espécie de sono profundo, uma narcolepsia, os olhos abertos, o cérebro desligado.

Havia uma última coisa, óbvia demais para precisar ser dita. Ela queria viver com segurança no mundo e ele não queria.

13.

Quando, alguns meses antes, foi convocada para atuar num júri e compareceu ao tribunal com quinhentos outros jurados em potencial e ficou sabendo que o julgamento em questão envolvia uma advogada acusada de cumplicidade com o terrorismo, ela preencheu as quarenta e cinco páginas de questionário com verdades, meias verdades e mentiras brotadas do fundo do coração. Havia algum tempo ela vinha recebendo propostas de revisar livros sobre terrorismo e assuntos correlatos. Todos os assuntos pareciam correlatos. Ela não sabia por que sentira uma necessidade tão desesperadora de trabalhar nesses livros durante as semanas e meses em que não conseguia dormir e ouvia canções de místicos do deserto no corredor do prédio. O processo estava em andamento, mas ela não o estava acompanhando pelos jornais. Recebera o número 121 e fora dispensada da convocação com base nas respostas que dera no questionário. Ficou sem saber se foram as respostas verdadeiras ou as mentiras que tiveram esse efeito.

Ela sabia que a advogada de defesa, uma americana, era ligada a um imã radical que cumpria prisão perpétua por atividades terroristas. Sabia que o homem era cego. Todo mundo sabia. O Xeique Cego. Mas não conhecia em detalhe as acusações feitas contra a advogada, porque não tinha acompanhado o caso pelos jornais.

Estava trabalhando num livro sobre as primeiras expedições polares e num outro sobre a arte do Renascimento tardio, e fazia contagem regressiva a partir de cem contando de sete em sete.

Morte por suicídio. Autocídio. Autoquíria, morte pelas próprias mãos.

Havia dezenove anos, desde o dia em que ele deu o tiro fatal, ela dizia essas palavras a si própria periodicamente, em memória, palavras belas que tinham um sabor arcaizante. Ela as imaginava gravadas numa lápide velha e torta num cemitério abandonado em algum lugar da Nova Inglaterra.

Os avós ocupam um cargo sagrado. São eles que têm as lembranças mais profundas. Porém os avós já estão quase todos mortos. Justin agora só tem um, o pai de seu pai, que não gosta de viajar, um homem cujas lembranças se fixaram no círculo estreito de seus dias, fora do alcance do menino. O menino ainda vai crescer e desenvolver a sombra profunda de suas próprias lembranças. Ela própria, mãe e filha, se situa mais ou menos no meio dessa série, sabendo que uma lembrança, ao menos, está permanentemente gravada, o dia que marcou sua consciência de quem ela é e como ela vive.

Seu pai não foi enterrado num cemitério num dia de muito vento, ao pé de árvores nuas. Jack estava numa câmara de mármore no alto de uma parede num condomínio de mausoléus perto de Boston, junto com centenas de outros mortos, enfileirados, uns em cima dos outros, do chão ao teto.

* * *

Ela encontrou um obituário uma noite, bem tarde, quando folheava um jornal de seis dias antes.

Morre-se todo dia, Keith disse uma vez. Morte não é notícia.

Ele estava em Las Vegas e ela na cama, folheando as páginas, vendo os obituários. O impacto daquele em particular ela não registrou imediatamente. Um homem chamado David Janiak, trinta e nove anos. O relato de sua vida e morte era curto e superficial, escrito às pressas para cumprir o prazo, pensou. Imaginou que haveria uma notícia maior no jornal do dia seguinte. Não havia foto, nem do homem nem dos atos que lhe haviam conferido, por algum tempo, uma fama ambígua. Esses atos eram resumidos numa única frase, segundo a qual ele era o artista performático conhecido como Homem em Queda.

Ela deixou o jornal escorregar até o chão e apagou a luz. Ficou deitada na cama, a cabeça apoiada em dois travesseiros. Um alarme de carro começou a soar na rua. Pegou o travesseiro mais próximo, jogou-o em cima do jornal e então se estirou no colchão, respiração regular, olhos ainda abertos. Depois de algum tempo fechou os olhos. O sono estava em algum lugar além da curvatura do globo terrestre.

Esperou que o alarme parasse de tocar. Quando parou, acendeu a luz, levantou-se e foi até a sala. Havia uma pilha de jornais velhos numa cesta de vime. Procurou o jornal de cinco dias antes, que era o do dia seguinte, mas não conseguiu encontrá-lo, nem inteiro nem em parte, nem lido nem não lido. Ficou sentada na cadeira ao lado da cesta esperando que alguma coisa acontecesse ou deixasse de acontecer, um ruído, o zumbido, um aparelho, e então foi até o computador no quarto ao lado.

A busca avançada foi rápida. Lá estava ele, David Janiak, em fotos e texto.

Pendurado da varanda de um apartamento na Central Park West.

Pendendo do telhado de um prédio industrial no bairro de Williamsburg, no Brooklyn.

Pendurado das bambolinas do Carnegie Hall durante um concerto, a seção de cordas correndo para todos os lados.

Pendendo sobre o East River amarrado à Queensboro Bridge.

No banco de trás de um carro de polícia.

Em pé na grade de uma varanda.

Pendurado do campanário de uma igreja no Bronx.

Morto aos trinta e nove anos, aparentemente de causas naturais.

Havia sido preso várias vezes por invasão de propriedade, criação de situações de risco e perturbação da ordem. Tinha apanhado de um grupo de homens à porta de um bar no Queens.

Ela clicou em avançar para ler a transcrição de uma discussão de uma mesa-redonda na New School. Homem em Queda — exibicionista irresponsável ou corajoso cronista da era do terror?

Ela leu alguns comentários, depois parou de ler. Clicou em avançar e encontrou itens em russo e outras línguas eslavas. Ficou algum tempo olhando fixamente para o teclado.

Fotografado colocando o cinto de segurança, enquanto um ajudante tenta protegê-lo da câmara fotográfica.

Fotografado com o rosto ensangüentado no saguão de um hotel.

Dependurado do parapeito de um cortiço em Chinatown.

Sempre caía de cabeça, nunca anunciava previamente suas quedas. Suas performances não eram feitas para ser fotografadas. As fotos existentes tinham sido tiradas por pessoas que estavam no lugar por acaso ou por profissionais chamados por algum passante.

Estudara interpretação e dramaturgia no Institute for Advanced Theatre Training em Cambridge, Massachusetts. Fizera um estágio de três meses na Escola de Artes Dramáticas de Moscou.

Morto aos trinta e nove anos. Nenhum sinal de crime. Sofria do coração e de pressão alta.

Trabalhava sem molinetes, cabos ou arames. Apenas um cinto de segurança. Nem mesmo corda de *bungee* para absorver o choque em quedas de maior altura. Só um sistema de correias debaixo da camisa social e do terno azul, com um fio saindo da perna da calça e afixado numa estrutura firme no local do salto.

Na maior parte dos casos, as acusações não davam em nada. Ele recebia multas e advertências.

Ela encontrou mais um punhado de matérias em línguas estrangeiras, muitas palavras enfeitadas com acentos agudos, circunflexos e outros símbolos cujos nomes ela nem sequer imaginava.

Olhava para a tela esperando algum ruído vindo da rua, freios, alarme de carro, que a fizesse largar o computador e voltar para a cama.

O irmão dele, Roman Janiak, engenheiro de software, o ajudava na maioria dos saltos, só se tornando visível aos espectadores quando isso era inevitável. Segundo ele, os planos para o último salto não previam o uso de cinto de segurança.

Ela pensou que bem podia ser o nome de uma carta de tarô, Homem em Queda, em letras góticas, um vulto caindo e girando contra um céu escuro e tempestuoso.

Há uma certa polêmica a respeito da posição que ele assumia durante a queda, a posição adotada em seu estado suspenso. Teria sido aquela posição copiada da postura de um homem específico que foi fotografado caindo da torre norte do World Trade Center, caindo de cabeça, os braços junto ao corpo, uma perna dobrada, um homem captado para sempre em queda livre tendo ao fundo as colunas da torre?

A queda livre é a queda de um corpo na atmosfera sem nenhum dispositivo que gere arrasto, tal como um pára-quedas. É a queda ideal de um corpo sujeito apenas ao campo gravitacional da Terra.

Ela parou de ler, mas compreendeu na hora a que foto o texto se referia. A foto a impressionou muito quando a viu pela primeira vez, no dia seguinte, no jornal. O homem caindo de cabeça, as torres atrás dele. A massa das torres enchia as molduras da foto. Um homem caindo, as torres contíguas, ela pensou, atrás dele, as linhas imensas, as listras verticais das colunas. O homem com sangue na camisa, ela pensou, ou marcas de queimadura, e o efeito das colunas atrás dele, a composição, pensou ela, faixas mais escuras da torre mais próxima, a torre norte, mais claras da outra, e a massa, a imensidão, e o homem colocado quase exatamente entre as fileiras de listras mais escuras e mais claras. Caindo de cabeça, queda livre, ela pensou, e essa foto queimou sua mente e seu coração, meu Deus, ele era um anjo caído e sua beleza era horrenda.

Clicou em avançar e encontrou a foto. Desviou a vista, olhou para o teclado. A queda ideal de um corpo.

A conclusão preliminar é que a morte se deu por causas naturais, mas ainda faltam a autópsia e o exame toxicológico. Ele sofria de depressão crônica devido a um problema de coluna.

Se aquela foto tinha a ver com suas performances, ele nunca a mencionou quando interrogado pelos repórteres após ser preso. Não a mencionou quando lhe perguntavam se ele havia perdido uma pessoa próxima no atentado. Não fazia comentário algum para a mídia a respeito de nenhum assunto.

Pendurado da grade de um jardim numa cobertura em Tribeca.

Pendurado de uma passarela de pedestres acima da FDR Drive.

PREFEITO AFIRMA: HOMEM EM QUEDA É IDIOTA.

Recusou um convite para cair do ponto mais alto do Guggenheim Museum em intervalos regulares, durante um período de três semanas. Recusou convites para falar na Japan Society, na New York Public Library e em organizações culturais na Europa. Dizia-se que suas quedas eram dolorosas e muito perigosas porque o equipamento que usava era rudimentar.

Seu corpo foi encontrado pelo irmão, Roman Janiak, engenheiro de software. Segundo o relatório médico-legal do condado de Saginaw, tudo indica que foi um problema cardíaco, mas ainda serão realizados exames.

Durante sua formação, teve aulas seis dias por semana tanto em Cambridge quanto em Moscou. Na conclusão do curso, os atores faziam uma apresentação em Nova York assistida por diretores de *casting*, diretores artísticos, agentes e outros. David Janiak, no papel de um anão brechtiano, atacou outro ator, parecendo estar tentando arrancar-lhe a língua durante o que seria uma improvisação estruturada.

Ela clicou em avançar. Procurou estabelecer uma ligação entre aquele homem e o momento em que se viu parada debaixo do viaduto do trem, quase três anos antes, vendo um homem se preparando para cair de uma plataforma de manutenção no momento em que o trem passasse. Não havia fotos daquela queda. Ela fora a fotografia, a superfície fotossensível. Aquele corpo anônimo caindo era algo que cabia a ela registrar e absorver.

No início de 2003 ele começou a reduzir o número de performances e passou a se apresentar longe do centro da cidade. Então as performances terminaram.

Ele machucou tanto as costas numa das quedas que teve de ser hospitalizado. A polícia prendeu-o no hospital por obstruir o trânsito e criar uma situação de risco ou fisicamente deletéria.

Os planos para o último salto num futuro indeterminado não previam o uso de cinto de segurança, segundo seu irmão Roman

Janiak, quarenta e quatro anos, que falou a um repórter pouco depois de identificar o cadáver.

Os alunos do Institute criam seu próprio vocabulário de movimentos e um programa de manutenção que deverão seguir durante suas carreiras. Estudam, entre outros tópicos, a biomecânica de Meyerhold, o método grotowskiano, a plasticidade de Vakhtangov, acrobacia individual e em dupla, dança clássica e histórica, explorações de estilos e gêneros, euritmia de Dalcroze, técnica de impulso, câmara lenta, esgrima, combate teatral com e sem armas.

No momento não se sabe o que levou David Janiak a se hospedar num motel nos arredores de uma cidadezinha a mais de oitocentos quilômetros do local do World Trade Center.

Ela olhava para o teclado. O homem escapava por entre seus dedos. Tudo que ela sabia era o que tinha visto e sentido naquele dia perto do pátio da escola, um garoto quicando uma bola de basquete e um professor com um apito pendurado no pescoço. Ela era capaz de acreditar que conhecia essas pessoas, e todas as outras que vira e ouvira naquela tarde, menos o homem que ficara pendurado acima dela, em detalhe, enorme.

Por fim conseguiu dormir, do lado da cama em que costumava dormir seu marido.

14.

Havia raros momentos entre uma e outra mão em que ele ficava parado ouvindo os sons ao redor. Todas as vezes surpreendia-se ao constatar o esforço que é necessário fazer para ouvir o que está sempre presente. As fichas estavam presentes. Por trás do ruído ambiente e das vozes aleatórias, havia sempre o ruído de fichas sendo jogadas, recolhidas, quarenta ou cinqüenta mesas com pessoas empilhando fichas, dedos folheando e contando, equilibrando as pilhas, fichas de argila com beiras arredondadas, esfregando, deslizando, estalando, dias e noites de sibilos ao longe, como o atrito dos insetos.

Ele estava se encaixando em algo que fora criado na sua forma exata. Nunca sentira com tanta força a sensação de ser exatamente quem era quanto naquelas salas, com um carteador anunciando uma vaga na mesa dezessete. Estava olhando para suas cartas fechadas, um par de dez, esperando sua vez. Era nesses momentos que não havia nada do lado de fora, nenhum lampejo de história ou memória que ele pudesse inadvertidamente fazer brotar da seqüência rotineira de cartas.

Caminhava pelo amplo corredor entre as mesas ouvindo os murmúrios dos lançadores de dados, um grito vindo de vez em quando do salão de apostas. Às vezes um hóspede do hotel entrava arrastando uma mala de rodinhas, com cara de quem está perdido na Suazilândia. Quando não estava jogando, ele conversava com os carteadores nas mesas vazias de vinte-e-um, sempre as mulheres, aguardando em alguma zona de sensações purgadas. Por vezes jogava um pouco, sentava-se e conversava, fazendo questão de não se interessar pela mulher em si, só pela conversa, fragmentos da vida exterior, problemas do carro dela, as aulas de equitação de sua filha Nadia. Ele era um deles de certo modo, os funcionários do cassino, passando alguns momentos sociais esquecíveis antes de retornar ao batente.

No final da noite tudo voltava à estaca zero, perdesse ou ganhasse, mas isso fazia parte do processo, quarta carta, quinta carta, mulher que pisca. Os dias morrem, as noites se arrastam, passar e aumentar a aposta, acordar e dormir. A mulher que piscava sumiu um dia e nunca mais voltou. Ela era ar abafado. Ele não conseguia visualizá-la em nenhum outro lugar, num ponto de ônibus, num shopping, e não via sentido em tentar.

Ele se perguntava se não estaria virando um mecanismo automático, um robô humanóide que compreende duzentos comandos de voz, enxerga longe, é sensível ao tato, porém é completamente, rigidamente, controlável.

Ele está calculando os ases do homem sentado à sua frente, o de óculos espelhados.

Ou então um robô-cachorro com sensores infravermelhos e botão de pausa, que aceita setenta e cinco comandos de voz.

Elevar a aposta antes de receber as cartas comuns. Atacar cedo e com toda a força.

Não havia academia em seu hotel. Encontrou uma não muito longe, e ia lá malhar quando tinha tempo. Ninguém usava a remada. Ele de certo modo detestava aquela coisa, ela o irritava, porém sentia a intensidade da malhação, a necessidade de se esticar e se esforçar, medir forças com um amontoado duro e inerte de aço e cabos.

Alugou um carro e foi rodar no deserto, começando a voltar quando já estava escuro, depois subiu uma ladeira e chegou a um platô. Levou um momento para entender o que estava vendo, muitos quilômetros a sua frente, a cidade flutuando na noite, uma expansão febril de luz, tão viva e inexplicável que parecia uma espécie de delírio. Perguntou-se por que jamais havia se dado conta de que estava sempre no meio de uma coisa assim, mais ou menos vivendo. Ele morava em cômodos, era por isso. Morava e trabalhava neste e naquele cômodo. Movia-se minimamente, de um cômodo a outro. Ia e vinha de táxi da rua no centro onde ficava seu hotel, um lugar que não tinha mosaico no chão nem toalheiros aquecidos, e não percebera até agora, contemplando aquela imensa faixa de neon tremeluzindo no deserto, como era estranha a vida que estava levando. Mas só vista dali, àquela distância. Lá, no meio da coisa, bem perto, entre os olhos apertados ao redor da mesa, não havia nada que não fosse normal.

Estava evitando Terry Cheng. Não queria falar com ele, nem ouvi-lo, nem ver seu cigarro queimar até o filtro.

O valete da sorte não entrou.

Não escutava o que era dito a seu redor, o bate-bola incidental de diálogo, de um jogador para outro. Um baralho novo subiu até o nível da mesa. Por vezes sentia-se eviscerado pela exaustão, num estado quase animalesco, a vista correndo a mesa antes de serem dadas as cartas.

Antes pensava em Florence Givens todos os dias. Ele ainda pensava, quase todos os dias, hoje, no táxi, olhando fixamente para um anúncio. Não telefonara a ela nem uma vez. Não cogitava mais atravessar o parque para visitá-la, conversar um pouco, saber como ela estava. Pensava nisso de um modo distanciado, como uma paisagem, como quem pensa em voltar à casa em que se passou a infância e caminhar pelos becos e atravessar o campo alto, o tipo de coisa que a gente sabe que nunca vai fazer.

Em última análise, o importante era quem ele era, nem a sorte nem a perícia nua e crua. Era a força mental, a vantagem mental, mas não só isso, não. Havia também uma coisa mais difícil de identificar, um estreitamento das necessidades ou desejos, o modo como o caráter do homem determina sua linha de visão. Essas coisas o fariam ganhar, mas não muito, não a ponto de ele se transformar em outra pessoa.

O ano voltou, Carlo, ele constata com alegria, vendo o homem sentar-se a duas mesas da sua. Porém não olha ao redor à cata de Terry Cheng, para trocar com ele sorrisos irônicos.

Homens com bocejos estilizados, de braços levantados, homens a olhar fixamente para o espaço morto.

Terry podia estar em Santa Fé, ou em Sydney, ou em Dallas. Terry podia estar em seu quarto, morto. Terry levou duas semanas para se dar conta de que o controle que havia na parede numa das extremidades do quarto comprido, com as palavras FINA e GROSSA, servia para mexer nas cortinas na extremidade oposta, para abrir e fechar a cortina interior, mais fina, e a exterior, mais grossa. Uma vez Terry tentara abrir as cortinas e então percebeu que não fazia diferença, elas estarem abertas ou fechadas. Não havia nada lá fora que ele precisasse saber.

Ele jamais falara a Lianne a respeito daquelas suas caminhadas até o outro lado do parque. Sua experiência com Florence fora rápida, talvez quatro ou cinco encontros num período de quinze dias. É possível, só isso? Tentou contar as vezes, dentro de um táxi parado num sinal vermelho, olhando fixamente para um anúncio. Tudo agora parecia embolado, com apenas a leve textura de uma coisa sentida e tocada com a mão. Ele via Florence na torre tal como ela havia narrado o episódio, descendo a escada em marcha forçada, e julgava ver a si próprio às vezes, em frações de segundo, informe, uma lembrança falsa, ou distorcida e efêmera demais para ser falsa.

O dinheiro era importante, mas nem tanto. O jogo era importante, o contato com o feltro do tampo da mesa, o modo como o carteador queimava a primeira carta e dava a segunda. Ele não jogava pelo dinheiro. Jogava pelas fichas. O valor de cada ficha tinha um significado vago. O importante era o pequeno disco em si, a cor em si. Havia um homem rindo na extremidade oposta da sala. Era fato que um dia todos eles estariam mortos. Ele queria ganhar fichas e empilhá-las. O jogo era importante, o empilhamento das fichas, a contagem aproximada, o jogo e a dança de mão e olho. Ele era idêntico a essas coisas.

Ele aumentou bastante o regulador de resistência. Remava com força, braços e pernas, mas principalmente as pernas, tentando não baixar os ombros, odiando cada movimento. Às vezes não havia ninguém na academia, no máximo uma pessoa na esteira vendo televisão. Ele sempre usava a remada. Remava e tomava uma chuveirada, e os boxes do chuveiro cheiravam a mofo. Parou de ir lá após algum tempo, mas depois voltou a ir, aumentando o regulador mais ainda, perguntando-se apenas uma vez por que motivo ele tinha de fazer aquilo.

Estava olhando para uma mão com um cinco e um dois, naipes diferentes. Por um momento pensou em se levantar e sair. Pensou em sair dali e pegar o primeiro avião, fazer as malas e ir embora, pegar um lugar à janela e baixar a cortina e dormir. Fechou suas cartas e recostou-se na cadeira. Quando um novo baralho apareceu na mesa, já estava pronto para voltar a jogar.

Quarenta mesas, nove jogadores por mesa, outros esperando atrás da grade, telas elevadas em três paredes mostrando futebol e beisebol, apenas para criar uma atmosfera.

FINA e GROSSA.

Não queria ouvir Terry Cheng num clima descontraído, com sua nova *persona*, jogando conversa fora ao lado da cascata azul, três anos depois dos aviões.

Homens mais velhos de rosto sulcado, pálpebras caídas. Ele os reconheceria se os encontrasse numa lanchonete, tomando café-da-manhã na mesa ao lado? Vidas longas de movimentos raros, palavras mais raras ainda, aumentar a aposta, pagar para ver, dois ou três rostos semelhantes todos os dias, homens quase imperceptíveis. Porém eles davam ao jogo um nicho no tempo, no folclore do jogador profissional de rosto inexpressivo, e um toque de auto-estima.

A cascata estava azul agora, ou talvez sempre fosse azul, ou então já era uma outra cascata num outro hotel.

É necessário romper a estrutura dos hábitos petrificados para conseguir escutar. Lá está o som, o estalido das fichas, cartas jogadas e distribuídas, jogadores e carteadores, massa e pilha, um som leve e ressonante, tão natural ao lugar que é externo ao ambiente sonoro, está numa corrente de ar só sua, e ninguém mais o ouve, só você.

Lá está Terry caminhando pelo corredor entre as mesas às três da manhã, eles mal trocam um olhar, e Terry Cheng diz: "Tenho que voltar pro meu caixão antes de o sol nascer".

A mulher que é sabe-se lá de onde, com chapéu de couro preto, Bangcoc ou Cingapura ou Los Angeles. Ela usa o chapéu um pouco inclinado para o lado e ele sabe que todos estão tão neutralizados pela pulsação ritmada de pagar para ver e pedir mesa que acontece muito pouca coisa, em toda a mesa, na arte popular das trepadas imaginárias.

Uma noite ele estava em seu quarto, fazendo os velhos exercícios, os do programa de reabilitação, dobrando o punho em direção ao chão, dobrando o punho em direção ao teto. O serviço de quarto terminava à meia-noite. À meia-noite a televisão mostrava filmes de pornografia *soft-core*, mulheres nuas e homens sem pênis. Ele não estava perdido nem entediado nem maluco. O torneio de quinta-feira começava às três da tarde, inscrições ao meio-dia. O torneio de sexta-feira começava ao meio-dia, inscrições às nove.

Ele estava se transformando no ar que respirava. Movimentava-se numa maré de barulho e conversações que se encaixava perfeitamente em sua forma. A olhadela para o ás e a dama sob o polegar. Ao longo dos corredores, roletas estalando. No salão de apostas ele se desligava dos escores, pules e cedências de pontos. Olhava para as mulheres de minissaia que serviam bebidas. Lá fora na Strip, um calor morto e pesado. Ele passou em oito ou nove mãos sucessivas. Parado na loja de artigos esportivos, ficou pensando no que levar para o garoto. Não havia dias nem horas, fora os do torneio. Ele não estava ganhando dinheiro suficiente para justificar esta vida com argumentos práticos. Mas não havia essa necessidade. Devia haver, porém não havia, e a questão era essa. A questão era a invalidação. Nada mais era relevante. Apenas isso tinha uma força compulsiva. Ele passou mais seis mãos, depois apostou todas as suas fichas. É fazê-los sangrar. Fazê-los derramar seu precioso sangue de perdedor.

Estava vivendo os dias seguintes, e agora os anos, mil sonhos conturbados, o homem encurralado, os membros imóveis, o sonho da paralisia, o homem sufocando, o sonho da asfixia, o sonho da impotência.

Um baralho novo subiu até o nível da mesa.

A boa sorte é concedida aos bravos. Ele não conhecia a versão original, latina, desse velho adágio, o que era uma pena. Era isto que sempre lhe faltara, a vantagem do conhecimento inesperado.

Ela era ainda menina, sempre uma filha, e seu pai estava tomando um martíni. Ele a deixara acrescentar um pedaço de casca de limão, dando-lhe instruções comicamente detalhadas. A existência humana, era esse seu tema naquela noite, no deque da casa velha de alguém em Nantucket. Cinco adultos, a menina na periferia. A existência humana tinha que ter uma origem mais profunda que nossos próprios fluidos fétidos. Fétidos ou infectos. Tinha que haver uma força por trás dela, um ser principal que foi e é e sempre será. Ela adorou ouvir aquilo, como um verso recitado, e agora relembrava as palavras, sozinha, tomando café e comendo torradas, e mais uma coisa também, a existência que zumbia nas palavras em si, era e é, e o vento frio que cessava ao cair da tarde.

As pessoas estavam lendo o Corão. Ela conhecia três pessoas que estavam fazendo isso. Havia conversado com duas e sabia de outra. Tinham comprado o Corão em inglês e estavam mesmo tentando aprender alguma coisa, encontrar alguma coisa que as ajudasse a pensar mais a sério a questão do islã. Ela não sabia se essas pessoas estavam persistindo nesse esforço. Podia imaginar-se a si própria fazendo isso, a ação decidida que se dissipa num gesto vazio. Mas talvez elas estivessem persistindo. Eram pessoas sérias, talvez. Conhecia duas delas, mas só por alto. Uma delas, um médico, recitou o primeiro versículo do Corão em seu consultório.

Este Livro é indubitável.

Ela duvidava das coisas, tinha suas dúvidas. Uma vez fez uma longa caminhada até o East Harlem. Sentia falta de seu grupo, dos risos e das conversas cruzadas, mas sabia desde o começo que aquilo não era apenas uma caminhada, uma questão de velhos tempos e lugares. Pensou no silêncio decidido que descia sobre a sala quando os participantes pegavam a caneta e começavam a escrever, indiferentes à barulheira a seu redor, cantores de rap no mesmo corredor, mal saídos da escola, elaborando suas letras, operários perfurando ou martelando no andar de cima. Ela estava ali para procurar uma coisa, uma igreja, perto do centro comunitário, católica, pensou ela, e talvez fosse a igreja outrora freqüentada por Rosellen S. Não tinha certeza, mas achava que fosse, decidiu fazer com que fosse, afirmou que era. Sentia falta dos rostos. O seu rosto é a sua vida, dizia sua mãe. Sentia falta das vozes diretas que pouco a pouco iam ficando distorcidas e apagadas, vidas que murchavam e se reduziam a sussurros.

Sua morfologia era normal. Adorava essa palavra. Mas o que há dentro da forma e da estrutura? Essa mente e alma, dela e de todos, continua sonhando, rumo a algo inatingível. Quem sabe isso não indica que há alguma coisa lá, nos limites da matéria e da energia, uma força responsável de algum modo pela própria natureza, a vibração da nossa vida a partir da mente, a mente em pequenas piscadelas de pombo que estendem o plano do ser, muito além da lógica e da intuição.

Ela queria descrer. Era uma infiel, no atual vocabulário geopolítico. Lembrava-se do pai, o rosto de Jack ficando luminoso e quente, parecendo zumbir de eletricidade após um dia no sol. Olhe à nossa volta, lá longe, lá em cima, oceano, céu, noite, ela pensava nisso, tomando café e comendo torradas, ele acreditava que Deus infundia pura existência no tempo e no espaço, fazia as estrelas emitirem luz. Jack era arquiteto, um artista, um homem triste, ela pensou, boa parte de sua vida, e era o tipo de tristeza que anseia por algo intangível e imenso, o único consolo que seria capaz de dissolver sua mesquinha infelicidade.

Mas isso era bobagem, não era, céus noturnos e estrelas com inspiração divina. A estrela fabrica sua própria luz. O Sol é uma estrela. Ela pensou em Justin duas noites antes, cantando o dever de casa. Isso queria dizer que ele estava entediado, sozinho, em seu quarto, inventando canções monótonas sobre soma e subtração, presidentes e vice-presidentes.

Outros estavam lendo o Corão, ela estava indo à igreja. Pegava um táxi nos dias de semana, duas ou três vezes por semana, e ficava sentada na igreja quase vazia, a igreja de Rosellen. Imitava os outros quando eles ficavam em pé e se ajoelhavam, e via o padre celebrar a missa, pão e vinho, corpo e sangue. Não acreditava nisso, na transubstanciação, mas acreditava em alguma coisa, e até certo ponto temia que essa coisa terminasse por dominá-la.

Corria à beira-rio, de manhã cedinho, antes que o garoto acordasse. Pensava em treinar para a maratona, não a daquele ano mas a do ano seguinte, a dor e o rigor que isso implicaria, corrida à distância como esforço espiritual.

Imaginou Keith com uma *call-girl* em seu quarto, fazendo sexo de caixa automático.

Depois da missa tentou caçar um táxi. Ali os táxis eram raros e o ônibus levava uma eternidade, e ela ainda não estava preparada para pegar o metrô.

Este Livro é indubitável.

Estava dominada por dúvidas, mas gostava de ficar na igreja. Ia cedo, antes da hora da missa, para ficar sozinha por um tempo, para sentir a tranqüilidade que assinala uma presença fora das melodias intermináveis da mente em vigília. Não era algo de divino o que sentia, apenas a sensação da existência dos outros. Os outros nos aproximam. A igreja nos aproxima. O que ela sentia ali? Sentia os mortos, os dela e os desconhecidos. Era isso que ela sempre sentia nas igrejas, as grandes catedrais inchadas da Europa, uma paróquia pequena e pobre como esta. Sentia os mortos nas paredes, acumulados por décadas e séculos. Não havia nisso nenhum toque gélido de desânimo. Era um conforto sentir a presença deles, os mortos que ela amara e todos os outros, sem rosto, que haviam enchido milhares de igrejas. Eles traziam intimidade e tranqüilidade, as ruínas humanas encerradas em criptas e câmaras mortuárias ou enterradas em cemitérios. Ela esperava. Logo alguém entraria e passaria por ela na nave central.

Ela era sempre a primeira, sempre sentada no fundo, respirando os mortos na cera de vela e no incenso.

Pensou em Keith e então ele telefonou. Disse que ia poder vir para casa para passar uns dias, dentro de mais ou menos uma semana, e ela disse está bem, ótimo.

Ela viu que seu cabelo estava começando a ficar grisalho perto do couro cabeludo. Não ia pintá-lo. Deus, pensou. O que significa dizer essa palavra? A gente nasce com Deus? Quem jamais ouviu a palavra nem observou o ritual sente o hálito vivo dentro de si, nas ondas cerebrais ou batidas do coração?

Sua mãe no final tinha uma vasta cabeleira branca, o corpo decaindo aos poucos, atormentado por derrames, sangue nos olhos. Ela estava se reduzindo à vida espiritual. Era agora um espírito, quase incapaz de emitir um som que pudesse ser compreendido como uma palavra. Ficava encolhida na cama, tudo que restava dela emoldurado pelos cabelos lisos e compridos, brancos ao sol como se cobertos de geada, belos e sobrenaturais.

Na igreja vazia, ela esperava que entrasse a mulher grávida ou então o velho que sempre a cumprimentava com um aceno de cabeça. Uma mulher, depois a outra, ou uma mulher e depois o homem. Eles haviam criado uma rotina, esses três, ou quase isso, e então entravam outras pessoas e a missa começava.

Mas não é o próprio mundo que aproxima a gente de Deus? A beleza, a dor, o terror, o deserto vazio, as cantatas de Bach. Os outros nos aproximam, a igreja nos aproxima, os vitrais da igreja, os pigmentos dentro do vidro, os óxidos metálicos fundidos com o vidro, Deus em argila e pedra, ou estaria ela tagarelando sozinha para passar o tempo?

Voltava para casa a pé quando dava tempo, ou então tentava pegar um táxi, tentava conversar com o motorista, que já estava trabalhando havia quase doze horas e só queria chegar vivo ao final do expediente.

Ela se mantinha afastada do metrô, ainda, e jamais deixava de reparar nas amuradas de concreto diante das estações de trem e outros alvos possíveis.

Corria de manhã cedo e voltava para casa, tirava as roupas e tomava uma chuveirada. Deus a consumiria. Deus a descriaria, e ela era pequena e mansa demais para resistir. Por isso estava resistindo agora. Porque pense só. Porque depois que a gente acredita numa coisa assim, que Deus existe, então como é que se pode escapar, como sobreviver ao poder disso, é e foi e sempre será.

Ele estava sentado à mesa, de frente para a janela empoeirada. Pousou o antebraço esquerdo ao longo da borda da mesa, a mão pendendo da beira. Era o décimo dia, duas sessões por dia, as extensões do pulso, os desvios ulnares. Ele contava os dias, o número de vezes por dia.

Não tinha nenhum problema no pulso. O pulso estava bom. Porém, em seu quarto de hotel, estava sentado de frente para a janela, o punho levemente cerrado, o polegar voltado para cima em certas configurações. Relembrava trechos da folha de instruções e os recitava em voz baixa, trabalhando as formas da mão, dobrando o punho em direção ao chão, dobrando o punho em direção ao teto. Usava a mão boa para aplicar pressão à mão comprometida.

Estava profundamente concentrado. Lembrava-se das configurações, todas elas, e o número de segundos para cada uma, e o número de repetições. Com a palma da mão virada para baixo, dobre o punho em direção ao chão. Com o antebraço de lado, dobre o punho em direção ao chão. Fazia as flexões de punho, os desvios radiais.

De manhã, sem falta, toda noite quando chegava. Olhava para o vidro empoeirado, recitando fragmentos da folha de instruções. Segurar nessa posição e contar até cinco. Repetir dez vezes.

Cada vez ele fazia a série completa, mão levantada, antebraço pousado, mão abaixada, antebraço de lado, diminuindo o ritmo só um pouco, de dia e de noite e depois no dia seguinte, prolongando, fazendo render. Contava os segundos, contava as repetições.

Havia nove pessoas na missa hoje. Ela as via ficar em pé, sentar-se e ajoelhar-se e fazia o que elas faziam, mas não respondia como elas respondiam quando o padre recitava trechos da liturgia.
Pensou que a possível presença de Deus pairando ali era o que criava a solidão e a dúvida na alma, e pensou também que Deus era a coisa, a entidade existente fora do espaço e do tempo que resolvia essa dúvida na força tonal de uma palavra, uma voz.
Deus é a voz que diz: "Eu não estou aqui".
Ela estava discutindo consigo própria, mas não era uma discussão, apenas o ruído que o cérebro faz.
Sua morfologia era normal. Então uma noite, ao se despir, puxou uma camiseta verde limpa por cima da cabeça e não era de suor o cheiro que sentia, ou talvez apenas um pequeno vestígio, mas não era o fedor azedo da corrida matinal. Era só ela própria, o corpo do começo ao fim. Era o corpo e tudo que ele continha, dentro e fora, identidade e memória e calor humano. Não era nem mesmo um cheiro que ela sentisse, e sim uma coisa que ela sabia. Era algo que ela sempre soubera. A criança estava ali, a menina que queria ser outras pessoas, e coisas obscuras que ela não sabia identificar. Foi um momento ínfimo, que já estava passando, o tipo de momento que está sempre a segundos do esquecimento.
Estava pronta para ficar sozinha, numa tranqüilidade confiável, ela e o garoto, tal como estava antes de aparecerem os aviões naquele dia, o prateado riscando o azul.

No corredor do rio Hudson

O avião já fora dominado e ele estava no assento móvel em frente à copa da proa, de sentinela. Devia ficar ali, na entrada da cabine, ou então patrulhando o corredor, com o estilete na mão. Não estava confuso, apenas havia parado para respirar, uma pausa. Foi então que sentiu alguma coisa no alto do braço, a dor fina e aflitiva de pele cortada.

Estava sentado de frente para um anteparo, a toalete atrás dele, uso exclusivo da primeira classe.

O ar estava denso por conta do spray de pimenta que ele havia esguichado, e havia sangue de alguém, seu próprio sangue, escorrendo pelo punho da camisa de manga comprida que ele usava. O sangue era dele. Não tentou localizar a ferida, porém viu mais sangue começando a aparecer na altura do ombro. Pensou que talvez a dor já estivesse lá antes mas só agora tivesse se lembrado de senti-la. Não sabia onde estava o estilete.

Se tudo o mais estivesse normal, pelo que ele sabia do plano, o avião estaria seguindo em direção ao corredor do rio Hudson. Era essa a expressão que ele ouvira Amir usar muitas vezes. Só podia olhar pela janela se se levantasse da poltrona, e não achava necessário fazer isso.

Seu celular estava com o vibrador ativado.

Tudo estava imóvel. Não havia sensação de estar voando. Ele ouvia o barulho, mas não sentia o movimento, e o barulho era daquele tipo que domina tudo e parece completamente natural, todos os motores e sistemas se transformando no ar em si.

Esqueça o mundo. Desligue-se da coisa chamada mundo.

Todo o tempo perdido da vida terminou agora.

Este é o seu antigo desejo, morrer com seus irmãos.

Sua respiração estava entrecortada. Os olhos ardiam. Quando olhou para a esquerda, um pouco, viu um lugar desocupado no compartimento de primeira classe, no lado do corredor. Bem à sua frente, o anteparo. Mas havia uma vista, havia uma cena inteiramente imaginada, atrás de sua cabeça.

Ele não sabia como se cortara. Quem o cortara fora um de seus irmãos, só podia ser, por acidente, no meio da luta, e ele gostava do sangue mas não da dor, que estava ficando difícil de suportar. Então se lembrou de algo que esquecera havia muito tempo. Pensou nos garotos xiitas no campo de batalha do Chatt-al-Arab. Viu-os saindo das trincheiras e baluartes e correndo pelo alagadiço em direção às posições inimigas, bocas abertas, soltando seu grito de morte. Essa imagem lhe deu forças, vê-los sendo derrubados em ondas pelas metralhadoras, centenas de garotos, depois milhares, brigadas suicidas, com lenços vermelhos em torno do pescoço e chaves de plástico por baixo, para abrir a porta do paraíso.

Recite as palavras sagradas.

Aperte bem as roupas em torno do corpo.

Mantenha o olhar fixo.

Leve a alma na mão.

Ele acreditava estar enxergando dentro das torres, embora estivesse de costas para elas. Não sabia qual a localização da aeronave, mas acreditava que conseguia enxergar pela nuca, atravessando o aço e o alumínio do avião até chegar às silhuetas alongadas, as formas, os vultos cada vez mais próximos, os objetos materiais.

Seus ancestrais piedosos apertavam bem as roupas em torno do corpo antes da batalha. Eles abriram o caminho. Que morte poderia ser melhor?

Todos os pecados de sua vida serão perdoados nos próximos segundos.

Não há nada entre você e a vida eterna nos próximos segundos.

Você deseja a morte e agora ela está para chegar nos próximos segundos.

Ele começou a vibrar. Não sabia direito se o movimento era do avião ou só dele. Balançava-se no assento, de dor. Ouvia ruídos vindo de outro ponto do compartimento de passageiros. A dor estava piorando. Ouvia vozes, gritos nervosos vindo do compartimento de passageiros ou da cabine, não sabia direito. Alguma coisa caiu de uma prateleira da copa.

Ele apertou o cinto de segurança.

Caiu uma garrafa da prateleira da copa, do outro lado do corredor, e ele ficou a vê-la rolar de lá para cá, uma garrafa d'água, vazia, descrevendo um arco num sentido e depois rolando no sentido oposto, ele ficou a vê-la rolar cada vez mais depressa e depois escorregar pelo chão um instante antes de o avião atingir a torre, calor, depois combustível, depois fogo, e uma onda de choque atravessou a estrutura e expulsou Keith Neudecker da cadeira e o jogou contra a parede. Ele deu por si entrando numa parede. Só largou o telefone quando bateu na parede. O chão começou a deslizar sob seus pés e ele perdeu o equilíbrio e foi escorregando parede abaixo até cair no chão.

Viu uma cadeira saltar pelo corredor em câmara lenta. Teve a impressão de que o teto estava enrugando, subindo e enrugando. Pôs os braços em cima da cabeça e sentou-se com os joelhos levantados, o rosto encaixado entre eles. Sentia uma movimentação geral e outras coisas, menores, invisíveis, objetos deslizando e rolando, e sons que não eram ruídos específicos e sim apenas som, uma mudança na disposição básica das peças e elementos.

O movimento estava debaixo dele e então passou a cercá-lo por todos os lados, imenso, inimaginável. Toda a torre se inclinava. Agora ele se dava conta disso. A torre começou a inclinar-se lentamente para a esquerda e ele levantou a cabeça. Levantou a cabeça e começou a escutar. Tentou ficar absolutamente imóvel e tentou respirar e tentou escutar. Pela porta do escritório julgou ver um homem de joelhos na primeira onda pálida de fumaça e poeira, um vulto profundamente concentrado, cabeça levantada, paletó tirado pelo meio, pendurado em um dos ombros.

Logo em seguida sentiu que a torre parou de entortar. A inclinação parecia incessante e impossível, e ele ficou parado escutando e depois de algum tempo a torre começou a desentortar-se lentamente. Ele não sabia onde estava o telefone, mas ouvia uma voz do outro lado da linha, ainda lá, em algum lugar. Viu que o teto enrugava. Um fedor bem conhecido estava por toda parte, mas ele não sabia o que era.

Quando a torre finalmente reassumiu a posição vertical, ele se obrigou a levantar-se do chão e foi até a porta. Na outra extremidade do corredor o teto gemeu e se abriu. A tensão era audível, e então o teto se abriu, objetos caindo, divisórias e folha de fibra. O ambiente estava cheio de poeira de gesso e havia vozes por todo o corredor. Ele estava perdendo as coisas que aconteciam. Sentia que as coisas vinham e iam.

O homem continuava ali, ajoelhado à porta da sala em frente à sua, pensando furiosamente em algo, sangue empapando-lhe a camisa. Era um cliente ou um advogado e Keith o conhecia por alto e os dois trocaram um olhar. Não havia como saber o que significava aquele olhar. Havia gente gritando ao longo do corredor.

Ele tirou o paletó da porta. Estendeu a mão atrás da porta e pegou o paletó no cabide, sem saber por que fazia aquilo, mas não achando que era uma bobagem, esquecendo de achar que estava fazendo uma bobagem.

Saiu pelo corredor enquanto vestia o paletó. Havia gente seguindo em direção às saídas, na direção oposta, andando, tossindo, umas ajudando as outras. Elas passavam por cima dos escombros, o rosto tenso de urgência. Era essa a consciência estampada em todos os rostos, a distância que tinham de atravessar até chegar ao nível da rua. Algumas falaram com ele, uma ou duas, e ele respondeu com um aceno, ou não. Falaram e olharam. Ele era o sujeito que achava necessário pegar o paletó, o sujeito que estava indo para o lado errado.

O fedor era de combustível e ele o reconheceu agora, escorrendo dos andares superiores. Chegou à sala de Rumsey no final do corredor. Foi obrigado a passar por cima de coisas para entrar. Passou por cima de cadeiras e livros esparramados e um arquivo de metal caído. Viu a estrutura nua, pendurais, onde antes ficava o teto. A caneca de café de Rumsey estava estraçalhada em sua mão. Ele continuava segurando um fragmento da caneca, o dedo enfiado na asa.

Só que não parecia ser Rumsey. Estava sentado na cadeira, a cabeça caída para um lado. Havia sido atingido por alguma coisa grande e dura quando o teto desabou ou mesmo antes, no primeiro espasmo. Seu rosto estava apertado contra o ombro, havia sangue, não muito.

Keith falou com ele.

Agachou-se a seu lado e o pegou pelo braço e olhou para ele, falando-lhe. Alguma coisa escorria do canto da boca de Rumsey, parecia bile. Como é que é bile? Viu a marca na cabeça dele, uma mossa, um afundamento, profundo, expondo tecido cru e nervos.

A sala era pequena e improvisada, um cubículo que aproveitava um canto, com uma visão limitada do céu matinal. Ele sentia a presença próxima dos mortos. Era o que percebia, na poeira suspensa no ar.

Viu que o homem respirava. Ele respirava. Parecia um paralítico, uma pessoa que nascera assim, a cabeça retorcida contra o ombro, dia e noite sentada numa cadeira.

Havia fogo em algum lugar, combustível queimando, fumaça saindo de um tubo de ventilação, depois fumaça do lado de fora da janela, descendo, escorregando pela superfície do prédio.

Endireitou o dedo indicador de Rumsey e retirou o caco de caneca.

Pôs-se de pé e olhou para ele. Falou com ele. Disse-lhe que não poderia tirá-lo dali empurrando a cadeira, apesar das rodinhas, porque havia escombros por toda parte, falava depressa, escombros bloqueando a porta e o corredor, falando depressa para obrigar-se a pensar depressa também.

Começaram a cair coisas, primeiro uma e depois outra, primeiro coisas isoladas, saindo da fenda que se abrira no teto, e ele tentou levantar Rumsey da cadeira. Então uma coisa lá fora, passando pela janela. Uma coisa passou pela janela, ele a viu. Passou e sumiu e depois ele a viu e teve que ficar parado por um momento olhando para o nada, segurando Rumsey pelas axilas.

Não conseguia parar de ver a coisa, a cinqüenta metros, um instante de alguma coisa de lado, passando pela janela, camisa branca, mão para cima, caindo antes que ele a visse. Começaram a cair destroços, em pedaços. Ecos ressoavam pelo chão, fios se partiam junto de seu rosto e havia poeira branca por toda parte. Ele permanecia parado em meio a tudo aquilo, segurando Rumsey. A divisória de vidro se estraçalhou. Alguma coisa caiu, ouviu-se o ruído e então o vidro estremeceu e partiu-se e a parede atrás dele cedeu.

Demorou algum tempo para se levantar e sair. Sentia centenas de pequenos fogos ardendo no rosto e era difícil respirar. Encontrou Rumsey no meio da fumaça e da poeira, caído de cara no meio dos escombros e sangrando abundantemente. Tentou levantá-lo e virá-lo e constatou que não conseguia usar a mão esquerda, mas assim mesmo virou-o um pouco.

Queria colocá-lo sobre o ombro, usando o antebraço esquerdo para ajudar a endireitar o torso enquanto lhe agarrava o cinto com a mão direita e tentava puxá-lo para cima.

Começou a erguê-lo, o rosto quente do sangue que escorria da camisa de Rumsey, sangue e poeira. O homem saltou de sua mão. Ouviu-se um ruído em sua garganta, abrupto, meio segundo, meio que um engasgo, e depois sangue vindo de algum lugar, flutuando, e Keith desviou o rosto, a mão ainda segurando o cinto do homem. Esperou, tentando respirar. Olhou para Rumsey, que havia escapado de sua mão, o torso relaxado, o rosto quase de um estranho. Tudo aquilo que antes era Rumsey se transformara num amontoado de destroços. Keith continuava segurando com força a fivela do cinto. Parado, olhou para ele, e o homem abriu os olhos e morreu.

Foi então que se perguntou o que estava acontecendo.

Havia papel voando pelo corredor, tremulando num vento que parecia vir de cima.

Havia mortos, apenas entrevistos, nas salas dos dois lados do corredor.

Ele passou por cima de uma parede caída e seguiu lentamente em direção às vozes.

Na escada, quase escura, uma mulher levava um pequeno triciclo apertado contra o peito, presente para uma criança de três anos, os punhos do guidom emoldurando suas costelas.

Desciam, aos milhares, ele junto com os outros. Caminhava num sono prolongado, primeiro um passo, depois outro.

Havia água escorrendo em algum lugar e vozes vindas de uma distância estranha, de outra escada ou de um poço de elevador, em algum lugar na escuridão.

Estava quente, e apinhado, e a dor no rosto parecia fazer sua cabeça encolher. Pensou que os olhos e a boca estavam afundando na pele.

As coisas lhe chegavam em visões nevoentas, como se estivesse vendo com meio olho. Momentos que ele perdera enquanto eles aconteciam, e ele era obrigado a parar de andar para deixar de vê-los. Ficou imobilizado, olhando para o nada. A mulher do triciclo, a seu lado, falou com ele ao passar.

Sentiu um cheiro terrível e deu-se conta de que era dele, coisas grudadas à sua pele, partículas de poeira, fumaça, alguma coisa oleosa e granulosa no rosto e nas mãos misturada com a secreção do corpo, uma espécie de pasta, com sangue e saliva e suor frio, e era o cheiro dele mesmo que estava sentindo, e de Rumsey.

A imensidão da coisa, as dimensões físicas, e ele se via no meio de tudo, a massa e a escala, a maneira como a coisa se balançava, uma inclinação lenta e espectral.

Alguém o segurou pelo braço e o conduziu por alguns passos e então ele começou a andar sozinho, dormindo, e por um momento viu a coisa novamente, passando pela janela, e dessa vez achou que fosse Rumsey. Ele o confundiu com Rumsey, o homem caindo de lado, o braço para cima, como se apontasse para o alto, tipo assim por que é que estou aqui e não lá.

Tinham que esperar às vezes, longos momentos de imobilidade, e ele olhava diretamente para a frente. Quando a fila voltava a andar, ele dava um passo para baixo e depois outro. Falavam com ele várias vezes, pessoas diferentes, e quando isso acontecia ele fechava os olhos, talvez porque dessa maneira não precisava responder.

Havia um homem no patamar à sua frente, um velho, pequeno, sentado na sombra, joelhos dobrados para cima, descansando. Algumas pessoas falavam e ele balançava a cabeça, está tudo bem, com a mão indicava que continuassem descendo.

Havia um sapato de mulher ali perto, de cabeça para baixo. Havia uma pasta caída de lado e o homem foi obrigado a se inclinar para pegá-la. Ele estendeu a mão e a empurrou com algum esforço em direção à fila que avançava.

Ele disse: "Não sei o que fazer com isto. Ela caiu e largou aqui".

As pessoas não ouviram a frase, ou não a retiveram, ou não quiseram ouvir e seguiram em frente, Keith seguiu, a fila começava a se aproximar de uma área um pouco mais iluminada.

A descida não lhe dava a impressão de ser interminável. Ele não tinha sensação de ritmo ou velocidade. Havia uma listra reluzente na escada que ele nunca tinha percebido antes e alguém rezando atrás dele na fila, em espanhol.

O homem se aproximou, andando depressa, de capacete, e abriram alas para ele, então apareceram bombeiros, em massa, e abriram alas para eles.

Rumsey era o homem que estava na cadeira. Entendia isso agora. Ele o havia recolocado na cadeira e os homens o encontrariam e o trariam para baixo, ele e outros.

Havia vozes atrás dele, lá em cima, na escada, primeiro uma e depois outra, num eco distante, uma fuga de vozes, vozes cantando nos ritmos da fala natural.

Isto é para descer.

Isto é para crescer.

Passe adiante.

Ele parou de novo, segunda ou terceira vez, e pessoas passavam por ele, olhavam para ele e lhe diziam para seguir em frente. Uma mulher o pegou pelo braço para ajudá-lo, ele não se mexeu e ela seguiu em frente.

Passe adiante.

Isto é para descer.

Isto é para descer.

A pasta descia a espiral da escada, passando de mão em mão, alguém largou isto, alguém perdeu isto, isto é para descer, e ele ficou parado olhando para a frente e quando a pasta chegou a ele, estendeu a mão direita para o lado esquerdo e a segurou, com o olhar vidrado, e então recomeçou a descer a escada.

Havia esperas prolongadas e outras não muito prolongadas e com o tempo acabaram chegando ao nível do saguão, embaixo da praça, e então passaram por lojas vazias, lojas trancadas, e agora estavam correndo, alguns deles, água jorrando de algum lugar. Chegaram à rua, olhando para trás, as duas torres em chamas, e logo ouviram um ronco imenso e viram fumaça fluindo do alto de uma das torres, uma nuvem se avolumando e descendo, metodicamente, de um andar ao outro, e a torre despencando, a torre sul mergulhando na fumaça, e recomeçaram a correr.

A explosão de vento derrubou várias pessoas. Uma nuvem escura e alta de fumaça e cinza vinha em direção a eles. A luz se extinguiu de repente, o dia claro sumiu. Eles corriam e caíam e tentavam se levantar, homens com toalhas em volta da cabeça, uma mulher cegada pela poeira, uma mulher gritando o nome de alguém. A única luz agora era um mero vestígio, a luz do que vem depois, atravessando os resíduos de matéria esmagada, as ruínas e cinzas do que era vário e humano, pairando no ar, no alto.

Deu um passo e mais outro, fumaça passando por ele. Sentiu escombros sob os pés e movimento por toda parte, pessoas correndo, coisas voando. Passou pela placa do Easy Park, do Breakfast Special, do Three Suits Cheap, e pessoas passavam correndo por ele, perdendo sapatos e dinheiro. Viu uma mulher com a mão para cima, como quem corre para pegar um ônibus.

Passou por uma fileira de carros de bombeiros e eles estavam vazios agora, faróis piscando. Não conseguia encontrar-se a si próprio em meio às coisas que via e ouvia. Dois homens passaram correndo com uma padiola, alguém de bruços, fumaça saindo do cabelo e das roupas. Ele os viu desaparecer na distância perplexa. Era lá que estava tudo, a sua volta, despencando, placas de rua, pessoas, coisas que ele não conseguia identificar.

    Então viu uma camisa caindo do céu. Estava andando e viu a camisa cair, agitando os braços, como nada que ele jamais vira nesta vida.

ESTA OBRA FOI COMPOSTA EM ELECTRA POR OSMANE GARCIA FILHO E
IMPRESSA PELA GRÁFICA BARTIRA EM OFSETE SOBRE PAPEL PÓLEN SOFT DA
SUZANO PAPEL E CELULOSE PARA A EDITORA SCHWARCZ EM OUTUBRO DE 2007